KB123672

로크미디어가
유혹하는
재미있는 세상

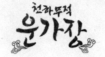

천하 무적 운가장 5

2023년 7월 12일 초판 1쇄 인쇄
2023년 7월 17일 초판 1쇄 발행

지은이 운천룡
발행인 강준규

기획 이기헌 왕소현 임동관 박경무 강민구 조익현
책임편집 금선정
마케팅지원 이원선

발행처 (주)로크미디어
출판등록 2003년 3월 24일
주소 서울시 마포구 마포대로 45 일진빌딩 6층
Tel (02)3273-5135 Fax (02)3273-5134
홈페이지 rokmedia.com E-mail rokmedia@empas.com

© 운천룡, 2023

값 9,000원

ISBN 979-11-408-0925-7 (5권)
ISBN 979-11-408-0920-2 04810 (세트)

ROK
MEDIA
로크미디어

운천룡 신무협 장편소설

5

천하무적
운가장

차례

제一장

다급하게 손으로 입을 가리는 진곤에게 저리 가라고 눈빛으로 표현하는 무광이었다.

그런 무광을 보며 고개를 끄덕이고 구석으로 가서 지켜보는 진곤이었다.

무광은 현진의 각성을 보며 흐뭇한 미소를 보이며 그곳을 지켰다.

오색영롱한 빛깔의 기운들이 현진의 몸을 휘감고 있었다.

아지랑이가 피어오르듯이 몸 전체를 덮고 있던 기운들은 이윽고 현진의 백회혈(百會穴)을 통해 흡수되기 시작했다.

잠시 후에 눈을 뜬 현진의 안광에 정광이 넘쳐흘렀다.

"하아아아아."

정제된 나쁜 기운들을 입 밖으로 내뿜는 현진이었다.

　모든 운기가 다 끝나고 현진은 아주 경건한 자세로 무광에게 절을 했다.

　"무광 어르신께 소생이 깊은 은혜를 입었습니다! 이 은혜는 평생을 두고 갚겠습니다!"

　무광은 웃으며 말했다.

　"되었다. 너처럼 됨됨이가 제대로 된 놈이 강해지는 건 무림의 크나큰 큰 복이지. 그걸로 된 거야."

　"어르신……."

　"쯧쯧, 이제 애들 데리고 가라. 나중에 무당에 놀러 갈 테니 장문인께 잘 전해 드리고."

　"네! 꼭 오셔야 합니다! 제가 그때는 아주 극진히 대접하겠습니다!"

　"가 봐야 풀떼기밖에 없을 텐데 극진히는 무슨……."

　"하하하, 아닙니다! 저희도 무인들은 요즘 다 고기 먹습니다. 무엇보다 체력이 중요해서요."

　"그러냐? 무당도 많이 변했구나. 그럼 뭐 기대해 보마."

　"네! 그럼 저희는 이만 가 보겠습니다! 아, 장주님께 인사를 드리고 가야……."

　"되었다! 아버지께서 나중에 무당산에 가시면 그때 제대로 인사드려라. 그래도…… 용기 있게 우리를 구하겠다고 와줘서 고맙다."

그리고 쑥스러운 듯 무심한 척 뒤돌아서 손만 번쩍 들어
주고 들어가는 무광이었다.

그런 무광을 부드러운 눈으로 잠시 바라보다가, 배에서 내
려 강가로 날아가는 현진과 무당검수들이었다.

그리고 멀어져 가는 배를 바라보며 말했다.

"우리가 할 일이 생겼다. 무림맹이 저들과 절대로 적대적
이 되는 것을 막아야 한다! 그것이 구파일방과 모든 무림맹
문파들이 사는 길이다!"

"네!"

"그리고 언젠가 올 저분들을 위해 무당에 가서 해야 할 일
이 많다! 빨리 가자!"

"네!"

무당으로 돌아가는 그들의 입가엔 밝은 미소만이 가득했
다.

명나라 황제가 기거하는 곳 바로 자금성(紫禁城).

영락제가 북경으로 천도를 하며 지은 궁궐이었다.

끝도 없이 펼쳐진 넓디넓은 궁궐 속 대전(大殿)에서 황제가
내관과 이야기를 하고 있었다.

"아직도 소식이 없는 것이냐?"

"네, 폐하!"

"어허…… 소식은 제대로 전한 것이 맞는 것이냐?"

"그러하옵니다! 다만 거리가 거리인지라 올라오는 시일이 좀 걸리는 듯하옵니다."

"황후는 좀 어떠한가?"

"여전히 깨어나질 못하고 계시옵니다."

"답답하구나! 답답해! 어의들은 무엇을 하는 것이냐!"

황제 주첨기.

스물일곱 살.

아직 젊은 나이에 황제에 오른 그였다.

즉위를 한 지 얼마 되지도 않아 황제라는 자리에 익숙하지도 않은데 이런 일이 벌어진 것이었다.

하늘이 자신을 인정하지 않아 이런 일이 벌어진 것은 아닌가 하고 고민도 하였지만, 지금은 그것이 중요한 일이 아니었다.

지금 자금성 대전에서 안정을 찾지 못하고 이리저리 왔다 갔다 하고 있었다.

"천공의선이라는 자는 데려오고 있는 것이냐?"

"네, 그러하옵니다."

"그나마 다행이로고. 정말로 그자의 의술이 하늘에 닿았더냐?"

"소신 역시 그렇게 들었사옵니다."

"정말로 믿을 건 그자밖에 없는 것이냐?"

"현재로서는 그러하옵니다."

"천하에서 난다 긴다 하는 명의들이 다 모였다고 자부했건만…… 우물 안의 개구리가 바로 나였구나."

"폐, 폐하."

그렇게 초조한 마음으로 천공의선만을 기다리는 황제였다.

그런 황제에게 희소식이 들려왔다.

"폐하! 이부상서가 도착하고 있다 하옵니다!"

"오, 그래? 어서어서! 아니다. 내가 직접 마중을 나갈 것이야!"

"폐, 폐하! 그 무슨?"

"황후를 치료할 자다. 짐이 친히 나가서 정성을 보일 것이다!"

그러면서 금빛 용포를 펄럭이며 성큼성큼 걸어 나갔다.

&

"명심 또 명심하셔야 합니다!"

"하하하, 네 알겠습니다. 걱정하지 마세요."

"주군! 소신이 주군을 믿지 못하는 것이 아니라 이곳은 정말로 사소한 실수가 큰 사건으로 번지는 곳이라서 그러는 것입니다."

"그 정도로 무서운 곳입니까?"

"그렇습니다! 조심하고 또 조심해도 위험이 도사리는 곳이 바로 이곳입니다."

"알겠습니다. 조심 또 조심. 그리고 조 가주께서 하신 말씀대로 행동하겠으니 걱정하지 마세요."

"허허허, 알겠습니다. 소신이 걱정스러운 마음에 자꾸 잔소리하게 됩니다."

"다 절 걱정해서 그러는 것을 잘 알고 있습니다."

"주군……."

조천생은 천룡에게 황실에서 꼭 지켜야 할 것과 혹시라도 황제를 보게 되면 그 앞에서 해야 할 일에 대해 오는 내내 말하고 또 말하였다.

"어? 저기 황금색 용포를 입은 자가 빠른 속도로 여길 오고 있는데요?"

무광이 자신의 시선에 잡힌 무언가를 보며 말했다.

그 말에 조천생이 화들짝 놀라 무광이 가리킨 방향을 보았지만, 아무것도 보이지 않았다.

"깜짝 놀랐습니다! 농이 지나치십니다. 이곳에서 황금색 용포를 입을 수 있는 분은 황제뿐입니다! 혹여라도 그런 농은 절대 하시면 안 됩니다!"

"아닌데…… 정말인데……."

무광의 말에 천명과 태성이 동시에 말했다.

"사실입니다. 저기 오네요."

조천생이 무공을 익히지 않아서 오는 차이였다.

무광과 아이들은 일반인보다 더 멀리 볼 수 있다.

특히 이들의 경지를 생각했을 때 그 거리는 상상을 초월한다.

그러니 조천생의 눈에는 보일 리가 없었다.

"제자들 말이 맞네요. 저기 누군가가 다급하게 이쪽으로 오고 있군요."

"저, 정말입니까? 이, 이런! 황상이 이쪽으로 오고 있나 봅니다! 아니, 어찌하여……?"

당황했는지 안절부절못하며 이러지도 저러지도 못하는 조천생이었다.

"관천아, 널 보러 오는 것 같다."

"저도 그런 것 같습니다. 하하, 부담되네요."

"그런데 생각보다 엄청 젊은데요? 정말 황제 맞습니까?"

무광의 말에 조천생이 답했다.

"즉위하신 지 얼마 되지 않으셨으니까요. 선황께서 저에게 자신의 아들을 맡기신다며 절 다시 등용하셨으니……. 아직 어리신 것이 맞습니다."

그렇게 대화를 하고 있을 즈음에 황제의 모습이 조천생의 눈에도 들어오기 시작했다.

조천생은 일행에게 다시 한번 신신당부를 하며 황제를 향해 다급하게 몸을 이동하였다.

"만세! 만세! 만만세!"

만세를 외치며 오체투지를 하려 하자 황제가 다급하게 말리며 말했다.

"하지 않으셔도 됩니다! 그런 과례는 하지 말라고 제가 말했을 텐데요?"

"황공하옵니다! 폐하!"

조천생을 일으켜 세우며 옆에서 같이 절을 하려다가 엉거주춤한 자세로 멈춘 사람들을 바라보았다.

"이자들은?"

황제의 말에 조천생이 다급하게 말을 하였다.

"처, 천공의선과 그를 도울 일행이옵니다!"

"오, 그래요? 누구신가? 어느 분이 천공의선이시오?"

환한 미소를 지으며 관천을 찾는 황제였다.

황제의 부름에 관천이 엉거주춤한 자세를 바로 일으키며 포권을 하며 말했다.

"소, 소새…… 아, 아니 소신이 천공의선이라는 과분한 이름으로 불리고 있는 관천이라고 하옵니다. 폐하!"

매우 정중하게 인사를 하고 있었지만, 황제의 옆에 있는 내관들의 눈빛은 싸늘했다.

그중 한 내관이 나서서 말했다.

"감히 어느 안전이라고 그따위로 인사를 올린단 말이오! 조 상서! 예법을 제대로 알려 주긴 하신 거요?"

그러자 황제가 손을 들어 제지했다.

"너야말로 무엄하구나? 내가 보이지 않는 것이냐?"

"폐, 폐하…… 소, 소신은 그저……."

"되었다! 그 주둥이 좀 닥치거라."

황제의 엄포에 나섰던 내관이 황급히 뒤로 물러섰다.

"하하, 미안하오! 황실 예법을 알면 어떻고, 모르면 어떻소? 그것이 사람을 치료하는 것도 아니고 말이오."

"화, 황공하옵니다! 폐, 폐하."

"하하하, 되었소! 그런 과례는 이제 그만합시다. 그보다 더 중요한 일이 있으니……."

그러고는 다시 우울한 얼굴로 바뀌는 황제였다.

"오면서 얘기를 들었습니다. 황후마마께서 매우 편찮으시다고 말입니다."

"그렇소…… 난다 긴다 하는 황실의 어의들도 그 이유를 모른다고 하오."

고개를 숙이고 침울한 표정으로 말을 하다가, 고개를 들어 관천을 바라보며 그의 손을 꼭 잡았다.

"그러니 그대가 꼭 좀 구해 주시오! 나을 수 있도록 해 주시오! 그리만 한다면 내 그대가 원하는 것은 무엇이든 해 주겠소!"

"폐, 폐하……. 소, 소신이 할 수 있는 한 모든 것을 다해 보겠사옵니다."

"고맙소! 이러지 말고 바로 이동을 하십시다! 안내하거라!"

관천의 손을 꼭 잡고선 내관들에게 명하는 황제였다.

꽃

북경 동안문(東安門) 북쪽에 위치한 한 건물.

반역죄를 다스리는 특무기관이자 비밀경찰기관 동집사창 (東緝事廠)이 업무를 보는 건물이었다.

사람들은 그들을 일컬어 동창(東廠)이라고 불렀다.

모든 구성원이 전부 환관으로만 이루어져 있는 특별 감찰 기구였다.

"천공의선이 왔다고?"

"예, 태감!"

"흠…… 그자는 절대로 움직일 리가 없다 하지 않았느냐?"

"그자의 성격상 절대로 오지 않을 것이라 예상했는 데……."

"쯧쯧쯧! 그러고도 네놈들이 이 나라 최고기관의 일원이라 고 할 수 있겠느냐!"

"소, 송구하옵니다!"

동창 최고 수장 제독태감(提督太監) 유근(劉瑾).

선황제가 급작스럽게 죽고 아직 아무것도 모르는 젊은 황제가 즉위한 이때가 자신의 권력을 확고히 할 기회라 여기는 자였다.

그래서 자신이 할 수 있는 모든 것을 동원하여 권력을 집중시키고 있었다. 지금 이렇게 자신의 부하들과 긴밀하게 대화를 하는 것도 그 일환이었다.

"이왕 온 것은 어쩔 수 없는 일이지…… 치료를 못 하는 것은 확실하지?"

"그, 그렇습니다! 그들의 말에 의하면 절대로 치료할 수 없는 독이라고 하였습니다!"

"황제가 황후의 건강에 계속 한눈을 팔게 해야 한다. 아직 금의위(錦衣衛) 잡것들을 압도적으로 능가하지 못했어. 시간이 더 필요하다."

"네! 그 부분은 걱정 안 하셔도 될 것입니다!"

"그래도 모르는 일이니, 최대한 방해를 하도록 해라. 어의들에게 말해 협조하는 척만 하라고 전해. 말 안 듣는 놈은 우리가 찾아간다고 전하고……."

"충!"

그리고 빠르게 빠져나가는 자신들의 수하들을 보며 비릿하게 웃는 그였다.

"크크크크, 아무것도 모르는 황제쯤이야 내 손안에 넣고 굴리는 건 일도 아니지. 이제 곧 천하의 모든 권력이 이 손안에 들어온다! 크크크크크."

행복한 상상을 하며 자신의 손에 들려 있는 술잔을 단숨에
비웠다.

황후의 치료를 위해 특별하게 마련된 전각에 관천이 황후
를 진맥하고 있었다.

원래대로라면 황후의 몸에 손을 대는 것은 금기였으나, 황
제가 나서서 허락하는 바람에 이렇게 대놓고 진맥을 하는 것
이었다.

"어떠한가? 무엇인지 알겠는가?"

황제가 초조한 얼굴로 물어오자, 관천은 고개를 저으며 말
했다.

"소신도 처음 보는 증상입니다. 보통 몸에서 이런 열기가
나오면 사람이 크게 상하기 마련인데, 황후께서는 깨어나지
만 않으실 뿐 모든 것이 이상이 없으십니다."

"그, 그게 무슨 소린가! 자네는 의술이 하늘에 닿은 자가
아니던가! 그러지 말고 다시…… 다시 자세히 봐주게."

"폐하……."

그 모습에 조천생이 황제를 만류하며 나섰다.

"폐하! 천공의선이 집중할 수 있도록 자리를 피해 주심이

어떠신지요? 폐하께서 곁에 계셔서 집중이 안 되어 진맥을 제대로 못 하는 것일 수도 있사옵니다."

"그, 그런가? 그렇군……. 자네 말도 일리가 있네. 내 자리를 피해 주겠네! 부디 꼭 황후를 보살펴 주시게!"

"아, 알겠사옵니다! 소신이 최선을 다하여 황후마마께서 쾌차할 수 있도록 만들겠사옵니다!"

"고맙소! 고마워! 여봐라! 천공의선이 집중할 수 있도록 모든 지원을 아끼지 말라!"

"알겠사옵니다!"

그리 명하고는 떨어지지 않는 발걸음을 억지로 떼며 나가는 황제였다.

황제가 나가고 나서야 한숨을 쉬며 황후를 보는 관천이었다.

"이게 도대체 무슨 병인지 알 수가 없구나……. 내 생전 이런 증상은 처음이다."

그러면서 이마를 짚으며 고민에 빠진 관천이었다.

그러한 관천의 일거수일투족을 감시하던 내관은 서둘러 그 자리를 떠났다.

"지휘사(指揮使)께 보고드립니다!"

동창과 함께 권력을 양분하고 있는 기관.

금의위(錦衣衛)였다.

지휘사(指揮使) 적운(積雲).

그는 현재 금의위를 최고의 기관으로 키운 일등 공신이었다.

타고난 머리와 뛰어난 무공을 바탕으로 입지를 다진 후에 자신의 휘하 부하들의 무공을 손봐 그 세를 순식간에 불린 인물이었다.

그 역시 하늘이 바뀐 뒤로 자신의 기반을 확고하게 하려고 발 빠르게 움직이고 있었다.

"그래! 어찌 되었나?"

"천공의선이 입궐하여 황후마마를 진찰하기 시작했다고 합니다!"

"그러냐! 다행이구나! 하하하하!"

황제를 자신들의 수족으로 만들려는 동창과는 달리 황제가 권력을 잡길 바라는 금의위는 현재 황제의 모든 시선이 황후에게 가 있는 것을 걱정하고 있었다.

이들이 황제에게 충성하는 이유는, 금의위 수장의 자리에 황제가 가장 아끼는 장수를 앉혔기 때문이었다.

하지만 권력의 달콤함은 이들 역시 변하게 만들고 있었다.

그러나 지금은 자신들의 목을 호시탐탐 노리는 동창을 경계하는 것이 무엇보다 중요했다.

"동창의 움직임은?"

"아직 특별한 움직임은 없는 것으로 보입니다."

"양물도 없는 것들이…… 나대는 꼴이라니! 으드득!"

퍼석!

자신의 손아귀에 잡힌 술잔을 부숴 버리는 지휘사였다.

"그보다 그것은 알아보았느냐?"

"네! 동창 놈들이 익히는 무공은 월녀홍염신공(月女紅焰神功)이라고 합니다!"

"월녀홍염신공?"

"네! 과거 월녀궁의 호법들이 익히던 무공이라고 합니다."

"어째 이름이…… 여인들을 위한 것 같은데?"

"맞습니다! 여인들을 위한 무공입니다."

"……미친놈들. 양물이 없다고 지들이 여자라도 된 줄 안다더냐?"

자신의 손에 묻은 술을 털어 내며 혀를 차는 지휘사였다.

"위력은?"

"최상입니다."

"쳇! 그런다고 우리를 이길 수 있을 거로 생각하는 건가?"

"그래도 경계를 해야 하지 않겠습니까?"

"되었다! 너희들에게 준 무공은 극상이다. 헛생각하지 말고 모두 수련에 매진하라고 전달해!"

"네!"

"참, 이번에 들어온 자 중에 강호인도 있다고 들었는데? 알아보았느냐?"

"네! 그것이…… 명왕이라 불리는 자가 들어왔습니다!"

"뭐? 명왕? 칠왕십제라 불리는 그 명왕?"

"네!"

"오호라! 그건 조금 흥미가 생기는구나. 크크크크, 그자와 우리의 격차가 얼마나 날지 궁금하지 않더냐?"

"네? 서, 설마……."

"보아하니 천공의선의 호위로 따라온 것 같은데…… 손님을 심심하게 하면 안 되지. 암! 안 되고말고. 자리 한번 만들어 봐."

"네! 아, 알겠습니다!"

보고를 마치고 나가는 수하를 바라보며 혼잣말을 하는 지휘사였다.

"흐음, 명왕이라……. 과연 소문처럼 대단할까? 무척 기대되는군."

사신들을 위해 만들어진 전각에 천룡 일행이 머물고 있었다.

황제는 천룡 일행을 특별히 신경 쓰라고 명령을 내렸고,

그 명은 지금 이렇게 저녁상으로 나타났다.

"우와아! 살다 살다 황궁 음식을 다 먹어 보는군요. 하하하하!"

"그러게 말입니다! 무광 사형! 천명 사형! 저것 좀 보세요. 와, 저 오리구이의 윤기 좀 보세요!"

"오오! 술도 엄청 명주야! 이 향, 캬아!"

거대한 원형 탁자에 끝도 없이 쌓이는 음식들과 술을 바라보며 군침을 흘리는 천룡 일행이었다.

심지어 태어나서 처음 보는 음식도 있었다.

"이것이 정말로 황제가 먹는 음식이란 말이지요?"

"그렇습니다! 허허허, 많이 드십시오!"

다들 앉아서 식사를 즐기기 시작했다.

"그런데 아까 오면서 보니까 황궁에도 제법 고수들이 보이더군요."

"저는 황궁에는 무인이 없을 줄 알았는데 의외였습니다."

그 말에 조천생이 웃으며 말했다.

"많은 강호인이 착각하는 것이 그거죠. 사실 황궁에 있는 자들이야말로 누구보다 무공에 목말라 하는 자들입니다. 무공이 강할수록 자신의 야망과 권력을 지킬 수 있으니까요. 자신의 안전을 지키는 건 덤이겠죠."

그 말에 다들 고개를 끄덕였다.

"그럼 황궁 제일 고수는 누구입니까?"

그 질문에 다들 조천생의 입만을 바라보았다.

조천생의 입에서 나온 말은 모두의 기대를 저버렸다.

"허허허, 제가 뭘 알겠습니까? 저는 그런 것에 관심이 없어서…… 이거 죄송합니다. 다들 기대를 하셨을 텐데……."

머리를 긁적이며 미안해하자, 천룡이 나섰다.

"너희들이 봤을 때 누가 가장 강하더냐?"

"저희가요? 음……."

"일단 여기 천장에 숨어 있는 쥐새끼부터 잡고 보죠? 여월!"

무광의 말에 여월의 모습이 사라졌다 다시 나타났다.

쿵!

여월의 발아래에는 검은색 무언가가 꿈틀거리고 있었다.

그것도 둘이었다.

"혹시 소리라도 지를까 싶어 아혈(啞穴)을 막아 두었습니다."

"잘했다. 일단 두고 하던 얘기 마저 하자."

그러고는 바닥에서 꿈틀거리는 자들에게 지풍(指風)으로 수혈(睡穴)을 짚어 잠재웠다.

"정말 방심을 하면 안 되겠네. 이야, 얘네들도 나름대로 실력이 있는데?"

"그러게요? 황궁 무사들은 제 구타에 얼마나 버티려나요?"

잠들어 있는 두 복면인을 보면서 눈을 반짝이는 천명이었다.

그의 호기심이 발동한 것이었다.

"야야, 아무리 그래도 그런 호기심을 가지고 그러냐. 사람 무섭게……."

"그래도 죽이는 것보다는 낫지 않겠습니까? 저는 가능하면 불살(不殺)하자는 주의여서……. 이렇게 미리미리 연구해 두지 않으면 안 됩니다."

"그러냐……? 마침 잘됐네. 이놈들한테 황궁 무인들에 대해 자세히 들으면 되겠다."

태연하게 얘기하고 있는 이들과 달리 조천생은 놀라고 있었다.

천장 위에서 자신들을 감시하고 있었다는 사실에 충격을 받은 것 같았다.

"조 가주님 말대로 정말 위험한 곳이네요. 아까 충고는 새겨들어야겠네요."

"주, 주군……."

그런 조천생을 토닥이며 말했다.

"걱정하지 말아요. 여기 있는 아이들을 믿으세요! 그 누구도 조 가주님을 건들 수 없습니다! 아셨죠? 장천아!"

"네! 주군!"

"오늘부터 조 가주님을 지켜 드리거라."

"충!"

그런 명에 조천생은 눈시울을 붉히며 말했다.

"주, 주군! 소신, 이 은혜를 어찌 갚아야 할는지…….'"

"은혜라뇨? 가족끼리 그런 거 없습니다. 조 가주님. 저희는 가족입니다. 아시겠죠?"

천룡의 말에 조천생은 고개를 끄덕일 뿐이었다.

'주군의 이 따스한 마음은, 이 차가운 황궁과 너무도 비교되는구나. 어서 빨리 하야하여 주군을 모셔야 할 텐데…….'

"가연이랑 소향이는 잘 도착했겠죠? 조방 녀석이 호위를 잘했어야 할 텐데요."

"하하, 주군 걱정하지 마십시오! 조방 그 녀석 경지면 칠왕십제도 각오해야 합니다."

"그래도 걱정이 돼서…… 호신부를 주긴 했지만…….'"

"아, 맞다! 사부 전에 그 호신부 말씀하셨는데 그게 도대체 뭡니까? 부적인가요?"

태성이 한 손에 오리 다리를 든 채 물었다.

"아, 내가 만든 부적이야. 그 사람에게 위기가 닥치면 딱 한 번 막아 주지. 그리고…….'"

그러면서 자신의 품속에서 부적을 꺼냈다.

"이 부적에서 강한 빛이 나면서 그것을 알려 주지."

"그게 가능한 겁니까?"

"가능하지. 불가능할 건 또 뭐야?"

다들 천룡을 바라보는 눈빛에 경외심이 가득했다.

"사부는 도대체 못 하는 게 뭡니까? 정말 신기하네요."

"정말로 갑자기 선계로 가신다거나 그러는 건 아니죠?"

천명의 말에 갑자기 분위기가 싸해졌다.

"야! 너는 그런 말도 안 되는 소리를 지껄이고 있어! 당연히 아니지! 그렇죠? 아버지?"

그 모습에 장난기가 동한 천룡이 헛기침하며 시선을 돌렸다.

"어? 아, 아버지…… 왜 눈을 피하세요? 네?"

"사부? 사부? 마, 말을 하세요……."

태성의 목소리가 살짝 떨리기 시작했다.

"글쎄다……. 누가 요새 말을 잘 안 듣는 거 같아서 살짝 고민 중이긴 한데……."

그 말에 다들 얼굴이 사색으로 변했다.

천명이 울먹거리며 말했다.

"사, 사부님! 누, 누굽니까? 누가 말을 안 들었습니까? 말씀만 하십시오! 제가 오늘 불살하겠다는 맹세를 버려서라도 그 인간을!"

태성 역시 금방 울 것 같은 얼굴로 오리 다리를 바닥에 떨어뜨리며 달려왔다.

"사, 사부…… 노, 농담이시죠? 그렇죠? 사부?"

무광의 눈에선 이미 눈물이 흘러내리고 있었다.

"저, 전가요? 아버지? 요새 저 말 잘 들었는데? 아닌가?

누구지?"

여월과 장천, 그리고 조천생 역시 금방이라도 대성통곡할 기세였다.

"아니야! 가긴 어딜 가! 다들 뚝!"

그 말에 순식간에 표정들이 풀리면서 천룡을 바라봤다.

"운가장이 내 집이고, 너희들이 내 가족인데, 내가 가긴 어디를 가냐? 농이다! 너희들 보니까 갑자기 놀리고 싶어서 그런 거다."

"저, 정말이죠? 정말로 농인 거죠?"

"그래! 많이 놀랐어? 미안……."

천룡의 사과에 다들 손사래를 치며 말했다.

"아, 아닙니다! 저희가 그냥 지레 놀라서 과한 반응을 한 거예요!"

"네! 하하! 농도 하시고, 장난도 치고 그러세요!"

"어디 가신다는 말씀은 그래도 하지 마세요. 저희 심장 떨어지는 줄 알았어요……."

"알았다. 알았어."

다들 놀란 가슴을 부여잡고 한숨을 쉬었다.

서로에 대한 마음을 새삼 다시 느끼는 그들이었다.

잠시간의 소동이 마무리되고 다시 음식을 먹으며 이야기가 진행되었다.

"그나저나 이렇게 숨어서까지 감시를 할 정도면…… 조 가주님을 감시하는 건가? 아님 우리들?"

"둘 다 아닐까요?"

"깨워서 물어볼까요?"

눈을 반짝이며 물어보는 천명을 보며 천룡이 고개를 끄덕였다.

그러자 천명이 매우 신난 표정으로 누워 있는 그들을 향해 다가갔다.

"저놈도 진짜 제정신이 아니야……."

그 모습에 무광이 고개를 절레절레 흔들며 말했다.

"그러니까요. 전 천명 사형이 저희 중에 제일 멀쩡한 줄 알았어요."

"뭐? 어감이 좀 그렇다? 나는? 나는 안 멀쩡하다는 거냐?"

"에이, 대사형은 좀……."

"뭐 인마? 야! 이거 그동안 풀어 줬더니 안 되겠네?"

둘이 투덕거리든 말든 천명은 누워 있는 두 복면인을 하나씩 깨웠다.

벌떡 일어나서 주변을 두리번거리는 복면인이었다.

"안녕? 잘 잤어?"

생글생글 웃으며 자신들을 바라보는 천명을 보며 복면인들의 표정이 굳었다.

처음 임무를 받았을 때 별거 아닌 임무라 생각하고 온 것인데, 자신들이 어찌 당했는지도 모르고 지금 이렇게 잡힌 것이다.

"대답을 안 하네?"

아혈이 막혀 있어서 말을 못 하지만, 천명은 그런 걸 신경을 쓰지 않았다.

"그래그래. 그냥 대화하면 서로 간의 신뢰에 문제가 있겠지? 알았어. 알았어. 자식들."

복면인의 동공이 격하게 흔들렸다.

고개가 빠르게 좌우로 흔들렸다.

아니라고 몸 전체로 표현했다.

하지만.

"그렇게 좋아? 하하하. 기대에 또 부응해 줘야겠네. 하하하."

"읍읍읍읍!"

퍼 퍽!

한 방에 두 명을 동시에 패기 시작하는 천명이었다.

단 두 방에 그 두 복면인은 상상도 그리고 경험조차 해 보지 못한 극한의 고통을 느꼈다.

"이야, 저거 봐라. 절세 무공을 저런 데 쓰고 있네. 저거, 저거 화려한 거 보소."

무광의 말처럼 천명의 손은 절정 고수의 화려한 손놀림 그 자체였다.

퍼퍼퍼퍽! 퍼퍼퍼퍽!

얼굴에 희열이 가득한 얼굴로 복면인들을 패는 천명이었다.

"저거 변태 아냐?"

"대사형……. 저는 천명 사형이 제일 무서워요……."

태성의 말에 장천과 여월 역시 고개를 끄덕이며 공포에 빠졌다.

천룡은 고개를 절레절레 흔들며 술잔만 홀짝이고 있었다.

한참이 지난 후에 기절했다가 깨기를 수십 번.

그제야 아혈이 풀리면서 입이 열리는 그들이었다.

"그, 그만! 제, 제발 그만하세요! 제발!"

"흑흑흑! 그, 그만! 인제 그만 때리세요! 제발요!"

무릎을 꿇고 손에 불이 나도록 비는 두 복면인이었다.

"용서를 비는데? 복면을 써? 아직 멀었네."

그 말과 동시에 자신의 얼굴에 있는 복면을 철천지원수 대하듯 벗겨 내는 두 사람이었다.

"버, 벗었습니다! 벗었어요!"

"저, 저도요!"

둘의 눈빛에는 엄청난 간절함이 맺혀 있었다.

"너희들은 누구냐?"

그 말과 함께 동시다발적으로 대답들이 튀어나왔다.

"네! 전 동창 소속 감시부 송찬이라고 합니다!"

"네! 금의위 소속 암행부 비언입니다!"

그 말에 고개를 끄덕이며 뒤에 있는 일행을 바라보았다.

"이제 질문하시면 될 것 같은데요?"

천명의 말에 제발 질문을 해 달라는 간절한 눈빛으로 천룡 일행을 쳐다보는 둘이었다.

천룡은 너희들이 알아서 하라며 손을 휘저었다.

그러자 무광이 나서서 질문하기 시작했다.

"우리 중 누구를 감시하는 거냐?"

"네! 전부입니다!"

둘이 합창하듯이 동시에 입을 열었다.

"왜?"

"첫 번째는 조 상서를 감시하라는 명이었고, 두 번째는 명 왕이라는 자를 감시하라는 명이었습니다!"

"저 역시 같은 이유입니다!"

물어보는 즉시 대답이 바로바로 튀어나왔다.

"조 상서는 그렇다 치고…… 명왕은 왜?"

"칠왕십제 중의 한 명이라서 관심도가 매우 높습니다!"

"저희도 그렇습니다!"

둘의 대답에 장천을 쳐다보는 무광이었다.

"좋겠다? 인기 많아서……."

"네? 아, 아닙니다! 저놈들이 잘 몰라서 그런 겁니다!"

"내가 뭐랬나?"

시큰둥한 표정으로 돌아서는 무광을 보며 진땀을 흘리는

장천이었다.

무광의 눈앞에 두 명은 지금 제정신이 아니었다.

아직도 온몸에서 고통의 잔재들이 그들을 괴롭히고 있었다.

어서 빨리 편해지고 싶었다.

"너희들이 익히는 무공은 어디서 난 거냐?"

"네! 황궁 무고에서 얻은 것입니다!"

"아항! 그, 세상 모든 서책이 다 있다는 그곳? 근데 거긴 황제가 아니면 못 들어가지 않나? 내가 잘못 알고 있나?"

무광의 궁금증에는 조천생이 답해 주었다.

"맞습니다. 오로지 황상만이 사용할 수 있는 곳입니다. 예외로 황상께서 출입을 윤허해 준 자는 들어갈 수 있습니다. 황제의 직인이 찍힌 허락 문서를 들고 가면 가능하지요."

"그런데 얘들은 다 배우고 있지 않습니까? 야! 너희들 그거 확실한 경로로 얻은 거 맞아?"

무광의 물음에 둘은 입이 다물어졌다.

그 부분은 자신들도 잘 몰랐기 때문이었다.

"천명아, 얘들 약발 떨어졌는데?"

"그래요? 이상하네? 이렇게 빨리 떨어질 리가 없는데? 요즘 제가 좀 부실해졌나 봅니다."

그러면서 팔을 휘두르며 두 사람에게 접근하는 천명이었다.

그 모습에 둘은 얼굴이 시커멓게 변하면서 손발이 사라져라 빌며 울부짖었다.

"아아아아악! 제발! 제발! 그것은 모릅니다! 다른 거! 다른 것을 물어봐 주십시오! 정말 모릅니다! 몰라서 그랬습니다!"

"모르는 내용이라서 그럽니다! 아무리 머리를 쥐어짜도 모르는 일입니다! 정말입니다! 엉엉! 믿어 주십시오!"

약발은 전혀 떨어지지 않았다.

오히려 너무 과해서 탈인 것 같았다.

"흠, 저 반응을 보면 정말 모르는 것인데? 조 가주님. 동창하고 금의위의 권세가 어느 정도입니까? 막 황제를 무시하고 할 수 있는 위치입니까?"

무광의 물음에 조천생이 깊은 한숨을 쉬며 말했다.

"하아아…… 사실 제가 다시 황궁에 온 이유도 바로 그것 때문입니다. 사실 황상의 주변에 인재가 없습니다. 자신의 수족이라고 믿고 있는 자들 역시 전부 권력에 눈이 돌아간 상태지요."

"아니……. 황제는 절대권력 아니었습니까?"

"그것도 천천히 자신의 세력을 쌓아 가며 물려받았을 때 이야기지요. 현 황상께선 갑작스럽게 이어받으신 상태라 힘이 되어 줄 자들이 부족한 상태입니다. 그러니 이렇게 너도 나도 이번 기회를 잡으려고 날뛰는 것입니다. 가장 좋은 기회니까요."

조천생의 말에 다들 안색이 굳어졌다.

"정말 역겨운 곳이군."

"그러게 말입니다. 화려하기만 했지…… 실상은 아귀들 천지였네요."

"황제라고 꼭 좋은 것만은 아니었군……."

조천생은 이어서 말을 했다.

"동창과 금의위는 서로 앙숙입니다. 선대께서 감찰하며 비리를 잡으라고 만든 기관이 지금은 서로의 권력을 위한 기관이 되었지요. 황상 앞에서는 온갖 아부를 다 떨고 뒤로는 어찌하면 황상을 손아귀에 쥐고 흔들까 고민하는 무리입니다."

"아무튼, 두 세력이 가장 큰 문제라는 것이군요."

천룡의 물음에 조천생이 고개를 끄덕였다.

"현재까지는 그렇습니다. 저희를 감시하는 것도 혹시나 황상께서 새로운 조력자들을 데리고 온 것이 아닌가 경계를 하는 것입니다. 그 예로 명왕을 견제하기 위해 저들을 보낸 것을 보면 알 수 있습니다."

"그놈의 권력이 뭔지……."

천룡의 중얼거림에 조천생이 바닥에 부복하며 말했다.

"주군! 부디 황상을 도와주십시오! 하늘 아래 주군만이 지금 이 난국을 해결하실 수 있사옵니다!"

"네? 제가요? 저는 아는 게 없는데."

"힘! 힘이 있지 않사옵니까? 주군! 부디 만백성의 편안함을 위해서 황상을 도와주시옵소서!"

"나에게 힘이 있다고요? 제가 가진 힘은 순수한 무력……."

"그것이옵니다! 절대적인 무력! 그것이 진정한 힘이 아니옵니까? 주군께서 황상을 도와 저 악의 무리를 갱생시켜 주시옵소서!"

조천생의 말에 천룡은 자신의 일행을 바라보았다.

"뭘 저희를 보세요? 아버지 하고 싶으신 대로 하세요. 저희는 따라갈 테니."

"맞습니다! 사부님이 지옥을 가신다고 하여도 저는 따라갑니다!"

"저도요!"

"저도 그렇습니다! 주군!"

"신 여월은 이미 진작부터 따라가겠다고 말씀드렸었습니다!"

다들 이글이글 불타는 눈빛으로 천룡을 바라보았다.

"주군! 부디 신의 간청을 들어주시옵소서!"

천룡은 조천생을 일으키며 말했다.

"이제 그만하세요."

"주, 주군……."

"제가 든든하게 도와줄 테니…… 대신 조 가주님이 옆에서 조언을 해 주셔야 합니다. 아까도 말했다시피 저는 힘밖에 없어요."

"주, 주군…… 흑! 가, 감사합니다. 주군……."

그런 조천생의 어깨를 토닥이는 천룡이었다.

그 모습을 바라보던 두 감시인은 조천생의 모습에 동공이 심하게 떨리고 있었다.

'뭐, 뭐냐! 조 상서에게 모시는 주군이 따로 있다고? 황제가 아니고? 미친!'

'헉! 뭐라고? 조 상서가 모시는 주군이 황제가 아니었어? 뭐야? 저 인간은? 무력은 무슨 얘기고?'

그렇게 놀라는 두 사람을 무광이 쳐다보며 말했다.

"저 두 놈은 어쩌지?"

"죽일까요?"

태성의 말에 흔들리던 동공이 아예 보이지 않을 정도로 흔들렸다.

"죽이긴 뭐하고…… 맡기고 오자."

"어디에요?"

"흐흐흐흐, 이놈들 노 좀 저을 줄 아나?"

❧

황후를 진찰하고 있는 천공의선 관천 옆에 황제가 안절부절못하며 서성이고 있었다.

"의선, 어떠하오?"

"죄송합니다, 폐하."

"허어…… 천하의 의선도 못 찾는 병이란 말인가…….."

"죄송합니다. 저 역시 태어나서 처음 보는 증상인지라…….."

관천의 말에 황제는 의자에 주저앉으며 한탄을 했다.

"……하늘도 무심하구나. 부황 폐하를 갑작스럽게 데려가시더니……. 이제는 내 여인마저 데려가시려 하는 것인가."

그러면서 눈물을 흘리는 황제였다.

자신의 세력을 갖출 시간도 없이, 선대 황제가 서거하는 바람에 힘겹게 권력 싸움을 하는 황제였다.

그 와중에 황후까지 이렇게 몸져누우니 모든 것이 허망한 황제였다.

"황제가 되면 뭐 하나…… 천자의 자식이면 뭐 하냔 말이다. 나는…… 아무런 힘이 없는…… 그런 황제다."

자괴감에 빠져 중얼거리는 황제를 안타까운 마음으로 바라보는 관천이었다.

하지만 정말로 자신이 할 수 있는 것이 없었다.

작은 희망이라고 하면, 천룡이라면 이것에 대해 알지 않을까 하는 믿음 정도였다.

"폐하…… 한 가지 희망이 있기는 하온데…….."

관천의 말에 황제가 벌떡 일어서며 그의 손을 잡았다.

"저, 정말이오? 말만 하시오. 내 무엇이든 지원하리다!"

"제가 모시고 온 분 중에 어떤 분야에선 저보다 더 뛰어난 의술을 가지신 분이 계십니다. 그분에게 황후마마를 보여도 되겠습니까?"

"그, 그것이 정말이오? 나야 언제든 환영이오. 황후를 치료할 수 있다면 그것이 누구라도 상관없소!"

"감사합니다, 폐하. 그럼 소신이 바로 가서 모셔 오도록 하겠습니다."

"아니오! 의선은 이곳을 지키시오. 여봐라!"

"네이!"

"가서 의선의 일행분들을 모셔 오거라!"

"네이!"

내관에게 명령을 내린 후에 궁금한 얼굴로 물었다.

"그분은 어떠한 분이시오? 의선이 그리 말을 할 정도면 평범한 분은 아니신 듯한데……."

황제의 물음에 관천은 미소를 지으며 답했다.

"정말…… 대단하신 분이시지요. 가끔 신선이 아니실까 하는 생각도……. 헙!"

천룡을 생각하다 순간 자기도 모르게 마음의 소리가 나와 버린 관천이었다.

"신선이라…… 그 정도란 말이오?"

"아, 아니옵니다! 소, 소신이 잠시 말이 헛나왔사옵니다!"

당황하며 손을 내젓는 관천을 보며 황제는 더욱더 확신했다.

세속에 얽매이지 않고 자유롭게 살아가는 기인이라고 말이다.

"하하하, 왜 이리 당황하시는 것이오? 점점 궁금해지는구려."

관천은 아무 말도 못 하고 그저 고개만 숙일 뿐이었다.

'하늘에 의술이 닿은 자가 저리도 극찬을 한다라…….'

인재에 목이 마른 황제의 눈에 욕심이 어리기 시작했다.

얼마간의 시간이 흐른 후에 천룡이 자신의 제자들만 대동한 채 모습을 드러냈다.

"폐하! 신 운천룡! 폐하를 알현하옵니다! 만세 만세 만만세!"

"만세 만세 만만세!"

천룡과 함께 황제에게 황궁 법도에 맞춰 인사를 하는 천룡 일행이었다.

"어서 오시오. 앞으로 일일이 그렇게 인사를 하지 않아도 되오."

"황은이 망극하옵니다."

천룡의 대답에 황제는 잠시 그를 눈여겨보았다.

'딱히 특출나 보이는 것은 없거늘……. 저리 어린 나이에 의선을 능가했다고? 만약 사실이라면 꼭 내 사람으로 만들어

야 한다!'

"자, 자. 그 정도만 하고 일어나시오. 자리에 앉읍시다."

그러면서 여전히 그들을 관찰하는 황제였다.

그런데 보니 특이점이 있었다.

천하의 의선이 천룡에게 극진하게 행동을 하는 것이었다.

심지어 자신을 대할 때보다 더 극진해서 질투까지 일 정도
였다.

'저 의선이…… 저리도 극진하게 대한다고? 저 모습은 거
의 주군을 대하는 신하의 모습이 아닌가…….'

점점 더 욕심이 나는 황제였다.

"저 방에…… 황후가 누워 있소……. 의선의 말로는 그대
라면 방법을 알지도 모른다고 하여 이리 불렀소."

"제, 제가 말입니까? 폐, 폐하. 저, 저는…….."

엄청나게 당황하며 관천을 바라보는 천룡이었다.

이게 지금 무슨 말이냐는 뜻이었다.

"방법을 못 찾아도 좋네. 부디! 부디! 황후를 한번 봐주시
게!"

지푸라기라도 잡는 심정이 이런 걸까?

황제는 정말 간절했다.

여기서 안 되면 더는 희망도 보이지 않았기 때문이었다.

그 모습에 천룡은 잠시 혼란스러워하다가 이내 고개를 끄
덕였다.

"하아, 알겠습니다. 제가…… 한번 황후마마를 진맥해 보겠습니다."

"고맙네! 고맙소! 자, 자. 어서 이리로!"

천룡의 허락이 떨어지자마자 다급하게 황후에게 안내하는 황제였다.

미약한 숨을 내쉬며 누워 있는 황후.

그런 황후의 기를 느끼고 있는 천룡이었다.

'기운으로 봐서는 멀쩡한데? 뭐지?'

아무리 느껴도 이상이 없었다.

'이건 그냥 자는 건데?'

갸웃거리는 천룡을 보며 관천이 물었다.

"혹시 뭔가 찾으신 것입니까?"

그 말에 황제 역시 기대 가득한 눈빛으로 천룡을 바라보았다.

"이게…… 뭐라고 해야 하지? 그냥 자고 있는 건데?"

"네? 그냥 자고 있다고요? 그, 그럴 리가요? 온몸에 열기로 가득합니다! 이건 아픈 증상이라고요!"

"아니야. 이건 그냥…… 술기운에 잠든 건데?"

"네? 수, 술요?"

"응. 그냥 술에 취해 잠든 거…….."

천룡의 말에 관천은 어리둥절한 표정을 지었다.

의원 생에 그런 말도 안 되는 소리는 처음 들었기 때문이었다.

그리고 자신이 의원이다.

의선이라는 소리까지 듣는 의원인데, 술 취해 자는 것을 모를 리가 있겠는가?

보다 못한 황제가 나섰다.

"그, 그게 무슨 소린가! 술에 취해 잠든 것이라니? 말이 되는 소리를 하라! 황후는 몇 날 며칠을 저 상태로 누워 있었다!"

"폐하, 저는 그저 느낀 대로 말을 한 것입니다. 황후마마의 몸속에서 주정의 기운이 느껴집니다. 그건 술기운이 몸 안에 있을 때 나타나는 현상인데, 지금 황후마마께 아주 진한 주정의 기운이 느껴집니다."

그 말에 관천이 중얼거렸다.

"서, 설마? 그건 아닐 텐데. 그게 실제로 존재하지는……."

무언가가 생각이 난 듯 중얼거리는 관천이었다.

"의선! 무언가 떠오른 것이오?"

황제의 물음에 관천이 고개를 흔들며 말했다.

"하하…… 아닙니다. 제가 말도 안 되는 상상을 그만……."

"무엇이길래?"

"장주님께서 말씀하신 내용을 본 적이 있는데, 그 책이 워낙에 허무맹랑한 글만 적혀 있던 책인지라……."

"답답하다! 어서 말해 보라!"

황제의 재촉에 관천이 입을 열었다.

"전에 박물지(博物志)라는 책에서 읽은 적이 있습니다. 거기에 천일주(千日酒)라는 술이 나오는데, 마시면 천 일 동안 잠이 든다는 내용입니다. 하지만 그것은 그저 이야기책에 나오는 허구의 술일 뿐⋯⋯. 실제 그런 술이 있을 리가 없습니다. 그래서 제가 머뭇거린 것이옵니다."

관천의 말에 천룡이 말했다.

"어찌 장담하지?"

"네?"

"정말로 그런 술이 없을 것이라고 어찌 장담하냐고?"

"그, 그건⋯⋯."

"나라는 존재가 나오기 전까지 자네는 장담했었나? 나 같은 사람이 있을 것이라고?"

천룡의 말에 관천의 눈이 휘둥그레졌다.

생각해 보니 그랬다.

의원으로 접근했을 때 절대로 존재해서는 안 될 인물이 바로 천룡이었다.

바로 눈앞에 이야기에서나 나올 법한 인물이 서 있었다.

"그, 그렇군요. 제가 안일하게 생각을 했군요."

둘의 대화에 황제는 인상을 찡그리며 말했다.

"짐이⋯⋯ 알아들을 수 있도록 말하지 않겠나? 그대들도 다른 대신처럼 나를 허수아비로 생각하는 것인가?"

황제의 말에 천룡과 관천이 다급하게 고개를 조아리며 말했다.

"아, 아니옵니다! 폐하! 그저 의견을 나누었을 뿐이옵니다! 방금 의견에서 새로운 가능성을 발견하였으니 그것을 중점으로 치료법을 찾아보겠사옵니다!"

관천의 말에 황제의 표정이 풀리며 환해졌다.

"그, 그것이 정말인가? 오오! 역시 의선이로다! 그 어떤 것이라도 말하라. 모든 것을 지원하라 명하겠다."

"황은이 망극하옵니다! 일단 오늘은 물러난 후에 고심하여 방도를 찾아보겠사옵니다! 죄송합니다, 폐하."

"아, 그렇군. 그렇지. 바로 나오지는 않겠지…… 알겠네. 부디 최선을 다해 주시게!"

"네! 폐하!"

그리고 나가면서 자꾸 황후가 있는 전각 쪽을 바라보며 떨어지지 않는 발길을 억지로 돌리는 황제였다.

황제가 자리를 떠나자 그제야 한숨을 내쉬며 숙소로 이동한 천룡 일행이었다.

숙소에서 드디어 속 편하게 대화를 나누었다.

"그러니까 정말 천일주일 수도 있다는 말씀이신 거죠?"

"천일주인지 아닌지는 모르겠지만, 술에 취한 것 같은 상태는 맞아. 네가 볼 때는 어때?"

"독도 아니고…… 그렇다고 신진대사에 이상이 있는 것도 아니고……. 심지어 죽을 떠먹여 주면 그걸 또 받아먹으니까

제 생전 이런 현상은 처음 봤습니다. 모든 생리 현상 역시 정상적이니…… 솔직히 주정은 상상도 안 해 봤습니다…….”

관천은 고개를 절레절레 흔들며 황후의 상태를 말했다.

관천의 말에 천룡은 자신의 제자들을 불렀다.

세 사람은 부리부리한 눈빛으로 사방을 경계하고 있었다.

이미 한 번 쥐새끼들이 숨어서 염탐한 것을 발견한 적이 있기에 더욱더 경호에 전력을 기울이고 있었다.

“너희들은 어찌 생각해? 혹시 이러한 술에 대해 아는 바 없나?”

“글쎄요? 술이 다 거기서 거기 아니에요?”

“술에 아무리 취해도…… 천 일이나 자는 것은 좀…….”

무광과 태성의 의견에는 전혀 영양가가 들어 있지 않았다.

하지만 천명의 입에서 아주 유용한 정보가 나왔다.

“저, 들은 적이 있습니다! 남만에 금모신원(金毛神猿)이라 불리는 원숭이가 마시는 술이 있는데, 그 술을 마신 사람은 오랜 시간 동안 죽은 듯이 잠든다는 말을 들었습니다.”

“금모신원?”

“황금빛깔의 털을 가진 원숭이입니다. 전설의 영수라고도 불리는 놈입니다. 실제로 본 자는 없지요. 그런 놈이 마시는 술이니 인간이 마신다면 정말로 그럴 수도 있겠다 싶네요.”

“실재하겠지. 전에 혈귀룡도 전설이었다며. 그럼 뭐 어딘가에 존재하고 있겠지.”

천룡의 말에 다들 고개를 끄덕였다.

실제로 자신들이 경험을 했기 때문이었다.

"그렇다면…… 어찌해야 하나? 술이 깨는 처방을 지어서 먹여야 하는 건가?"

"정말로 천일주에 취해서 잠이 든 걸까요?"

"주정이 느껴지는 건 사실이니까……."

"일단 숙취에 좋은 약재로 지어 올려 봐야겠습니다."

"근데 효과가 있는 건 어찌 알지? 알 방법이 있나?"

"그, 글쎄요……."

"아니면…… 전에 조방이 치료할 때처럼 해 볼까? 내가 주정의 기운을 흡수하는 거지."

"안 됩니다! 혹시라도…… 그걸 흡수하셨다가 저렇게 되신다면……."

"맞아요! 사부께서 저리되시면 방법도 없다고요!"

천룡의 말에 제자들은 일제히 반대하고 나섰다.

관천 역시 목에 핏대까지 세우며 반대했다.

"저 역시 결사반대입니다! 제가 모든 것을 걸고서라도 술 깨는 법을 찾아보겠습니다!"

다들 이렇게 반대를 하니 천룡은 한발 물러설 수밖에 없었다.

그리고 천룡을 제외한 방 안의 사람들은 천룡이 나서기 전에 모든 것을 다 동원해서라도 방법을 빨리 찾아야겠다고 생각했다.

⌬

동창의 제독태감 유근이 자신의 앞에 놓은 금은보화를 바라보며 행복한 미소를 짓고 있었다.

"이게 전부 다 그들이 보낸 것이라 이거지?"

"네! 그렇습니다!"

"천의문이 다른 지역으로 가도록 해 달라는 것이 부탁이고?"

"그렇습니다. 그저 다른 지역으로 가게끔만 해 달라는 것이 부탁이었습니다."

"그게 뭐 어려운 일이라고. 마침 잘되었다. 지금 황궁에 천의문의 문주가 들어와 있지 않으냐? 그자와 자리를 한번 마련하도록 해라."

"네! 알겠습니다!"

"참, 그들을 감시하라고 보낸 이에게선 연락이 왔느냐?"

"네! 아직까진 특별한 일이 없다고 보고가 왔습니다!"

"흠…… 치료 방법을 찾은 건 아니지?"

"그렇습니다! 치료 방법을 찾은 낌새가 보이면 바로 연락하라고 명해 놓았습니다."

"잘했다, 하하하. 모든 것이 술술 풀리는구나."

"경축드리옵니다!"

"하하하하하하!"

기분이 좋아진 태감은 술을 연거푸 들이켰다.

그리다가 무언가 생각이 난 듯 자세를 바로잡고 은밀하게
물었다.

"그래. 우리의 전력을 위해 초빙한 고수는 언제 온다더
냐?"

"당장 알아보도록 하겠습니다!"

"되었다. 오고 있겠지. 칠왕십제라 불린다지?"

"그렇습니다! 파천도제(破天刀帝)라는 별호로 불린다 들었습
니다."

"오호! 별호부터가 맘에 드는구나. 곧 금의위 놈들과 한판
붙어야 하니 최대한 고수들을 끌어모으거라."

"네! 알겠습니다!"

그 모습에 다시 흐뭇한 미소를 지으며 술을 마시는 태감이
었다.

천명의 앞에 두 사람이 고개를 조아리고 서 있었다.

"그래. 제대로 보고했겠지?"

"네! 그렇습니다!"

"그렇습니다!"

"그래. 그래. 잘했다. 앞으로도 쭉 잘해라."

"네! 알겠습니다!"

우렁찬 목소리로 동시에 답하는 두 복면인.

바로 일행을 감시하다가 잡힌 그들이었다.

동창과 금의위에서 감시하라고 보낸 세작들.

수로채에가서 평생 노만 젓다가 인생 종칠 뻔했는데, 다행히 천룡이 기회를 주자며 이들을 구제해 준 것이었다.

그 후로 자신들의 상관에게 보고할 때 거짓으로 보고를 올리고 있었다.

매 앞에는 장사가 없다던가?

완벽하게 세뇌가 되어 복종하는 둘이었다.

이들을 통해서 현재 황궁에서 벌어지는 권력 투쟁에 대해 자세히 들을 수 있었다.

"그러니까 두 세력이 우리를 견제하며 언제든지 칠 준비를 하고 있다. 이거지?"

"네! 그렇습니다!"

"왜? 무엇 때문에?"

"원래 황궁이라는 곳이 그렇습니다! 외부인에 대한 경계가 가장 심한 곳이 바로 이곳입니다!"

줄줄이 나오는 정보에 무광과 태성이 심각한 얼굴로 생각에 잠겼다.

그때 천명이 기가 막힌 묘수가 떠올랐는지 손뼉을 치며 말했다.

"그럼 이렇게 하면 어떨까요?"

"응? 무슨 좋은 생각이라도 난 거야?"

"네! 우리도 여기서 편을 만들면 되죠."

"여기서? 어떻게?"

무광의 질문에 천명은 부동자세로 서 있는 두 세작을 바라보았다.

"쟤들이 왜?"

무광은 천명의 행동을 전혀 이해하지 못했다.

"에이! 사형! 주먹에 장사 없습니다! 고통! 극한의 고통! 영원히 잊지 못할 고통!"

천명이 주먹을 불끈 쥐며 말을 하자, 두 세작은 오줌을 지리며 덜덜 떨었다.

"저놈들이 우리를 치려고 준비한다면서요. 먼저 선방 치는 거죠. 우리가 패도 괜찮은 놈들만 선별해 오라고 하면 되는 것 아닙니까. 어차피 손볼 놈들 패는 거니, 무고한 사람을 때리는 것도 아니고, 운 좋아서 우리 편 한다고 하면 일거양득 아닙니까."

그런 말을 아주 해맑은 미소와 함께 당당하게 말하는 천명이었다.

무광과 태성은 고개를 푹 숙이고 몸을 떨었다.

세작들은 무광과 태성을 보며 '그래도 저들은 제정신이구나'라고 생각하며 안도의 한숨을 쉬었다.

누가 봐도 말도 안 되는 소리에 좌절하는 모습이었다.

하지만.

"크하하하하하! 역시! 사제! 어디서 그런 엄청난 묘수를 생각한 건가? 대단해! 대단하구먼!"

"하하하! 역시 천명 사형! 저희 중에 머리를 쓰시는 분은 천명 사형뿐이군요!"

둘이 고개를 숙인 건 왜 자신들은 저런 생각을 못 했을까 하고 자책한 것이고, 몸을 부르르 떤 것은 천명의 생각에 감동해서였다.

'전부 제정신이 아니야!'

두 세작은 마음속으로 외쳤다.

그런 세작들의 마음과는 달리 세 사람은 본격적으로 방법에 대해 의견을 나누고 있었다.

"그런데 저희는 천명 사형처럼 전문적으로 때리는 건 못해요."

"그래! 태성이의 말이 맞다!"

"에이! 대사형! 그리고 사제! 내가 있잖아! 그리고……."

천명은 두 세작을 바라보며 의미심장한 미소를 지으며 말했다.

"쟤들이 앞으로 데리고 올 실험체들도 많을 것이고……."

그 말을 들은 세작들의 얼굴은 공포로 물들어 갔다.

"엥? 실험체?"

무광의 말에 천명이 아차 하는 표정으로 말했다.

"아아! 쟤들한테 선별해서 데려오라고 해야죠. 자기네들이 생각해도 이놈은 정말 나쁜 놈이라는 생각이 드는 놈으로."

"아하, 그러니까 그 애들을 대상으로 우리에게 너의 비전을 가르쳐 주겠다? 어차피 맞을 놈들이니 양심의 가책도 없고?"

"역시 대사형이십니다!"

"크하하하! 내가 좀 하지!"

그런 둘을 뒤로하고 천명이 세작들을 향해 웃으며 걸어갔다.

그 모습이 꼭 자신들을 향해 다가오는 저승사자로 보이는 세작들이었다.

천명은 세작들의 어깨에 손을 올리며 다정하게 말했다.

"다 들었지?"

천명의 말에 둘은 고개를 끄덕였다.

"그럼 뭐 해? 안 가고? 너희가 생각했을 때 이놈은 맞아도 된다! 하는 놈들로 두(頭)당 최소 다섯 명은 데리고 와야 한다? 물론 그놈들 죄목까지 적어서."

말이 끝났음에도 미동이 없자, 천명이 어깨에서 손을 떼고 팔뚝을 걷기 시작했다.

"아……! 내가 그냥 말로만 했구나? 미안!"

"아, 아닙니다! 이해했습니다! 지, 지금 당장 데려오겠습니다!"

"다섯 명이 아니라 열 명, 아니 제가 아는 놈들 전부 데려오겠습니다!"

어찌나 다급하고 목청껏 대답하는지 저러다가 각혈을 하는 게 아닌가 하는 걱정이 들 정도였다.

그런 그들에게 천명이 고개를 까닥이자 순식간에 그 자리에서 사라진 둘이었다.

그렇게 황궁에 세 악마가 강림하는 순간이었다.

시간은 흘러 어느덧 황궁에 온 지 일주일이 지났다.

관천의 처방이 어느 정도 효과가 있었던지, 황후의 맥이 원래대로 돌아오고 있었다.

"뭣이? 황후가 치료되고 있다고?"

"네! 그러하옵니다!"

"아니……. 그 병은 절대 치료가 될 리 없다 하지 않았어? 아니…… 어찌 치료하는데?"

"그, 그것이…….""

"그것이 뭐?"

"숙취를 해소하는 약재로 치료를 하고 있다고…….""

"뭐, 뭐라고?"

"숙취를 해소는 약재로⋯⋯."

퍼억!

"이 새끼가 지금 나랑 장난하나. 뭐? 숙취?"

"저, 정말이옵니다! 황후께서 저리되신 이유가 사실 극한으로 응축된 주정(酒精)을 흡입하셔서 그렇다고 합니다!"

"뭐? 주정? 정말로? 우리가 받은 그게 독이 아니고 주정이라고?"

"태, 태감님⋯⋯."

수하의 당황에 그제야 손으로 입을 가리며 주변을 살피는 동창의 태감이었다.

주변에 아무것도 없는 것을 확인한 후에 안도의 한숨을 내쉬며 의자에 앉았다.

"하아⋯⋯ 주정이라니⋯⋯. 그러면 정말로 숙취 해소하는 약재로 해독을 하고 있다는 소리 아니냐?"

"그렇습니다. 아마 머지않아 깨어나실 것으로 보입니다."

"이렇게 가만히 있을 때가 아니었군⋯⋯. 포섭한 어의들에게 말해라! 최대한 방해를 하라고! 약재도 바꾸고! 할 수 있는 건 다 하라고 말이야!"

"네!"

명을 받고 다급히 나가는 수하를 보며 이마를 짚는 태감이었다.

"무언가가 꼬이고 있어. 뭐지? 뭣 때문에? 그래. 천공의 선! 그놈! 그놈만 없으면…….."

중얼거리더니 일어나 밖으로 나가는 태감이었다.

❧

천룡이 장천과 여월을 데리고 산책을 하고 있었다.

"오늘 날씨가 정말 좋다. 황궁에서 이렇게 한가로이 산책하는 날이 올 줄이야."

"그러게 말입니다. 주군."

"그런데 얘들은 요새 뭐 하냐? 통 안 보이네?"

"무언가를 하고 계신 듯합니다. 바빠 보이셨습니다."

여월의 말에 천룡의 이마가 찡그려졌다.

'뭐지? 아 씨! 또 뭘 꾸미는 거지? 활생단을 잔뜩 챙겨 갔는데……. 제발 큰 사고만 치지 말아라.'

불안함에 몸을 부르르 떠는 천룡이다.

그때 멀리서 천룡을 발견한 황제가 다가왔다.

"오! 운 가주!"

황제를 발견한 천룡은 황급히 인사를 하려 했다.

"아! 됐소! 안 해도 되오!"

"망극……."

"그것도!"

천하통천
운가장

"네…… 알겠습니다."

"잠시 걸읍시다."

그렇게 황제와 나란히 정원을 걸었다.

"황후마마께서는 조만간 쾌차하실 것으로 보입니다. 인제 그만 안심하셔도 되옵니다."

황제의 안색이 어두운 것을 본 천룡이 위로의 말을 전했다.

"그것은 좋은 일이지. 하지만 그것 때문이 아니오."

걸음을 멈춘 황제는 천룡을 향해 몸을 돌렸다.

그리고 자신을 따라오는 내관들을 모두 물렸다.

"운 가주……."

"네! 폐하!"

"나를 좀 도와주시오."

갑작스러운 황제의 도움 요청에 천룡은 자기도 모르게 고개를 들어 황제를 바라봤다.

"네?"

그리고 자신의 행동을 인지하고 다시 재빨리 고개를 숙였다.

"편하게 하시오. 편하게. 그렇게 눈치를 보지 않아도 되오."

"망극……."

"그건 말고."

"감사하옵니다."

그리고 다시 황제에게 물었다.

"소신이 무슨 힘이 있어 폐하를 돕겠습니까?"

"하하, 나를 속일 생각이신가?"

"네? 저는……."

천룡이 대답하려 하자 손을 흔들며 차단했다.

"아아, 변명은 되었소. 안 그래도 온종일 듣는 소리가 대신들의 그 염병할 놈의 변명과 망극이니……."

황제의 입에서 나온 험한 말에 천룡은 조용히 입을 다물었다.

"우연히 보았소. 조 상서가 운 가주를 아주 극진히 모시더군. 마치 주군을 대하듯이 말이오. 그리고 그대의 주변 인물들 역시 누구 하나 범상치 않은 이가 없더군. 특히…… 그 콧대 높기로 유명한 천공의선이 운 가주를 대하는 자세는 그대가 얼마나 대단한 인물인지를 알려 주는 지표지."

"폐하…… 그, 그건……."

"변명은 그만하고, 나를 좀 도와주시오. 나는 지금 의지할 곳이 없소. 부디 나를 좀 도와주시오."

천하의 황제가 천룡에게 간절하게 도움을 요청하고 있었다.

"제가 무엇을 도와드리면 되옵니까?"

"날…… 지켜 주시오!"

"네?"

천룡은 이게 무슨 소린지 이해가 가지 않았다.

중원 천하의 주인인 황제를 누가 위험에 빠뜨린단 말인가?

그런데 황제는 지금 자신을 지켜 달라고 말하고 있었다.

천룡의 반응에 황제는 한숨을 쉬며 자신의 처지를 설명해 주었다.

"나는 갑작스러운 부황의 서거에 보위를 물려받을 준비도 안 된 상태에서 보위를 물려받았소. 그래서 기반이 거의 없지……. 나에게 기반이 없다는 것은 곧 황궁 안에 있는 세력에게는 절호의 기회."

그리고 저 멀리 자신을 바라보며 서 있는 내관들을 보며 계속 말했다.

"저들 역시 곁에선 간, 쓸개 다 내줄 것같이 행동하지만, 속으론 나를 자신들의 손아귀에 쥐고 싶어 하는 작자들이지. 저런 이들이 사방에서 이를 드러내며 아귀다툼을 하고 있소. 나는 황제지만 힘이 없는 황제요. 그래서 그걸 지켜볼 수밖에 없지."

"폐하……."

"그들의 눈을 피해 세력을 만들려고도 해 보고, 무림이라는 곳에서 강하다는 자들을 천거하려고도 했지만 전부 저들의 방해에 무산이 되었소. 그러던 차에 황후까지 쓰러진 것이고……."

이내 슬픈 눈으로 바뀐 황제는 울 것 같은 표정으로 천룡을 보며 말했다.

"지, 짐은…… 너무 힘이 드오. 사방에 내 몸 하나 편히 쉴 곳 없는 곳이 바로 이곳이오. 운 가주…… 나는 아오. 그대가 얼마나 강하고 대단한 사람인지를 말이오."

"……."

"부디 이 나를 도와주시오. 운 가주. 이제 나의 마지막 희망은 바로 그대요."

황제의 구구절절한 처지에 천룡은 울컥했다.

그리고 화려한 곳에 살고, 천하의 주인이라는 자가 이리도 고통 속에서 살고 있다는 사실을 알고 나니 황제가 아닌 한 명의 인간으로 보인 것이다.

"신! 운천룡! 폐하를 성심성의껏 도울 것이옵니다! 미력한 힘이나마 최선을 다해 돕겠사옵니다!"

천룡이 고개를 숙이며 허락의 말을 하자, 황제의 표정에 환희가 가득해졌다.

"그, 그것이 정말이오?"

"네! 폐하! 폐하의 어심을 어지럽히는 이들은 제가 전부 혼내 주도록 하겠사옵니다!"

천룡의 말은 황제의 가려운 곳을 아주 박박 긁어 주고 있었다.

"고, 고맙소! 정말…… 고맙소."

운가장

결국, 눈물을 보이는 황제였다.

그동안의 받은 굴욕이 떠올라서 더욱더 감정이 격해졌다.

"폐, 폐하!"

"오늘은 정말 기쁜 날이오! 하하하하! 갑시다! 이런 날은 한잔해야지 않겠소?"

황제는 천룡의 손을 붙잡고 자리를 이동했다.

⸎

천룡과 황제가 손을 잡고 술을 마시러 갔다는 소식은 순식간에 각 세력에 전해졌다.

"뭐라? 황제께서 운가장의 장주라는 자의 손을 잡고 이동하셨다고? 그리고 뭐? 어주를 내리셨다고?"

"네! 그렇사옵니다!"

"아니, 그놈이 뭔데? 혹시…… 중원에서 알아주는 엄청난 고수냐?"

"아니옵니다! 생긴 지 얼마 되지 않은 장원의 장주라고 하옵니다."

"아니……. 그럼 그자의 뒷배에 엄청 강한 세력이 있나?"

"그렇지 않사옵니다. 운가장이 전부입니다."

"그럼 뭐냐 말이냐! 답을 말하라고!"

"그, 그건 저도 잘……."

"됐다! 꺼져!"

답답한 마음에 자신의 수하에게 소리를 지르는 동창 태감이었다.

"안 좋아. 안 좋다고…… 황후도 차도가 보이고……. 뭘까? 어디서 꼬인 거지?"

그리고 한참을 생각에 빠진 채로 움직이지 않았다.

답이 안 나왔는지 책상을 치며 분노하는 태감이었다.

"젠장! 그냥 얌전히 황제 자리에 앉아서 부귀영화나 누릴 것이지! 쓸데없는 짓을 해서!"

그리고 무언가를 결심했다.

"결국, 이 방법을 써야 하는가? 한왕께서 보낸 이를 내 직접 만나야겠다. 안내해라!"

그리고 수하를 따라 서둘러 나가는 태감이었다.

황제가 어딜 가든 그 옆에는 항상 천룡이 대동하고 있었다.

황궁 내에 있는 모든 대신이 그러한 황제에게 상소를 올리기 시작했다.

물론 그 상소들은 전부 천룡을 욕하고 흉보고, 경계하는 상소들이었다.

당연히 황제는 무시해 버렸다.

상소로 안 되자 대신들이 오문 앞에서 농성하며 황제에게 답변을 요구하였다.

하지만 황제는 그런 그들의 요구를 묵살하며, 오히려 천룡에게 정이품 도어사 자리에 제수해 버린다.

자신의 결정에 들불처럼 불만이 일어날 것으로 예상을 했는데, 이게 웬걸 어느 날인가부터 농성하는 사람들이 줄기 시작했다.

그리고 이제는 농성도 상소도 올리지 않았다.

그에 보다 못한 금의위에서 나섰다.

동창보다 먼저 나서서 황제를 설득하고 천룡을 쳐 내야 했다.

그래야 자신들이 유리한 고지에 오를 것으로 생각한 것이다.

하지만 그것이 자신들로 하여금 지옥의 길로 들어가게 하는 결정이었다는 것을 이때까진 모르고 있었다.

"폐하! 신들이 충정으로 간언하옵니다! 옆의 그 간신배를 멀리하시옵소서!"

"멀리하시옵소서!"

황제 앞에 달려와 부복하고선 일제히 같은 말만 반복하며 외치고 있었다.

"그만! 그만! 돌아가라 하지 않았느냐!"

황제가 명령을 내렸지만, 그들은 듣지 않았다.

오히려 더 목소리를 높여 외쳤다.

"폐하! 저 간사한 자를 멀리하시옵소서! 충심으로 간언드리옵니다!"

"간언드리옵니다!"

그 모습에 황제의 얼굴이 붉게 변했다.

"그만하라지 않는가! 황명이다! 모두 물러가라!"

분노해서 소리를 질렀지만, 요지부동이었다.

모두가 자신을 무시만 할 뿐 아무도 자신의 말을 듣지 않았다.

이것이 바로 황제의 현실이었다.

자신은 무늬만 황제였다.

너무도 분하고 화가 나지만 힘이 없으니 어쩔 수 없었다.

저들은 금의위다.

천룡과 같은 무공을 배운 자들이다.

그런 자들이 한둘도 아니고 전부 몰려와 지금 저렇게 무력시위를 하고 있었다.

심지어 자신의 앞에서 칼을 찬 채로 부복하고 있었다.

대놓고 무시하는 행동이었다.

분하고 억울하고, 복장이 무너지는 심정에 눈물이 나오려 했다.

그때, 황제에게 함부로 대하는 모습에 화가 난 천룡이 나섰다.

"하하하! 이거군요. 폐하, 제가 잠시 대화를 좀 해도 되겠습니까?"

천룡의 말에 황제는 숙였던 고개를 들어 천룡을 바라보았다.

그의 표정은 웃고 있었지만, 눈빛은 그게 아니었다.

순간 오싹 소름이 돋은 황제는 자신도 모르게 고개를 끄덕였다.

"황공하옵니다. 그럼 신이 황제 폐하의 어심을 어지럽히는 저들을 좀 혼내고 오겠습니다."

그리고 몸을 돌려 부복하고 있는 금의위를 향해 걸어갔다.

천룡이 자신들을 향해 다가오자 금의위들은 기다렸다는 듯이 벌떡 일어나 언제든지 공격을 할 태세를 갖추었다.

"폐하의 어심을 어지럽혀 세상을 어지럽히려는 네놈을 우리 금의위가 두고 보지 않겠다!"

누가 들으면 마치 천룡이 나쁜 놈이 된 것 같았다.

그런 그들을 보며 차가운 미소를 보이는 천룡이었다.

"지금이라도 폐하께 엎드려 용서를 빌어라. 그러면 그냥 넘어가겠다."

"닥쳐라! 네놈이야말로 진실을 말하고 자결하거라!"

"좋아. 이래서 사람은 경험이 중요하다니까? 아무것도 모르니까 저런 소리가 줄줄 나오는 거 아냐."

천룡이 하는 소리가 무슨 뜻인지 전혀 이해를 못 하는 금의위들이었다.

쾅–!

천룡이 발에 뇌기를 가득 담아 진각을 밟았다.

순식간에 바닥을 타고 흘러가는 뇌기가 공격 자세를 잡은 금의위를 덮쳤다.

빠지지지지직–!

"크아아아아악!"

"꺼어어억!"

"케에엑!"

사방에서 비명이 난무하기 시작했다.

뇌기가 사라지고 금의위들은 모두 굳은 채로 서 있었다.

그 모습을 보며 천룡이 환하게 웃으면서 말했다.

"짜릿하지? 이제 내 허락 없이는 아무도 못 움직여. 그게 무슨 소리냐고?"

그들을 향해 조금씩 거리를 좁히면서 나직하게 말했다.

그 말은 그곳에 있는 모든 금의위의 귀에 천둥처럼 박혔다.

"너희들 앞에 지옥문이 열렸다는 소리야…….."

옴짝달싹 못 하고 있는 금의위에게 천룡이 친절하게 설명해 주었다.

"내 제자가 알려 주더라고. 매에는 장사가 없다고."

그러면서 자신의 주먹을 쥐었다 폈다 하며 먹잇감을 고르기 시작했다.

먹잇감을 고르기가 쉽지 않았는지 천룡은 황제에게 물었다.

"폐하! 여기서 누가 가장 속을 썩였습니까?"

천룡이 보여 준 엄청난 모습에 황제는 화들짝 놀랐다.

대단한 인물이라고 짐작은 했지만, 이렇게 엄청난 사람인 줄은 몰랐다.

사실 금의위가 나타났을 때만 해도 좌절했다.

천룡을 데리고 온 것은 그저 작은 위안이라도 삼으려는 이유가 가장 컸다.

개인이 집단을 상대로 강해 봐야 얼마나 강하겠는가?

그래도 자신이 보기에 천룡이 범상치 않은 인물이라고 느꼈고, 혹시나 하는 마음에 그에게 도움을 요청한 것이었다.

그저 이 무서운 황궁에서 자신이라도 지켜 준다면 그것만으로도 성공한 것이었기에 말이다.

하지만 지금은 그런 생각이 전부 날아갔다.

보아라.

단 한 번에 저 많은 사람을 움직이지 못하게 강제를 한 것이다.

천룡의 물음에 그저 멍하니 지켜보던 황제가 화들짝 놀라며 답했다.

"으응? 뭐, 뭐라 했는가?"

"이 중에서 어느 놈이 가장 미우신지요?"

천룡의 물음에 황제는 갑자기 온몸에 용기가 샘솟기 시작하며, 환희가 차오르는 기분이 들었다.

그저 잠시 바람을 막아 줄 바위인 줄 알았는데, 알고 보니 이름처럼 정말 천룡(天龍)이었다.

정신을 차리고 천룡의 말뜻을 대번에 알아챈 황제는 고민도 없이 금의위의 수장인 지휘사를 지목했다.

"저자다! 저자가 제일 나를 억압했다!"

황제의 손가락이 가리키는 곳에 유독 인상을 찡그리고 있는 한 사람이 있었다.

지휘사는 황제의 지목에 눈을 부릅뜨고 외쳤다.

"폐하! 지, 지금 이게 무슨 짓이옵니까! 당장 풀어 주시옵소서!"

오히려 황제에게 명령조로 말을 하는 지휘사였다.

"아직 상황 판단이 안 되나 본데…… 뭐, 그럴 수 있더라고. 사람이 당해 보지 않으면 모르더라."

어느새 옆으로 다가온 천룡이 나직하게 말했다.

"무, 무슨 소리……."

지휘사의 물음은 이어지지 못했다.

퍼 퍽!

"끄어어어어억!"

단 두 방.

단 두 방에 지휘사의 동공과 얼굴색은 시뻘겋게 변했고, 고통으로 인해 얼굴 전체에 선명한 핏줄이 새겨졌다.

"일단 살짝 맛보기를 보여 줘야겠지?"

천룡이 웃으며 말하자, 지휘사가 고통 속에서 고개를 좌우로 흔들었다.

"알아. 알아. 기분 좋다고?"

퍼퍼퍽!

"어디를 때리면 극한의 고통이 오는지 연구를 했지. 요즘 하도 내 기분을 건드리는 것들이 많아져서……. 그렇다고 죽이기는 싫고……."

퍼퍼퍼퍽!

"끄어어어어억!"

"그래서 제자가 하는 것을 유심히 봤지. 아! 저거구나! 저러면 되겠구나! 그래! 패자. 패서 갱생을 시켜 보자!"

퍽퍽퍽!

"이게 은근히 잘 통하더라?"

열심히 때리는데 지휘사의 몸이 무너졌다.

털썩!

입에 거품을 물고 눈동자가 뒤집힌 상태였다.

"아…… 이런. 말하다가 너무 힘이 들어갔네. 미안!"

천룡은 전혀 미안하지 않은 표정으로 지휘사의 몸에 하얀 빛이 가득한 기운을 불어넣었다.

"이건 활인기라고, 이렇게 맞다가 간혹 죽기 일보 직전까지 가는 사람이 있더라고. 그런 사람을 다시 회생시켜 주는 기술? 뭐 그런 거라고 보면 돼."

아주 친절하게 움직이지도 못한 채 서 있는 금의위가 잘 볼 수 있도록 몸까지 돌려서 시범을 보이는 천룡이었다.

그 모습에 금의위들의 눈에 공포가 새겨지기 시작했다.

천룡의 손에서 빛이 사라지자 언제 그랬냐는 듯이 다시 정신을 차리는 지휘사였다.

"어? 이, 이게 무슨?"

자신도 너무 놀라서 손을 들어 보이며 멍한 상태로 있었다.

"정신이 들었어?"

오싹!

그 소리에 자신이 조금 전까지 꿈이라고 생각했던 고통이 온몸을 스치고 지나갔다.

고개를 드니 악마가 웃으며 서 있었다.

"하하, 이제 다시 대화를 시작해 볼까?"

"잠ㄲ⋯⋯."

퍼억!

가차 없었다.

천룡은 다시 정신없이 패기 시작했다.

패다가 금의위들이 서 있는 곳을 바라보았다.

그러고는 싱그러운 미소를 지어 보이며, 한쪽 손을 금의위들이 있는 곳으로 뻗었다.

금의위의 머리 위에 작은 구체가 형성되기 시작했다.

금의위들은 자신의 머리 위에서 공포스러운 소리를 내며 형성된 구체를 보며 침을 꿀꺽 삼켰다.

그리고 그 구체에서 뇌기가 뿌려지기 시작했다.

빠지지지지직!

"가만히 서 있으니 심심하지? 걱정하지 마."

"끄아아아아악!"

"꺼어어어어어!"

"으아아아아악!"

강력한 뇌기가 나머지 금의위을 덮친 것이다.

사방에서 비명이 난무했다.

그 와중에 나머지 한 손으로 열심히 지휘사를 패는 천룡이었다.

잠시간의 시간이 지나자 강력한 뇌기에 지져진 자들의 몸에서 나는 살탄 냄새와 너무 맞아서 토하고 똥까지 지린 지휘사가 꿈틀대고 있었다.

그 모습을 옆에서 지켜보던 황제는 처음에는 시원했는데, 시간이 지날수록 두려웠다.

궁에 있는 늑대들을 쫓아내려고 불러온 용이 천룡이 아니고 폭룡이었다.

한편 천룡은 그동안 쌓였던 화병을 어느 정도 풀고 있었다.

여기까지 오면서 쌓였던 것이 너무 많이 쌓여 있어서 언제 폭발해도 이상하지 않은 상태였다. 그래서 유독 심하게 하는 것이다.

그러던 중에 이런 일이 일어난 것이다.

어찌 보면 금의위 입장에서는 재수가 없었다.

사방에서 고통에 몸부림치는 금의위에게 천룡이 웃으며 다시 손을 뻗었다.

제二장

　다시 손에서 새하얀 빛이 그곳을 가득 채웠고, 이어진 현
상에 다들 경악했다.

　"허허헉! 고, 고통이……!"

　"어억! 피, 피부가 다시 원래대로 돌아온다!"

　모두가 원상태로 돌아온 것이다.

　쿵!

　그리고 다시 들려오는 소리.

　빠지지직!

　"끄아아아악!"

　"쉬었으면 다시 시작해야지?"

　"아, 아닙니다! 다, 다시 시작 안 하……! 으그그극! 안, 안

하셔도 됩니다! 끄어어억!”

이번엔 고통 속에서 이를 악물고 대답을 하는 그들이었다.

“에이 정 없게 어찌 한 번만 하고 끝내?”

“아, 아닙니……! 윽!”

모두가 극한의 정신력으로 대답을 하려 했지만, 천룡은 그런 그들의 아혈까지 막아 버렸다.

“자! 시작합니다!”

빠지지지직!

“우우우우윽!”

“끄우우우우윽!”

다시 뇌기에 지져지고 있는 금의위들이었다.

그런 부하들을 멍하니 쳐다보는 지휘사였다.

“자! 이제 우리 대화 다시 해야지?”

자신에게 말을 거는 천룡에게 화들짝 놀라며 엎드려 비는 지휘사였다.

“아, 아닙니다! 대, 대화 충분히 했습니다! 제발! 제발! 어흑흑흑!”

눈물이 나왔다.

태어나서 이런 고통은 느껴 본 적이 없었다.

젊은 시절 고문을 당한 적이 있었다.

끔찍한 고통 속에서도 끝끝내 자신의 동료를 팔지 않았던 자신이었다.

그러나 천룡의 구타는 그것과는 차원이 달랐다.

천룡의 구타에 비하면 자신이 받았던 고문은 그냥 안마사가 해 주는 편안한 안마였다.

한 방 한 방이 영혼까지 날아가는 것 같은 고통이었다.

거기에 죽을 수도 없었다.

심지어 바라는 것도 없었다.

그것이 더 미칠 것 같은 지휘사였다.

"에이…… 아직 팔팔하네."

"아닙……! 읍? 읍읍?"

"아직 시간 많다. 폐하께서 그동안 너희들 때문에 받으신 고통에 비하면 좀 더 해야지? 안 그래?"

천룡의 말에 지휘사가 울면서 격하게 고개를 돌렸다.

"그래. 알아. 알아. 자! 시작하자!"

안다면서 왜 시작하냔 말이다.

다시 구타의 소리와 지져지는 소리의 향연이 이어졌다.

그렇게 세 번 정도 했을 때, 사람들은 모두 엎드려서 엉엉 울며 손발이 사라지도록 빌고 있었다.

"모두…… 뚝!"

천룡의 한마디에 사위가 순식간에 고요해졌다.

숨소리 하나 들리지 않았다.

그제야 천룡이 웃으며 황제에게 다가가 말했다.

"이제 말씀하시면 될 것 같습니다. 폐하."

"……."

"폐하?"

"헉! 미, 미안하오! 내, 내가 잠시 다른 생각을……."

"하하! 아닙니다. 이제 저들에게 명을 하시면 저들이 아주 잘 들을 것입니다. 한번 명해 보시지요."

"그, 그렇소? 아, 알겠소. 내 당장 명을 내, 내려 보겠소."

그리고 다급하게 금의위가 있는 곳으로 가서 일어나라 명했다.

벌떡!

황제의 입에 닫히기도 전에 번개 같은 속도로 기립해서 오와 열까지 맞추는 금의위였다.

돌 조각상을 세워 놓은 듯이 미동도 하지 않는 그들이었다.

앉으라고 하면 앉고 기라면 기었다.

그 와중에도 정확하게 오와 열을 딱딱 맞추는 그들이었다.

완벽하게 훈련된 정예군의 모습이었다.

"이제 만족하십니까?"

"그, 그렇소."

황제의 대답에 천룡이 고개를 갸웃하며 물었다.

"폐하, 아직 성에 차지 않으신가 봅니다."

"무, 무슨……?"

"대답이 영……."

"아, 아니오! 아주 매우 엄청나게 만족하고 있소!"

"그렇습니까? 하하, 전 또 제가 부족하게 한 것은 아닌지 걱정이 돼서……."

이게 부족한 것이면 정성을 다한 것은 어떠한 것이란 말인가?

그러한 황제 옆에서 천룡이 지휘사를 불렀다.

"거기 너!"

지목되자마자 순식간에 천룡의 앞에 나타나 무릎을 꿇는 지휘사였다.

그리고 목청이 터지라 외쳤다.

"네! 신 지휘사(指揮使) 적운(積雲) 부르셨사옵니까!"

"야."

"네에엡!"

"나 말고 폐하께 엎드려야지. 이게 아직 덜 맞았네?"

그 말에 경기를 일으키며 벌떡 일어나는 지휘사였다.

그리고 재빨리 황제께 엎드리며 용서를 빌었다.

"폐, 폐하! 신 지휘사 적운! 폐하께 크나큰 죄를 지었나이다! 부디 죽여 주시옵소서!"

진심이었다.

천룡에게 다시 맞느니 차라리 죽는 게 나았다.

어찌나 애절하게 말을 하는지 괜스레 미안해지는 황제였다.

꼭 자신이 때린 것 같은 기분이 들어서였다.

한편 천룡은 황제의 뒤에서 벌벌 떠는 내관들을 바라보았다.

유달리 심하게 떠는 그들이었다.

무언가가 이상한 기분이 든 것이다.

"폐하, 잠시 내관들과 대화를 나누어도 되겠습니까?"

그 말에 황제가 화들짝 놀라며 말했다.

방금 천룡이 한 대화가 무엇인지 두 눈으로 똑똑히 보지 않았는가.

"얘기만 해야 하네. 얘기만!"

다급하게 말했다.

내관들도 팰까 무서워 강조하는 황제였다.

그런 황제의 허락에 기절하는 내관들이 속출하기 시작했다.

'뭐지? 왜 나를 보면서 저리 무서워하는 거야?'

내관들을 때린 것도 아닌데 유달리 심하게 천룡을 무서워했다.

"뭡니까? 왜 저를 그리 무서워하는 거죠?"

"히이익! 아, 아닙니다! 저는 아닙니다! 잘못했습니다!"

그저 질문을 던졌는데, 귀신이라도 본 것처럼 덜덜 떨며 엎드리는 그들이었다.

"아, 아니 저기…… 폐하가 옆에 계시는데 내 앞에서 엎드리는 건 좀……."

천룡의 말에 내관들 역시 벌떡 일어나서 황제에게 용서를 구했다.

"폐, 폐하 신들이 큰 잘못을 저질렀사옵니다! 죽여 주시옵소서!"

황제 역시 이게 지금 무슨 상황인지 감을 잡지 못했다.

"아니, 왜들 이러는 건가? 자네들이 맞을 일은 없네. 나는 자네들을 미워하지 않아."

"망극하옵니다! 폐하!"

눈물까지 흘리며 감사해하는 내관들이었다.

그때 천룡의 눈에 익숙한 상처들이 눈에 들어왔다.

'응? 저건…… 천명이가 애들 팰 때 나오는 멍인데…….'

"혹시 천명이……."

"꺄아아아악!"

"허어어어억!"

"무광……."

"으허허헉! 자, 잘못했습니다! 잘못했습니다! 잘못했습니다!"

"끄아아아악!"

천명이라는 이름이 나오자마자 미친놈 발광하듯이 내관들이 발광하기 시작했다.

무광이라는 이름에도 역시.

"……."

이유를 알 것 같았다.

'이놈들이 요새 안 보인다 했더니…….'

뒤에서 이런 짓을 하고 다녔나 보다.

황제가 천룡을 두려운 눈빛으로 쳐다보았다.

"폐하……."

"미, 미안하오."

"폐하, 당당해지십시오! 저는 폐하의 신하입니다!"

그리고 다가가 황제에게 자신의 기운을 불어넣었다.

그러자 황제의 몸에서 회색빛 탁한 기운이 정수리를 통해 빠져나가기 시작했다.

점점 온몸이 상쾌해지는 기분과 함께 황제의 안색이 밝아졌다.

잠시 후 황제는 자신의 몸을 이리저리 살피더니 큰 소리로 웃었다.

"고맙소! 정말 기분이 상쾌해지는군. 그대는 정말로 대단한 사람이었군. 역시 나의 눈이 틀리지 않았어!"

"망극하옵니다!"

"고맙소! 짐이 그대에게 큰 빚을 진 것 같구려."

"아닙니다. 그저 폐하께서 편해지셨다면 그걸로 저는 만족하옵니다."

이유는 모르겠지만, 마음도 편해지고 천룡에 대한 두려움도 사라졌다.

그리고 인재에 목말라 있었던 자신에게 그 목마름을 한 방에 날려 주었다.

결과를 보라.

자신을 항시 감시하던 내관들과 자신들을 항상 무시하던 금의위가 자신을 보며 공포에 떨고 있었다.

이런 모습을 오랫동안 상상해 왔다.

한편 자신의 제자들이 여기저기 다니면서 대신들과 내관들을 교육하고 다니는 사실을 안 천룡은 기가 막혔다.

"그러니까…… 대신들이 내 욕을 하고 내가 관직에 앉은 것을 반대한다는 이유로 맞았다는 거지?"

어느새 내관들에게 말을 놓은 천룡이었다.

"그, 그러하옵니다!"

"너희도?"

"아, 아니옵니다! 저희는 절대로 도어사의 흉을 보지 않았사옵니다! 정말입니다! 믿어 주시옵소서!"

천명에게 맞았냐고 물은 건데 오해를 했나 보다.

암튼 반응을 보니 셋 중 하나에게 맞은 것은 분명했다.

내관에게서 내막을 알게 된 천룡은 황제에게 사과했다.

"죄송합니다, 폐하. 저희 애들이 사고를 좀 치고 다니는 것 같습니다."

"하하, 아니오. 괜찮소. 그래서 대신들이 농성하다가 어느 순간 사라졌었군. 하하하!"

무엇이 그리도 기분이 좋은지 연신 웃는 황제였다.

"이제야 내가 황제가 된 기분이오! 다 그대 덕분이오. 도어사!"

"그저 망극할 따름이옵니다!"

"편히 말하시오! 편히! 도어사만큼은 그러한 격식을 따르지 않아도 되오!"

"하하, 네! 알겠습니다. 폐하!"

그렇게 서로 대화를 하고 있을 때 기쁜 소식이 전해졌다.

한 내관이 헐레벌떡 달려와 엎드려 고했다.

"폐하! 황후마마께서 깨어나셨사옵니다!"

"그, 그것이 저, 정말인가?"

"네! 그러하옵니다! 방금 의선이 저에게 직접 말씀해 주신 내용이옵니다!"

"오오오! 이보게 도어사! 그대는 나에게 길운을 가져다주는 진정한 천룡이로다! 하하하하!"

"어서 가 보시지요!"

"그렇지! 어서 가 보세!"

황제가 가는 길에 금의위가 호위하고 그 뒤로 내관들이 바짝 따라갔다.

다들 천룡의 눈치를 극도로 살피고 있었다.

천룡은 조용히 지휘사 적운에게 전음을 보냈다.

'이따가 내가 머무는 곳에서 좀 보자.'

그 전음에 지휘사는 온몸에 식은땀을 흘리며 고개를 격하게 끄덕였다.

'늦으면…… 알지?'

천룡의 으름장에 지휘사는 공포에 떨면서 고개를 계속 끄덕였다.

그렇게 시끄러운 황실의 하루가 지나가고 있었다.

저녁이 되자 천룡은 자신이 머무는 곳에서 제자들과 수하들이 모여 있는 상태에서 얘기를 나누고 있었다.

"너희들이 하고 다닌 거 맞지?"

"네……."

다들 죄지은 사람처럼 고개를 푹 숙이고 있었다.

"왜?"

이유는 대충 알고 있었지만, 혹시나 다른 이유가 있을까 싶어 물었다.

"그게…… 그놈들이 자꾸 아버지 욕을 하잖아요! 참으려고 했는데……."

"맞습니다! 사부님! 감히 사부님을 흉보고 물러가라고 시위까지 하니까 눈이 뒤집혀서……."

"사부! 그, 그래도 죽이진 않았어요. 죽이고 싶었지만……."

혹시나 했지만 역시나였다.

다른 이유는 없었다.

그저 모든 일의 발단이 바로 자신이었다.

"허허허! 그것이 모두 도련님들께서 하신 일이었군요! 허허히!"

조천생은 무엇이 그리 즐거운지 연신 허허거리며 웃었다.

어찌 됐든 덕분에 황제가 편히 일할 수 있는 환경이 마련이 되었다.

후에 황제가 매우 고마워하며 제자들에게도 관직을 내린다.

그리고 장천과 여월, 관천에게도 관직이 내려졌다.

가장 낮은 관직인 정사품이었다.

반대?

하는 대신이 없었다.

모두가 엎드려 꼭 그래야 한다고 오히려 부추겼다는 얘기가 돌기도 했다.

암튼 현실로 돌아와서.

"잘했다. 너희 덕분에 일이 수월하게 풀린 거 같다."

천룡이 의외로 칭찬을 하자, 다들 고개를 번쩍 들며 눈만 껌벅였다.

"뭘 그리 놀라? 잘한 것을 잘했다고 하는 건데. 고생들 했다."

"헤헤! 감사합니다!"

천룡의 칭찬에 다들 쑥스럽다는 듯이 머리를 긁적였다.

그때 누군가 문밖에서 서성이고 있었다.

"누가 왔나 본데요?"

태성의 말에 천룡이 아차 하는 표정으로 말했다.

"아, 맞다! 들어와."

천룡의 말에 문이 벌컥 열리며 한 인영이 뛰어 들어와 부복했다.

"지휘사 적운! 도어사님의 부르심을 받자와 이리 달려왔사옵니다!"

오들오들 떨면서도 할 말을 다 하는 지휘사 적운이었다.

"깜박했었네. 너 불러 놓고……. 미안하다."

"아닙니다! 언제든지 깜박하셔도 됩니다!"

제발 영원히 깜박했으면 좋겠다고 생각하며 외쳤다.

"이놈은 뭡니까?"

"허헉! 저자는 지, 지휘사 적운!"

나타난 자를 보고 놀란 것은 조천생 한 명뿐이었다.

무광이 막 달려 들어온 지휘사를 보며 물었다.

"어. 아까 나한테 맞은 놈."

"네? 아버지께서…… 누구를 때리셨어요?"

"응……. 요새 조금 쌓인 게 많아서…… 풀 곳이 필요했어."

천룡의 말에 다들 고개를 끄덕였다.

많은 일이 있었고 그때마다 천룡은 화를 제대로 풀지 못했다.

"근데 이놈은 왜 불렀습니까? 마저 때리시려고요?"

무광의 말에 기겁하며 안색이 새하얗게 변하는 지휘사였다.

"히익!"

그 모습에 무광이 실소를 지으며 말했다.

"아니, 애를 어떻게 팼길래 반응이 저래요? 아버지 좀 심하게 하셨나 봐요?"

"응. 죽기 전까지 패고, 다시 살려 내고, 죽기 전까지 패고, 다시 살려 내고 그랬지."

"……."

여기서 가장 무서운 인물은 역시 천룡이었다.

사람의 생명을 맘대로 죽였다, 살렸다 할 수 있으니 말이다.

공포에 떠는 지휘사에게 말을 하는 천룡이었다.

"궁금한 게 있어서 불렀어."

"네! 말씀만 하십시오!"

부동자세로 목청이 터지라 외치는 지휘사였다.

그런 지휘사에게 현재 황궁의 상황에 관해 물어보는 천룡이었다.

지휘사는 자신이 아는 모든 것을 줄줄이 말했다.

어찌나 방대하고 길었는지 나중에는 요약해서 말하라고
할 정도였다.

"그러니까 지금 동창의 움직임이 수상하다는 거지?"

"네! 현재 황제 폐하를 가장 위협하는 자들이 바로 그자들
입니다!"

"너네는?"

"저희는 아닙니다! 그저 동창들에게 지는 게 싫어서……."

"쯧쯧. 그래 알았다. 가 봐."

"감사합니다!"

그러고는 절도 있는 동작으로 인사를 하고 재빠르게 나가
는 지휘사였다.

대충 내용을 들은 바로는 현재 동창이 무언가를 꾸미고 있
는데, 그것이 무엇인지 확실치가 않다는 것이었다.

특히나 여기저기서 강호 무인들을 모으고 있다는 소리에
의구심이 생겼다.

조천생은 심각한 표정으로 말했다.

"소신이 듣기로는 황제 폐하와 한왕을 저울질하고 있다고
들었습니다. 어느 쪽이 더 자신들의 권력을 공고히 할 수 있
는지를 말이죠."

"흠…… 장천아, 너희 애들한테 정보 좀 알아보라 해."

"네!"

장천이 밖으로 나가고 천룡이 무언가를 생각했다.

"그…… 저울질을 하다가 만약에 황제를 버린다고 하면…… 무슨 일이 일어나지?"

천룡의 질문에 조천생이 머뭇거리다가 답했다.

"그, 그것은…… 여, 역모가 일어나겠지요."

"그렇군. 하아……. 애들아, 여기 얼마간 더 있어야겠다."

"네?"

"황후가 깨어나서 인제 가려고 했는데, 자꾸 황제가 맘에 걸려서 말이지. 도저히 발길이 떨어지지 않을 것 같다."

"그래도 저희가 싹 교육해 놨으니 말 잘 듣지 않을까요?"

"동창은? 한왕 세력은?"

"그, 그건……."

"됐고, 조금 더 있어 보자."

"네!"

천룡 일행의 황궁 생활은 조금 더 있는 것으로 결정되었다.

❧

산동지방 오군도독부.

그곳에는 한왕 주고후가 자리를 잡고, 점점 강해지는 자신의 세력을 바라보며 즐거워하고 있었다.

"크하하하하! 모든 준비가 착착 잘되어 가고 있구나!"

"그렇습니다! 그곳에서 많은 무사를 보내 주어 일이 수월하게 진행되고 있습니다."

"크크크큭! 이제 얼마 남지 않았군. 그래, 동창에서도 같이 하기로 했다고?"

"그렇습니다! 전하께서 황위에 오르시면 자신들에게 무소불위(無所不爲)의 권력을 달라고…….'"

"크하하하하! 그까짓 것쯤이야! 나는 그런 거에 관심 없다. 황위! 황위만이 내 관심일 뿐이야!"

주고후의 말에 주변의 대신들 역시 욕심이 가득한 표정으로 웃었다.

"너희들도 내가 황위에 오르면 맘대로 하여라. 가지고 싶은 관직을 가지고, 빼앗고 싶은 땅을 빼앗아라! 내가 허락하노라! 크하하하!"

"황은이 망극하옵니다! 폐하!"

"크하하하하하!"

대신들이 벌써 폐하라는 호칭을 쓰며 말하자, 기분이 더욱더 좋아진 주고후였다.

그리고 넓은 연병장을 바라보았다.

그곳에는 수많은 군사와 무인들이 자리하고 있었다.

"동창 놈들에게 전해라. 준비하라고. 그리고 전군 출정 준비하라고 일러라."

"충!"

빠르게 빠져나가는 대신들을 뒤로하고 주고후는 자신의 손에 들려 있는 여의천검을 바라보았다.

"크크크크, 그래. 내가 이제 황제가 된다! 크하하하하!"

&

"그래? 한왕께서 곧 출진한다고 하셨다고?"

"그러하옵니다!"

"흐흐흐흐, 좋아. 여기서도 어서 준비하자!"

"네! 마침 시기적절하게 파천도제(破天刀帝) 장백광(張伯光)이라는 자도 도착해서 쉬고 있습니다."

"좋아. 좋아. 모든 것이 착착 진행되고 있구나! 황제 쪽의 움직임은?"

"황후가 깨어난 후로 별 반응이 없습니다. 황제 역시 전처럼 나대지 않고 조용히 지내는 듯합니다."

"그…… 새로 임명되었다는 도어사는?"

"그 역시 황제 곁에서 조용히 지내고 있습니다."

태감은 인상을 찡그리며 물었다.

"아니, 대신들이 왜 끝까지 항쟁을 안 했지?"

"그것은 소신도 잘…… 그냥 도어사를 인정하고 물러난 듯 싶습니다."

"가만…… 금의위에서도 나섰다 하지 않았나? 그것은 어찌 되었어?"

"금의위에서는 그 후로 별 반응이 없사옵니다. 그것이 매우 이상합니다."

"흥! 이것들이 황제에게 무언가를 받기로 한 것이로군!"

태감은 금의위가 협상에 성공했다고 생각했다.

"저희도 나서야 하지 않겠습니까?"

"되었다. 그들은 자신들이 이겼다고 생각하겠지. 그러나 그것은 너희들의 큰 착각이다."

자리에서 일어난 태감은 수하에게 명했다.

"이렛날 아침에 거사가 진행될 것이다. 그러니 준비를 철저하게 하라고 전해라!"

"네!"

천룡은 황제와 함께 식사하고 있었다.

요즘 계속 천룡을 곁에 두고 떨어지지 않는 황제였다.

처음에는 천룡의 엄청난 무위와 구타(?)에 두려움을 느꼈지만, 그 후로도 변함없이 한결같은 모습을 보고 마음을 준 것이다.

단 한 번도 자신에게 무언가를 바라지도 않았고, 자신의 힘을 남용하지도 않았다.

오히려 대신들을 토닥이며 그들을 황제의 편으로 만들기까지 했다.

그러면 황제는 왜 그를 경계하지 않을까?

천룡은 항상 말을 할 때 황제를 먼저 챙겼다.

대신들에게도 자신은 오로지 황제 폐하의 명에만 따른다는 것을 완벽하게 주지시켰고, 폐하의 심기를 어지럽히는 놈은 단독 면담이라는 엄포까지 놓았다.

그 덕에 황권은 자신이 집권한 이후로 가장 강했다.

자신의 말을 무시하는 대신들도 없었고, 오히려 두려워하는 눈빛을 보냈다.

황위에 오른 후로 이렇게 맘 편하게 지낸 적이 없었던 황제였다.

"다 그대 덕분이오."

"아니옵니다! 폐하!"

"하하하, 정말 원하는 것이 없소?"

"네! 폐하!"

"정말 머지않아 이곳을 나갈 것이오?"

"그렇습니다."

아무리 어르고 달래고, 온갖 회유에도 천룡은 요지부동이었다.

어떻게든 자신의 옆에 두고 싶은데 저러니 자꾸 마음만 급해지는 황제였다.

오죽했으면 차라리 다른 사람들처럼 재물 욕심이라든가 권력 욕심이라도 있었으면 좋겠다는 생각까지 했을까.

"도어사, 나는 그대가 계속 내 옆에 있었으면 좋겠소. 정말 안 되겠소?"

"폐하…… 죄송합니다."

"하아……."

"대신에 제가 나간 뒤에도 폐하의 어심을 어지럽히는 자들은 명단 적어 놓으십시오. 후에 찾아와서 따로 면담하겠습니다."

천룡 입장에서나 면담이지 대신들에게는 사신 영접일 것이다.

천룡의 완강한 마음에 결국 황제도 마음을 접었다.

"알겠소. 대신 자주 오셔야 하오. 아시겠소?"

"네, 폐하! 자주자주 와서 문안드리겠습니다!"

천룡이 연(年)에 한 번씩만 방문을 해 줘도 대신들은 공포에 떨 것이다.

그것으로 만족하는 황제였다.

그때 지휘사가 다급하게 달려와 황제에게 보고했다.

"폐, 폐하! 크, 큰일이옵니다!"

"무, 무슨 일인가?"

"한왕이 역심을 품었다고 하옵니다!"

말도 안 되는 보고에 황제가 자리를 박차고 일어났다.

"뭐? 그, 그게 무슨 소리야? 숙부가?"

"동창의 움직임이 수상하여 알아본 결과, 동창과 한왕이 내통하여 황궁을 치려는 음모를 꾸미고 있었사옵니다!"

"그것이 정말이더냐! 동창이?"

"그렇사옵니다!"

황제는 의자에 주저앉으며 말했다.

"허! 여, 역모라니……. 내 숙부에게 부족함 없이 대우해 드렸거늘. 무엇이 부족하여……,"

그러다가 지휘사에게 물었다.

"그런데 어찌 알았느냐?"

"그, 그것이…….'"

갑자기 말을 하다 말고 천룡의 눈치를 보는 지휘사였다.

"어허! 어서 말하지 못할까?"

"네! 도어사의 일행이 알아냈습니다!"

그 말에 천룡의 눈이 휘둥그레지며 물었다.

"응? 우리 애들?"

"네! 그렇습니다!"

"아니, 어떻게?"

"그게…… 요즘 동창에서 도어사의 욕을 하고 다녀서…….'"

"그래서…… 애들이 잡아다 팼구나?"

"그렇습니다. 그런데 그중 하나가 묻지도 않은 것을 줄줄 이 말해서 알려졌습니다…….'"

"……."

정말 어이없는 이유였다.

"폐하! 지금이라도 알았으니 대비를 하시면 됩니다! 당장
군(軍)을 보내어 한왕을 잡아 오시고, 동창 무리를 진압하셔야
하옵니다!"

지휘사의 말에 황제는 다시 자리에서 일어나 말했다.

"당장 가서 대장군을 부르라! 내 직접 군을 이끌고 가 진압
을 할 것이다!"

"네? 폐, 폐하! 그, 그것은…….."

"이것은 기회다! 나의 황권을 확실히 할 기회! 모든 군에게
나의 존재감을 심을 기회! 뭐 하느냐? 어서 가서 준비하라 이
르거라!"

"충!"

지휘사가 빠른 걸음으로 물러가자 황제가 천룡의 손을 잡
으며 부탁했다.

"도어사, 나랑 같이 가 주겠소?"

"폐하, 그게 무슨?"

"그대가 옆에 있다면 나는 그 어떤 천군만마보다 좋을 것
같소. 그러니 나랑 같이 저 역도 놈들을 처단하러 갑시다."

"명…… 받으옵니다."

"하하하, 고맙소! 자, 어서 준비하러 갑시다!"

황제는 천룡의 손을 꼭 잡고서 출군 준비를 하기 위해 움

직였다.

황제가 군을 이끌고 산동으로 출전했다는 소식은 한왕에게도 전해졌다.

⁂

"뭐라? 황군이 출전했다고?"

"그, 그러하옵니다! 전하! 황제가 직접 대군을 이끌고 출전하였다고 합니다!"

"아니! 그게 무슨? 뭣들 하느냐? 당장 출전 준비를 해라!"

수하들에게 명령을 내리고는 손톱을 잘근잘근 씹으며 고민에 빠진 한왕이었다.

'제길! 어디서 정보가 샌 거지? 그보다…… 그 유약한 놈이 직접 군을 이끌고 온다고? 대체…… 무엇을 믿고?'

손가락 끝이 파 먹혀 피가 나오고 있었지만, 개의치 않고 계속 깨무는 한왕이었다.

'내시 놈들 말로는 자기 세력이 없어서 쥐 죽은 듯이 있다고 했는데? 나를 속인 건가? 허위 정보?'

도무지 알 수가 없었다.

황제는 어리숙하고 겁이 많으며 신하들의 눈치를 보며 살고 있다 들었다.

거기에 갑자기 황위를 물려받아 기반 역시 없는 거나 다름

없었다.

그런 황제가 궁을 비우고 출전을 했다?

심지어 전쟁이라는 것을 해 본 적도 없는 놈이?

무언가 믿는 구석이 없다면 절대로 할 수 없는 행동이다.

'젠장! 너무 정보만 믿고 있었군! 내가 직접 황궁을 가서 분위기를 봤어야 했어!'

지금까지 들은 정보대로라면 출전이 아니라 도망을 갔어야 했다. 너무 정보만 믿은 것이 지금 이 상황을 불러온 것 같았다.

'일단…… 직접 보면 알겠지. 무슨 일이 일어난 것인지.'

그때 또 다른 소식이 들려왔다.

"전하! 동창에서 어찌하냐고 연락이 왔습니다! 그들도 현재 이 상황에 엄청나게 당황하고 있는 듯하옵니다!"

그 말에 한왕은 머릿속에서 회심의 한 수가 떠올랐다.

일단 내시 놈들이 배신한 것은 아닌 것 같았다.

그들을 이용해서 이 상황을 뒤집어야 했다.

"그래? 그들에게 전해라! 황제가 이곳으로 오는 동안 황궁을 점령하라고! 그들의 무력이면 가능할 것이다!"

"네! 알겠습니다!"

'크크크, 안방이 털렸는데 네놈이 과연 집중해서 전쟁을 수행할 수 있겠느냐? 심지어 전쟁이 뭔지도 모르는 놈이…….'

자신이 생각해도 묘수라 생각하며 즐거워하는 한왕이었

다.

자신을 잡으러 황군이 오고 있는데도 말이다.

황제와 함께 출전하면서 천룡은 자신의 제자들에게 황궁을 부탁했다.

제자들이라면 그 무슨 일이 있어도 이곳을 지킬 것으로 생각했기 때문이었다.

제자들 역시 떨어지기 싫었지만, 상황이 상황인지라 수긍하며 각오를 다졌다.

세 제자는 금의위와 함께 황궁을 지키기 위해 모든 준비를 다 했다.

그리고 그날이 왔다.

사방에서 붉은 옷을 입은 무리가 황궁을 점령하기 위해 들이닥쳤다.

그러나 이미 대비를 단단히 하고 있었던 황궁 수비대와 금의위, 그리고 천룡 일행이었다.

그들은 순식간에 적의 수를 줄여 갔다.

그 모습에 당황한 동창 태감은 그곳을 빠져나가려 했다.

하지만 지휘사가 그것을 보고는 막아섰다.

"지휘사! 그래, 잘 만났다! 네놈을 두고 그냥 갈 수는 없지!"

"하하하! 그냥 안 가면?"

"닥쳐라! 내가 죽어도 너만은 데리고 가야겠다! 죽어라!"

지휘사와 동창 태감이 맞붙었다.

다른 한편에서는 명왕과 파천도제가 서로 마주 보며 기세를 올리고 있었다.

"명왕! 그대를 여기서 보게 될 줄은 꿈에도 몰랐구려."

"흥! 그대야말로 여기는 웬일이시오?"

"하하하! 나? 나야 한 자리 준다길래 달려왔지. 그대 역시 그런 이유 아닌가?"

"닥쳐라! 어디서 그런 저급한 이유를 나에게 붙이느냐!"

"크크크, 정곡을 찔리니까 괜히 그러시는구려. 그래. 언제 오시겠소? 여기 상황을 보아하니 우리가 이렇게 담소를 나눌 사이는 아닌 듯한데?"

"흥! 금방 쉽게 해 주지!"

둘이 자세를 잡고 서로를 향해 돌진하려고 할 때였다.

"자! 간다! 파천……!"

빠아악!

"끄어어어억……!"

털썩!

도를 휘두르며 돌격하려는 찰나에 갑자기 나타난 무광의 일격에 눈을 뒤집고 기절하는 파천도제였다.

"야! 바빠 죽겠는데 여기서 노닥거리고 있어!"

"아니…… 그게…… ."

"아! 빨리 움직여! 잔챙이들 아직 많이 남았다고!"

"네, 넵! 알겠습니다!"

그렇게 말하고는 기절해 있는 파천도제를 바라보았다.

'미친……! 한 방이네……. 한 방이야. 저 괴물들…….'

고개를 절레절레 흔들며 다른 동창 무리를 잡으러 움직이는 장천이었다.

그것을 멀지 않은 곳에서 지켜보던 동창 태감과 지휘사였다.

"뭐, 뭐냐! 저 괴, 괴물은?"

"쯧쯧…… 이제 알았나? 네가 무슨 짓을 한 것인지?"

지휘사의 말이 귀에 들어오지 않았다.

파천도제를 초청하고 나서 그와 비무를 했었다.

막상막하였다.

강했다. 이것이 칠왕십제의 무력이라는 것에 감탄했다.

명불허전. 그것이었다.

그런 파천도제가 자신에게 말했었다.

무림에 나오면 새로운 왕이 될 수 있을 것이라고.

그런데 한 방이다.

단 한 방에 지금 저리 쓰러져서 사경을 헤매고 있다.

"이, 이건 꿈인가?"

이미 싸울 의지마저 사라진 상태였다.

그만큼 방금 전의 장면은 충격이었다.

"꿈 아니다! 네놈들은 지금 괴물들이 있는 곳에 발을 들인 거야."

지휘사의 말에 주변을 둘러봤다.

동창의 세상을 만들기 위해서 심혈을 기울여 키운 동창 고수들과 그곳에서 지원해 준 수많은 무인들.

그자들이 쓸려 나가고 있었다.

단 네 명에게 말이다.

"크하하하! 와라! 간만에 몸 푸는구나!"

콰콰콰쾅!

퍼퍼펑!

사방에서 폭발하는 소리와 박살이 나는 소리가 들려왔다.

그리고 그 원인을 만드는 괴물들은 신나서 미쳐 날뛰고 있었다.

"이, 이것이 무림인인가? 나, 나는 잘못 알고 있었던가?"

허망했다.

좌절하고 있을 때 누군가가 지휘사 옆으로 날아왔다.

"얘는 좀 강해 보이네? 네 거야?"

태성이었다.

그의 질문에 지휘사가 고개를 저으며 큰 소리로 말했다.

"아, 아닙니다!"

군기가 바짝 든 지휘사의 모습에 태감의 눈이 휘둥그레졌다.

"무, 무슨? 나를 놀리는 것이냐?"

이해가 안 되는 장면들이 계속해서 이어지고 있었다.

그러자 태성이 웃으며 말했다.

"아! 네 거 아니구나? 그럼…… 내가 맡아도?"

"네! 저는 저쪽 가서 놀겠습니다!"

그리고 후다닥 다른 곳으로 이동하는 지휘사였다.

그런 지휘사를 어이없는 표정으로 바라보는 태감에게 태성이 웃으며 말했다.

"덤벼."

그것이 이승에서 들은 마지막 말이었다.

산동으로 가기 전에 있는 평원성(平原省).

그곳에 한왕이 자신들의 병력을 주둔시키고 공성을 준비하고 있었다.

"보고드립니다! 현재 황군이 삽십 리 밖까지 접근하고 있다 하옵니다!"

전령의 보고에 한왕이 수염을 쓰다듬으며 자신의 군사에게 말했다.

"자네만 믿네……."

"네! 전하!"

그리고 성벽 밖으로 몸을 옮기는 군사였다.

황궁 점령에 실패했다는 소식을 군사를 통해 막 들은 참이었다.

이제 그에겐 여기가 마지막 거점이었다.

배수의 진을 친다는 심정으로 자리를 잡은 곳이 바로 이곳이었다.

자신의 손에 들려 있는 여의천검을 바라보며 중얼거렸다.

"하늘이 나를 선택한 것이 아니었던가?"

그러고는 검을 바닥으로 던져 버렸다.

지금까지 그렇게 애지중지하던 검을 말이다.

"이딴 걸 믿고 시작한 내가 병신이지. 그래! 이왕 죽을 거라면 한 놈이라도 데리고 가야겠지."

그의 눈에 살기가 맺혔다.

※

"보고드리옵니다! 선발대가 무사히 도착하였으나, 한왕군의 갑작스러운 공격에 전투 중이라고 하옵니다!"

전령이 다급하게 달려와 황제에게 보고했다.

"뭣이라? 상세히 말해 보아라!"

"네! 먼저 도착해서 진형을 짜고 있던 찰나에 한왕이 직접 무림 고수들을 이끌고 나와 공격을 시작했다고 합니다. 그들의 무공이 어찌나 강한지 현재 고전을 면치 못하고 있다고 하옵니다!"

"그, 그런! 도어사, 저들이 수적 열세를 극복하기 위해 고수들을 모은 모양이오. 어서 빨리 가 봅시다!"

서둘러서 도착한 그곳은 시산혈해가 무엇인지 제대로 보여 주고 있었다.

사방에 군인들의 시체가 여기저기 널브러져 있었다.

"폐, 폐하! 소장을 벌하여 주시옵소서!"

선발대를 이끌었던 장수가 황제의 앞에 부복하며 울부짖었다.

"나를 위해 목숨을 걸고 싸워 준 그대를 어찌 벌한단 말인가? 일어서시게."

"서, 성은이 망극하옵니다! 폐하!"

그런 장수를 토닥여 주다 천룡에게 물었다.

"도어사, 아무리 강한 그대라도 저들은 무리겠지요?"

황제가 보았을 때 천룡의 무력이라도 저렇게 많은 무인을 상대하기엔 무리라고 생각했다.

하지만 천룡은 죄 없이 죽어간 수많은 사람을 보며 분노하고 있었다.

부들부들 떨면서 말을 못 하자 황제가 그의 등을 토닥이며 말했다.

"괜찮소."

황제는 천룡이 불가능하다고 생각하여 몸을 떤다고 생각

한 것이다.

그때 대장군이라는 자가 황제에게 말했다.

"폐하! 신이 처리하도록 하겠습니다! 전쟁이라는 것은 저리 하는 것이 아니옵니다! 무인 몇 놈이 있다 해서 바뀌는 것이 아니라는 말이지요."

대장군 역시 황제에게 크게 충성을 하지 않는 인물이었다.

갑작스러운 역모에, 북방 순찰 중에 다급하게 돌아온 그였다.

그래서 천룡에 대해 잘 몰랐다.

잘 모르는 상태에서 황제가 계속 천룡만 끼고 도니 질투가 폭발한 것이었다.

"저런 비리비리한 서생 같은 놈을 옆에 두지 마시고 신을 믿으시옵소서!"

'크크크. 나에게도 하늘이 기회를 주시는구나. 이번 전쟁으로 나는 황제를 내 손아귀에 쥐고 말겠다.'

흑심 가득한 마음을 뒤로하고 겉으로는 충심이 가득한 표정을 짓고 있는 대장군이었다.

그러나 그것은 천룡을 자극하는 말이었다.

"폐하, 일단 폐하 주변부터 정리를 먼저 해야 할 것 같습니다."

분노는 분노고 자신이 나서려면 일단 황제의 주변을 정리해 놔야 했다.

쿵!

"뭐라? 설마, 그 정리라는 것이 나를 말하는 것이냐?"

대장군이 자신의 천룡언월도를 바닥으로 내려찍으며 말했다.

"대장군! 그러지 마시오! 힘을 합쳐도 부족할 판에 이리 반목하면 어찌한단 말이오."

"폐하! 저런 입만 번지르르한 것들만 끼고도시니 이런 난리가 나는 것이 아니 옵니까! 정신 좀 차리시옵소서!"

이제 대놓고 훈수까지 두고 있었다.

"그, 그런!"

황제의 안색이 창백해졌다.

경험상으로 보았을 때 지금 대장군은 다른 세력들처럼 자신을 우습게 보고 있었다.

"너 하늘이 노래진다는 것이 무슨 말인지 알아?"

"뭐라?"

갑작스럽게 질문해 오는 천룡에게 반문을 하며 인상을 쓰는 대장군이었다.

"내가……."

순식간에 대장군의 앞으로 신형을 이동한 천룡은.

"알려 줄게!"

그의 복부에 주먹을 꽂았다.

퍼억!

"커헉!"

두꺼운 갑옷을 뚫고 들어오는 극한의 고통.

정신이 혼미해져 갔다.

그런 대장군에게 시원한 기운이 흘러 들어왔다.

그 기운에 정신이 또렷해지는 대장군이었다.

"정신을 잃으면 안 되지. 아직 시작도 안 했는데……."

"무, 무슨?"

퍼퍽! 퍼퍼퍽! 퍼퍼퍼퍼퍽! 퍼퍽!

금장갑옷이 여기저기 찢어지기 시작했다.

머리는 이미 산발이 된 지 오래였고, 얼굴은 형체를 알아볼 수 없을 정도로 부어 있었다.

하지만 그래도 구타는 멈추지 않았다.

"구! 구마안! 커허헉!"

하지만 천룡은 무표정을 유지하며 계속 때리기만 했다.

잠시 후 기절한 그를 다시 깨워서 패고, 또 기절하면 깨워서 패고…….

전군이 보는 앞에서 대장군은 걸레가 되도록 맞고 다시 기사회생했다가 또 맞고, 다시 회생하고 맞고 무한 반복을 하고 있었다.

그 모습에 모든 황군의 마음속에 공포가 새겨지고 있었다.

영원히 잊지 못할 공포가.

한편.

"그만! 이제 그만해도 될 것 같소."

황제가 말했다.

그러자 거짓말같이 구타가 멈췄다.

"네! 폐하!"

그리고 공손하게 두 손을 모으고 황제의 옆으로 자리를 옮기는 천룡이었다.

대장군은 이제야 깨달았다.

누구에게 매달려야 하는지를 말이다.

더 맞기 전에 다급하게 황제에게 부복하고 용서를 빌었다.

"폐, 폐하! 시, 신이 아둔하여 그만 폐하께 죽을죄를 지었사옵니다!"

눈물 콧물을 질질 흘리면서 황제에게 용서를 비는 대장군이었다.

그런 대장군에게 천룡이 나지막하게 말했다.

"앞으로 한 번만 더 폐하께 그런 무례를 범하면…… 한 달 동안 나랑 있어야 할 거야."

그 말에 대장군은 고개를 사정없이 끄덕였다.

"폐하께서 짖으라면 짖고, 기라면 기고 뭐든 시키는 것은 다 할 것이옵니다!"

대장군의 말에 천룡이 고개를 끄덕이며 황제에게 말했다.

"혹시라도 나중에 말 안 들으면 말씀하시옵소서."

"알겠네!"

천룡에 대한 믿음이 점점 커지는 황제였다.

뒤를 돌아보니 아까와는 달리 모든 황군이 군기가 바짝 들은 상태로 서 있었다.

자신감이 차오르며 이제 해 볼 만하다고 생각하는 황제였다.

황군을 평원성 앞으로 전진 배치하고 황제가 전면으로 나섰다.

그러자 평원성 위에서 한왕 주고후가 모습을 드러냈다.

"으하하하하! 우리 황제 조카님 오셨는가?"

쩌렁쩌렁 울리는 음성.

한왕은 엄청난 내공의 소유자였다.

"으윽!"

깜짝 놀란 황제가 주춤하자 천룡이 재빨리 부축하며 안정을 시켰다.

"별거 아닌 자입니다. 그러니 너무 겁먹지 마시지요."

천룡의 말에 황제는 안심이 되는지 웃으며 말했다.

"나는 우리 도어사만 믿을 뿐입니다."

"그러시면 됩니다."

둘이 두런두런 얘기를 나누고 있으니 한왕이 다시 소리를 쳤다.

"그놈이구나! 너를 이렇게 세상에 나오게 한 버러지가! 누가 가서 저놈에게 세상 무서움을 좀 알려 주고 오지 않겠느냐?"

"크하하하! 왕야! 신에게 맡겨 주시옵소서!"

피가 뚝뚝 흘러내리는 가죽옷에 거대한 도끼를 등에 멘 사내가 나서서 말했다.

"오오! 혈부신마! 그대라면 믿을 수 있지! 하하하!"

한왕의 허락이 떨어지자 혈부신마라 불린 자가 경공으로 황제가 있는 곳을 향해 달려갔다.

그러자 황군이 서둘러 그에게 화살을 날렸다.

슈슈슈슈슝-!

화살이 하늘을 가득 메웠건만, 달려오는 혈부신마는 개의치 않았다.

입가에 여전히 미소를 머금으며 도끼를 화살이 날아오는 방향에 던졌다.

푸파파파파팟-!

어찌나 세차게 돌면서 날아갔던지 거기서 나오는 풍압만으로도 날아오던 수많은 화살들이 튕겨 나갔다.

그 도끼는 다시 돌아와 혈부신마의 손에 잡혔고, 혈부신마는 다시 도끼에 강기를 불어넣은 뒤 천룡을 향해 세차게 날렸다.

"크하하하하! 죽어라! 애송이!"

옆에 황제가 있든, 주변에 황군이 있든 전혀 신경 쓰지 않고 오로지 천룡을 향해 강기를 가득 머금은 도끼를 세차게 던졌다.

콰우우우우-!

공기를 가르는 소리와 함께 엄청난 풍압이 몰려왔다.

그리고 잠시 후.

콰아아아앙-!

거대한 폭발과 함께 사방의 시야가 먼지에 의해 가려졌다.

"크크크크. 왕야! 죄송합니다! 제가 너무 힘이 들어갔나 봅니다."

"하하하, 괜찮다!"

그 모습을 보고는 한왕의 군사들은 사기가 올라 크게 소리를 질렀다.

"와아아아아!"

반면 황군은 엄청난 위력의 공격에 다들 경악을 하고 있었다.

"저, 저것이 무, 무림 고수!"

"맙소사! 저게 사람이란 말인가?"

"어찌 인간이 저런 위력을 낸단 말이냐!"

그리고 다들 당황하고 있었다.

그러던 중 먼지가 서서히 걷히고.

"헉! 저, 저게 뭐야! 말도 안 돼!"

먼지가 걷힌 곳에서 보인 장면은 혈부신마를 경악하게 했다.

천룡이 상처 하나 없이 강기가 잔뜩 서려 있는 도끼날을

맨손으로 잡고 있었다.

심지어 그것도 너무도 쉽게 말이다.

심지어 주위를 보호하면서 받았기에 황제와 그 주변에 피해가 전혀 없었다.

"좀 하네?"

천룡은 싱그러운 미소와 함께 도끼를 다시 혈부신마에게 돌려주었다.

콰아아아아아―!

다만 그 위력이 혈부신마가 던졌을 때와는 천지 차이라는 게 문제다.

어찌나 위력이 강한지 충격파만으로 주변 지형이 바뀌고 있었다.

"헉!"

혈부신마는 너무 놀란 나머지 옆으로 최대한 몸을 날렸다.

도끼는 혈부신마를 지나쳐 근처에 있는 야산까지 날아갔다.

콰콰콰쾅쾅―!

도끼가 떨어진 야산은 그야말로 초토화가 되었다.

그 충격으로 야산의 절반이 날아가 사라졌다.

야산이라고는 하나 그 크기가 작은 것이 아니었기에, 그 장면을 본 모든 사람들은 경악했다.

"저, 저게 뭐……야?"

"이, 인간이 저럴 수도 있나?"

"산이······. 산이 날아갔어."

엄청난 광경에 움직이는 사람 하나 없이 적막함이 내려온 전장이었다.

한왕 역시 크게 당황하고 있었다.

자신 역시 무공에는 자부심을 가지고 있었고, 무림에 명성이 자자한 삼황과 붙어도 자신 있다 생각했다.

그런데 방금 천룡의 한 수에 자신의 생각을 수정해야 했다.

이제 깨달았다.

왜 황제가 저리도 기세가 하늘을 승천하는지.

그 이유가 바로 저 힘이었다.

고요한 적막을 깨고 천룡의 말소리가 들려왔다.

"황제 폐하께 역심을 품은 것으로도 모자라, 죄가 없는 사람들까지 잔인하게 죽인 너희들······. 혼나는 것으로는 안 되겠다."

그러더니 천천히 앞으로 걸어 나왔다.

"이제부터 벌을 내리겠다. 영원히 기억 속에 남을 벌을······."

하늘이 어둑어둑해지며 사방에서 검은 구름이 몰려들었다.

"천벌이 뭔지 궁금해?"

쿠르르르릉-!

"이제 보여 줄게. 그것이 무엇을 말하는 것인지!"

처음으로 세상에 자신의 진신 무공을 보이는 천룡이었다.

온 세상에 퍼져 있는 자연의 기운을 마음대로 사용할 수 있다면 무슨 일이 벌어질까.

지금 하늘을 보면 그것을 알 수가 있다.

비바람을 부르고 바람과 천둥 번개를 다스린다.

그것을 가능하게 하는 무공.

자연무상신공(自然無上神功).

바로 천룡의 무공이었다.

가득 낀 먹구름 사이로 뇌전이 뱀처럼 꿈틀거리며 번쩍거렸다.

쿠르르릉!

지상에 있는 모든 사람은 갑작스러운 자연현상에 두려운 얼굴로 하늘을 바라봤다.

그때 천룡이 먹구름이 낀 하늘을 향해 천천히 상승했다.

그리고 손을 뻗어 한왕이 있는 성 쪽을 가리키며 중얼거렸다.

"만뢰(萬雷)."

말이 끝나기가 무섭게 지상에는 재앙이 펼쳐졌다.

콰르르르르릉-!

빠지지지지직-! 빠직빠직-!

비처럼 쏟아져 내리는 수많은 뇌전(雷電)들.

"크아아악!"

"끼야아아악!"

"끄어어억"

사방에서 비명이 울려 퍼지고, 살 타는 냄새가 진동했다.

정말로 천신이 노하여 지상에 벌을 내리는 것 같았다.

재앙은 그것으로 끝이 아니었다.

"천절뇌풍(天絶雷風)."

쿠아아아아아—!

후우우우우웅—!

천룡의 손끝에서 시작된 바람은 순식간에 거대한 회오리
가 되어 성벽을 향해 움직였다.

거대 회오리는 하늘에서 빗발치는 뇌전과 어우러지면서
강력한 뇌기까지 품었다.

콰콰콰콰콰—!

쿠쿠쿠쿠쿵—!

거대한 회오리는 성벽을 박살을 내며 전진했고, 주변의 모
든 것들을 빨아들였다.

성안 사람들도, 성 밖 사람들도 모두 미동조차 하지 못한
채 이 엄청난 광경을 지켜봤다. 몇몇은 자신의 무기를 떨궜
고, 주저앉았다.

모든 사람은 천룡을 보며 두려움에 떨었다.

그중 누군가가 중얼거렸다.

"처, 천신(天神)……."

"마, 마신(魔神)……."

한왕 군에선 천룡을 마신이라 불렀고, 황제군에선 천신이라 불렀다.

둘 다 공통으로 신이라 부른 것이다.

순식간에 성벽의 절반이 무너져 내리면서 한왕군의 사기는 완전히 꺾여 버렸다.

인간의 힘으로 이게 가능한 일이란 말인가?

아니, 그전에 천룡이 보여 준 엄청난 광경에 이미 모든 전의를 상실한 상태였다.

한왕 역시 바닥에 주저앉아 정신이 나간 채로 계속 무언가를 중얼거렸다.

"시, 신이 노하신 거야. 내, 내가 하늘의 뜻을 거부해서……시, 신이 노하셨어."

천룡은 천천히 하강해서 땅에 착지했다.

그리고 내공을 실어 외쳤다.

"더 하겠는가?"

세상이 고요했다.

"더 하지 않겠다면 폐하게 무릎을 꿇고 용서를 빌어라."

땡그랑—!

한 명이 창을 바닥에 던졌다.

그리고.

땡그랑- 땡그랑- 땡그랑-!

그것을 시작으로 사방에서 무기 던지는 소리가 울려 퍼졌다.

그리고 하나둘씩 엎드렸고, 그것은 순식간에 퍼져 모든 사람이 황제를 향해 엎드리고 있었다.

그 모습에 만족한 천룡은 이번에 다시 하늘을 향해 손을 번쩍 들고는 새하얀 구체를 만들었다.

태양처럼 빛나는 새하얀 구체가 점점 거대해지자, 사람들은 경외심에 사로잡혔다.

거대한 구체는 성안으로 날아가 성 전체를 감쌌다.

"허억! 우, 우리를 다 죽이려는……."

바로 전에 엄청난 광경을 목격한 직후라 많은 사람이 지금의 구체를 공격으로 착각하고 다시금 공포에 떨며 울부짖었다.

하지만 자신의 몸에서 일어나는 기적 같은 현상에 입을 다물었다.

"모, 몸이…… 치유되고 있어."

"내, 내 몸이…… 내 상처가 사라지고 있다!"

뇌전에 화상을 입은 수많은 무인의 상처가 치유되고 있었다.

또한, 회오리바람에 날아온 잔해에 맞은 병사들 역시 빠른 속도로 치유되었다.

이 모습을 황제 역시 경외심을 가지고 바라보았다.

"그대는…… 하늘과 열성조께서 나를 위해 보내 주신 신㈜이오."

"망극하옵니다."

"나는 앞으로 그대를 나와 동급으로 대할 것이오."

"네?"

"세상 모든 사람이 그대를 우러러볼 것이오."

"폐, 폐하?"

당황하는 천룡을 부드러운 눈빛으로 바라보는 황제였다.

"바로, 바로 그 모습. 그대는 언제나 한결같구려."

"아, 아니옵니다."

세상을 뒤집어엎은 괴물, 아니 천신이 황제에게 극경의 예를 다하며 신하의 도리를 지키고 있었다.

그 모습은 이곳의 사람들뿐 아니라 후에 모든 사람으로 하여금 황제에게 절대적 복종을 하게 만들었다.

이렇게 한왕의 역모 사건은 마무리가 되었다.

한바탕 거대한 폭풍이 휩쓸고 간 황궁.

황제는 전쟁에서 돌아온 개선장군처럼 온 백성들의 환호

를 받으며 입궁했다.

한왕 주고후는 그래도 자신의 숙부라며 차마 죽이진 못하고, 서민으로 강등하여 소요성에 감금해 버린다.

그를 따랐던 자들 역시 전부 죽이진 않고 유배를 보내거나, 변방으로 추방하는 선에서 마무리했다.

동창태감은 일벌백계로 참수형에 당한다.

황제는 천룡에게 가장 큰 공을 세웠다며 상국(相國)의 관직에 앉혔다.

상국은 그야말로 신하가 오를 수 있는 최고의 관직으로 황제 다음가는 지위였다.

반대하는 이는 당연히 없었다.

그 외 무광과 천명, 태성은 각각 도어사(都御司)의 자리에 올랐고, 그 수하들은 부도어사(副都御史), 첨도어사(僉都御史)의 자리에 올랐다.

물론 특수한 직위였다.

황제는 그들에게 형식상으로 지방 감찰을 하라는 명령을 내렸다.

또한, 천룡에게 황룡 금패를 내주며 이 패를 가진 자에게는 자신과 동급으로 대하라는 명까지 내린다.

한마디로 천룡은 일인지하 만인지상(一人之下 萬人之上)의 자리에 오른 것이다.

모든 일이 마무리되고 천룡이 궁을 떠날 때, 황제는 궁궐

밖 십 리까지 따라오며 아쉬워했다.

그리고 꼭 해마다 궁에 오라고 신신당부를 하며 천룡을 배웅했다.

천룡은 알겠다며 혹시라도 황제의 명을 무시하는 자가 있다면 꼭 적어 두시라는 말까지 했다.

물론 그 말은 모든 대신이 들을 수 있도록 크게 말했다.

황제는 껄껄 웃으며 알았다며 천룡의 등을 두드렸다.

황제와 헤어진 후 바로 운가장으로 향한 천룡 일행이었다.

돌아갈 자신의 집이 있다는 생각에 행복한 미소를 지으며 말이다.

서둘러서 집에 도착하자 조방이 눈물을 뿌리며 달려 나왔다.

"주구운!"

"어. 그, 그래."

"주군! 신 조방 주군께 인사 올립니다!"

쿵!

어찌나 강하게 무릎을 꿇는지, 무릎이 아작 나지 않을까 걱정이 되었다.

"고생했다."

그 말 한마디에 조방은 환하게 웃었다.

조방을 기쁘게 하는 것엔 많은 말이 필요 없었다.

그렇게 조방과의 해후를 지켜보던 무광과 태성이 옆에 있던 감찬과 갈파랑에게 물었다.

"그동안 별일 없었지?"

"네! 다만 작은 소란이 좀 있었습니다."

"작은 소란?"

"네! 당문에서 쳐들어왔었습니다."

당문이 쳐들어왔는데 작은 소란으로 치부해 버리는 그들이었다.

"그래? 왜?"

"조방을 잡으러 왔다던데요?"

"조방을? 왜?"

"글쎄요? 저도 그렇게 세세하게 묻지는 않아서……."

"되었다. 뭐 고생했다."

"헤헤, 감사합니다."

그들의 노고를 칭찬해 준 뒤에 천룡에게 가서 말했다.

"아버지, 당문에서 얘를 잡으러 왔었대요."

"응? 조방을? 왜?"

"그러게요. 조방, 당문에서 널 왜 잡으러 왔냐?"

조방은 당문이라는 말이 나오자 인상이 굳었다.

안 좋은 기억이 떠올랐기 때문이었다.

"그, 글쎄요? 거기 식객이어서 딱히 제가 사라져도 찾을 이유가 없을 텐데요."

안 좋은 기억은 기억이고, 자신을 잡으러 올 이유가 생각나지 않는 조방이었다.

그때는 지금처럼 고수도 아니었고, 무공을 익힐 수 있는 처지도 아니었기에 그들에게 딱히 중요도가 없다고 생각한 것이다.

"물어보면 되지. 감찬, 걔들 어디에 있냐?"

"아, 장원 확장 공사에 투입했습니다."

"응? 안 가둬 두고?"

"한두 놈도 아니고 공짜로 먹일 순 없잖습니까. 그래서 일 시키고 있죠."

"잘했다. 그런 정신 아주 좋아!"

"헤헤, 감사합니다."

두 번이나 칭찬을 받아서 기분이 좋은 감찬이었다.

⬯

"헉헉헉!"

운가장에 최근 사람들이 많아져서 장원 확장 공사가 진행되고 있었다.

그곳에 남들보다 더 허름한 옷을 입은 사람들이 열심히 땀을 흘리며 흙을 퍼 나르고 있었다.

"제, 제길! 내공만 있었으면 이까짓 것은 문제도 아닌데!"

"헉헉! 야! 떠들 시간에 빨리빨리 움직여. 저 미친놈들 또

지랄할라."

그러면서 자신들을 감시하는 운가장의 무사들을 힐끔 쳐다보았다.

"헉헉! 아니, 시바 이게 말이 돼? 우리가 천하의 당문인데 이런 대접을 받는 게?"

"헉헉, 그래도 죽이지 않은 게 어디냐? 나름 밥도 잘 나오고."

그랬다.

이들은 조방을 잡기 위해 운가장을 습격한 당문의 무사들이었다.

모두가 무공을 사용하지 못하게 점혈을 당한 채로 공사 현장에서 비지땀을 흘리고 있었다.

"시바! 넌 지금 그걸 말이라고!"

"야야! 조용히. 저기 한 놈이 우리 쳐다본다."

"제기랄."

땀과 흙이 범벅이 된 채로 열심히 일하는 그들이었다.

그때 한쪽에서 시끌시끌하는 소리가 들렸다.

자신들을 지키던 무사들이 일제히 부복하며 우렁차게 외치고 있었다.

"장주님을 뵈옵니다!"

다들 일을 멈춘 채 소리가 들려오는 방향으로 고개를 돌렸다.

그곳에서 천룡이 무사들의 등을 두드려 주며 격려를 하고 있었다.

그러더니 무사들이 일제히 자신들을 향해 뛰어오는 것이 아닌가.

"뭐, 뭐야?"

"장주가 왔나 봐. 이, 이제 우리 죽는 건가?"

다들 무슨 일이 벌어질지 몰라 긴장한 채로 무사들이 오는 것을 지켜봤다.

"모두 여기 주목! 장주님께서 너희들을 찾으신다. 신속하게 이동한다!"

역시나 자신들을 찾는 것이 맞았다.

그들은 어깨를 축 늘어뜨린 채로 천룡이 있는 곳을 향해 걸어갔다.

천룡의 앞에 도착하고 그들은 일제히 무릎을 꿇고 고개를 숙였다.

"장주님! 모두 모였습니다!"

무사가 절도 있게 보고를 하자, 천룡이 고개를 끄덕이며 물었다.

"조방이를 잡으러 왔다고 하던데?"

천룡의 말에 드디어 올 것이 왔다는 심정으로 고개를 들었다.

그리고 눈앞에 보인 것은 바로 천룡 옆에 서 있는 조방이었다.

"그렇소. 우리는 저 배신자를 잡으러 왔소!"

무리의 대표가 조방을 바라보며 이글거리는 눈빛으로 대답을 했다.

"그대 이름은 무엇이오?"

"당비라 하오!"

"조방이가 배신자라니 그게 무슨 소리요? 조방은 식객이었다는데?"

"흥! 우리 가문에서 저자를 치료하기 위해 들인 정성이 얼마인데, 그는 은혜도 갚지 않은 채 떠났소! 이 정도면 배신자 아니겠소?"

당비의 대답에 천룡이 조방을 바라보며 물었다.

"저게 사실이냐?"

"아니옵니다! 저들이 하는 말은 모두 거짓이옵니다."

그리고 분노에 찬 눈빛으로 당비를 바라보며 말했다.

"저 가문에서는 저를 말로만 식객이라며 대우했지, 실상은 실험체나 다름없었습니다. 제가 고통을 느끼든 말든 저들은 치료제를 명분으로 저에게 이런저런 짓을 했습니다."

"네놈의 병을 모르니 그러는 것은 당연하다!"

"흥! 당연하다면서 그렇게 나를 멸시하고 모욕하였느냐? 너희들에게 당한 수모와 모욕은 내가 평생을 보내도 잊지 못할 것이다!"

조방은 당비의 말에 과거 당문에서 당했던 수치와 모욕이 떠올라 분노했다.

"아아, 되었다. 누가 뭐래도 지금 너는 내 사람이니."

천룡의 말에 조방은 분노를 순식간에 누그러뜨리며 부복했다.

"하해와 같은 은혜! 신이 감당하기 어렵사옵니다!"

그 모습에 당문의 사람들은 눈을 크게 떴다.

방금 조방이 분노하면서 내보낸 기세는 과거의 조방이 아니었기 때문이었다.

당문의 사람들이 놀란 눈으로 쳐다보자 무광이 옆에서 실실 웃으며 말했다.

"왜? 병이 발작해서 고통에 몸부림 쳐야 하는데 너무 건강해서 믿기지 않냐? 내가 재미난 거 알려 줄까?"

당문 사람들은 일제히 무광을 바라봤다.

"조방이 저놈 화룡지체다."

"……?"

다들 지금 저자가 무슨 소리를 하는 거냐는 표정으로 고개를 갸웃거렸다.

"전설의 화룡지체. 너희 이제 큰일 났어. 화룡지체는 너희 당문한테 재앙 아니냐? 너희하고 완전 상극이잖아."

"우, 우리를 놀릴 생각이라면 저, 적당히 하시오. 아무리 농이라도 심하였소!"

정색하면서 사실이 아니기만을 바라는 눈빛으로 말했다.

"그래. 그렇게 믿고 싶겠지."

무광이 심드렁하게 답하자, 다들 동공이 서서히 흔들리기 시작했다.

"조방! 한번 보여 줘. 그래야 믿을 거 같은데?"

무광이 웃으며 말하자, 조방은 천룡을 바라봤고 천룡은 고개를 끄덕였다.

화르르르르륵-!

천룡의 허락이 떨어지자마자 조방의 몸에서 거대한 화룡이 모습을 드러냈다.

천지를 태울 기세로 등장한 화룡의 모습에 당문 사람들은 경악했다.

"저, 정말로 화, 화룡!"

"맙소사! 전설이 사실이었어?"

"우, 우리가 무슨 짓을……."

당비 역시 숨도 못 쉴 정도로 놀라고 있었다.

창도 제대로 들 힘조차 없던 놈이 지금은 전설의 주인공이란다.

"어, 어찌 그런……."

너무 놀라, 말도 제대로 나오지 않았다.

그런 당문 사람들을 기겁하게 만든 말이 무광에게서 나왔다.

"조방아, 당문 한번 갔다 와라!"

장난으로 한 말이지만, 당문 사람들에게 재앙이었다.

"아, 안 돼!"

다들 벌떡 일어나 천룡에게 달려갔다.

아까 상황을 보니 천룡만이 그를 막을 수 있는 유일한 사람이라 생각했기 때문이었다.

"제, 제발! 자, 장주님! 자비를 베푸시어 부디 용서해 주시길 바랍니다!"

천룡에게 용서를 비는 그의 눈엔 이미 공포가 물들어 있었다.

당문에게 있어 화룡지체는 정말로 재앙이었기 때문이었다.

지금까지 당문이 멸망할 뻔한 적이 여러 번 있었지만, 그중에서 정말로 멸문할 뻔한 것이 바로 저 화룡지체와 싸움이었다.

그 무엇도 통하지 않았다.

당문의 그 무엇도 말이다.

천적이었다.

그나마 다행은 전설상의 신체라 자주 등장을 안 한다는 점정도.

그래서 공포였고, 그것을 극복하기 위해 강한 열기를 품고 있던 조방을 연구했다.

지금 당장이라도 조방의 몸에서 나온 저 화룡이 자신의 가문을 모두 불태울 것만 같았다.

거기에 아까 당문을 향한 조방의 분노가 적지 않았던 것도 그를 공포에 몰아넣고 있었다.

그렇기에 더욱더 애절하게 천룡에게 매달렸다.

천룡은 그런 그들에게 말했다.

"일단 일어나세요. 자세한 이야기를 좀 들어야겠군요."

"네! 알겠습니다! 무엇을 물어보시든 전부 답해 드리겠습니다."

그저 화룡만 보였을 뿐인데 반응이 이 정도니 정말로 두렵기는 했나 보다.

일단 그들을 깨끗하게 씻긴 후에 장원으로 데려오라고 한후 천룡은 돌아갔다.

그들의 인솔을 맡은 건 바로 조방이었다.

대막의 혈천교 본단.

한 수하가 다급하게 보고를 하고 있었다.

"황실에서 진행되던 모든 것이 실패로 돌아갔습니다!"

"뭐?"

벌떡 일어나 방금 이야기를 다시 묻는 군사 천뇌마제 방염이었다.

"전부 다?"

"네! 모든 기반이 무너졌고, 한왕은 소요성에 감금되었다합니다!"

털썩!

무너지듯이 의자에 앉는 군사였다.

황궁에 그들을 잠입시키기 위해 얼마나 많은 노력을 했던가.

거기에 천문학적인 금액이 들어갔다.

"무슨 일이 있었던 것이냐? 상세히, 아주 상세히 보고하라."

수하는 군사의 명에 자신이 아는 모든 것을 상세히 전했다.

"천신? 아니, 마신?"

"네! 현장에서 직접 목격한 자들이 하나같이 그렇게 말을했다고 합니다!"

"그 정도로 강하단 말이냐?"

"거대한 성을 일거에 무너뜨리고, 하늘에서 뇌전을 뿌리는무공을 아무렇지 않게 펼쳤다고 합니다."

"그게 사실이라면 정말로 천신이나 마신이라도 불러도 손색이 없겠군."

수하의 보고에 머리가 아파져 왔는지 머리를 짚는 군사였다.

"그자의 이름은? 이름은 아는가?"

"네! 운천룡! 운가장이라는 곳의 장주라고 합니다."

그 말에 군사는 깜짝 놀라며 벌떡 일어났다.

"뭐, 뭐라? 바, 방금 뭐라고 하였느냐?"

"네?"

"방금! 뭐라 말하였냐고 묻지 않느냐!"

"운가장이라는 곳의……."

"그거 말고!"

"운천룡?"

운천룡이라는 이름을 듣고 전율하는 군사였다.

"저, 정말로 그 이름이더냐?"

"그, 그렇습니다!"

"저, 정말로…… 존재하는 자였다니……."

"네?"

"아니다! 고생했다. 이만 물러가거라."

"네!"

수하를 물리고는 다급하게 교주를 알현하러 달려가는 군사였다.

한편 한가로이 햇볕을 쬐고 있던 교주 은마성은 숨을 헐떡거리며 달려오는 군사를 보고 인상을 찡그렸다.

"에잉, 조금 쉬려고 하면 귀신같이 알고 달려오는구나."

그런 은마성의 마음과 다르게 엄청 다급하게 교주를 부르며 달려오는 군사였다.

"교, 교주님!"

"무언가? 이번엔 또 뭐야?"

"헉헉! 그, 그것이…….

"이런, 숨 좀 돌리고 말하게."

"가, 감사……. 헉헉!"

잠시간의 시간이 지나고 은마성이 다시 물었다.

"그래 뭐길래 그리 호들갑을 떨며 달려오는 건가?"

"그, 그가 나타났습니다!"

"무슨 소리야?"

"그, 그자가 나타났단 말입니다!"

"누구? 담무광?"

"교주님께서 맨 처음에 저에게 찾으라 했던 자!"

"……!"

"운천룡, 바로 그자를 말입니다!"

벌떡―!

군사의 보고에 은마성이 놀란 얼굴로 일어섰다.

"다시 말해라."

"운천룡이라는 자가 나타났습니다."

"……그게 정말인가?"

"그렇습니다. 방금 보고를 받고 오는 중입니다."

"동명이인일 확률은?"

교주의 물음에 고개를 좌우로 저으며 말하는 군사였다.

"아닙니다. 사람들이 그를 천신, 마신이라 불렀다고 했습니다."

"천신? 마신?"

"네! 그 정도로 엄청난 무공을 지닌 자였다고 합니다."

"그렇다면…… 진짜군. 진짜였어."

"그런데 왜 그자를 찾으라고 하신 건지? 이렇게 강한 자일 줄 미리 알고 계셨던 것입니까?"

군사는 그게 궁금했다.

아주 오래전 혈천교가 탄생했을 때, 제일 지령이 바로 저것이었다.

―운천룡이라는 자를 찾아라. 그자는 무공이 아주 강하고, 자연의 기운을 다루는 자다. 그자를 발견하면 즉시 내게 알려라.

교주가 제일 먼저 내린 명이었다.

하지만 왜? 무엇 때문인지는 전혀 알려 준 적이 없었다.

지금도 역시 알려 주지 않았다.

다만 군사는 지금 은마성의 모습을 보고 놀랄 뿐이었다.

그는 엄청나게 긴장을 하고 있었다.

마치 누군가를 두려워하는 표정으로 안절부절못하고 있었

다.

그러다가 군사의 시선을 느끼고는 다급하게 표정 관리에 들어간 뒤에 말했다.

"아, 나중에…… 나중에 말해 주겠네. 내가 지금 좀 급한 일이 생겨서……."

그러고는 아주 다급하게 경공으로 하늘을 날아 어디론가 향했다.

그 모습에 군사는 왠지 모를 위화감을 느꼈다.

평소에 느긋하고 두려움이 없던 교주가 처음으로 두려움과 다급함을 보인 것이었기 때문이었다.

"교주님이…… 저런 표정을 지을 때도 있단 말인가?"

❦

깨끗이 씻고 깨끗한 옷을 챙겨 입은 후에 정원에 모인 당문의 사람들.

그들은 천룡의 입에서 희망의 말이 나오기만을 기다렸다.

조방에게 이끌려 다니면서 그가 정말로 강해졌다는 사실을 깨달았고, 심지어 지금은 점혈도 다 풀어 준 상태였다.

그만큼 자신이 있다는 방증이었다.

그것을 알기에 이렇게 침만 꿀꺽 삼키며 최후의 심판을 기다리고 있는 그들이었다.

"흠, 어찌할까?"

천룡이 생각하는 어찌할까는 당문과 어찌하면 오해를 풀고 사이좋게 지낼까 하는 생각이었다.

하지만 당문 사람들 귀에 들린 어찌할까는 멸문시킬까? 말까? 로 들렸다.

모두가 그 소리에 화들짝 놀라며 고개를 숙여 외쳤다.

"부, 부디! 선처를!"

"아! 깜짝이야!"

갑작스럽게 소리를 지르는 바람에 천룡이 화들짝 놀랐다.

그 모습에 무광과 천명, 태성이 분노한 얼굴로 나섰다.

"이 새끼들이 지금 뭐 하는 거야?"

"사부를 놀라게 해? 다 죽을래?"

"사부님! 일단 패 놓고 대화를 하심이……."

당문 입장에서는 억울했지만, 자신들이 지은 죄가 있기에 그저 고개만 조아릴 뿐이었다.

'그런데 저들은 뭔데 아까부터 계속 나서는 거야?'

당문 사람들은 계속 자신들을 갈구는 저 세 명의 정체가 궁금했다.

하지만 꾹 참았다.

사소한 거에 목숨을 걸 순 없으니까.

그때 장천이 들어왔다.

"애들입니까? 겁 없이 이곳을 치려고 한 애들이?"

"응, 그렇대. 아주 깜찍한 짓을 했어."

"그러게 말입니다. 하하, 야! 너희들 여기가 어딘 줄 알고는 쳐들어온 거냐?"

장천이 그들 앞에 가서 물었다.

"이봐, 이봐. 대답도 안 하고 이렇다니까? 아버지, 그냥 일단 신뢰의 시간을 먼저 가지시죠?"

무광이 말하는 신뢰의 시간이 뭔지는 모르겠지만, 절대로 저 시간을 가져서는 안 될 것 같은 느낌이 든 당문 사람들이었다.

필사적으로 고개를 흔들었다.

그리고 이어진 장천의 말에 흔들던 고개가 획 하고 장천을 향해 돌아갔다.

"하하, 뭘 그렇게까지 하십니까? 애들이 몰라서 그런 거지. 설마, 여기에 삼황께서 사시는 곳인지 알았으면 왔겠습니까?"

다들 방금 장천의 말에 눈을 찢어지라 뜬 채로 장천을 바라봤다. 제발 농담이라고 말해 달라는 표정이었다.

"그런 눈으로 보지 마라. 사실이니까."

장천의 말에 다들 방금까지 자신들을 갈구던 세 사람을 향해 고개를 천천히 돌렸다.

사실이 아니길 바라면서.

"에이. 아무도 우리 몰라보고 있었는데 그걸 왜 말해!"

"그러게 말입니다. 자꾸 이런 식으로 알려지면 나중에 우리가 젊어진 게 온 중원에 알려질 것 아닙니까."

"재미없게시리…… 반로환동한 의미가 없잖아요!"

그러나 현실은 잔인했다.

툴툴거리면서 말하는 세 사람의 모습이 확인 사살을 시켜주고 있었다.

"바, 반로환동?"

"말도 안 되는!"

"커킥!"

너무나 놀라서 자신들이 처한 상황도 모른 채 소리쳤다.

그러나 이윽고 황급히 자신들의 입을 막았다.

"하하, 이놈들이 아직 상황 판단을 못 하네?"

"아, 아닙니다!"

천룡이 나서서 정리했다.

"그만해라. 정신 사납다."

"네. 아버지."

"네! 사부님!"

더 충격적인 말이 들려왔다.

안 그래도 강한 삼황이 더 무지막지하게 강해졌다는 비보를 방금 접했는데, 그 삼황이 쩔쩔매는 사람이 또 있었다.

입을 막은 채로 숨을 쉬는 법마저 까먹을 정도로 놀란 그들이었다.

'미친……! 이게 뭐야? 이게 현실이라고? 아니면 우리가 뭔가에 속고 있는 건가……?'

당비만이 그나마 정신을 유지하고 있었다.

나머지 사람들은.

'어버버…….'

너무도 비현실적인 상황이 연속으로 펼쳐지자 당문 사람들은 현실 도피를 하기 시작했다.

짝짝-!

"모두 집중!"

정신이 저 멀리 날아가려고 할 때 천룡이 손뼉을 치며 이목을 집중시켰다.

"그냥 가라."

"……?"

"집에 가라고."

"네?"

"아니, 도대체가 그냥 가라고 하면 다들 왜 되묻는 거야? 이게 그렇게 어려운 말이야?"

천룡은 답답한 마음에 뒤에 애들을 바라보며 물었다.

지금까지 자신이 그냥 가라고 하면 다들 반응이 저랬다.

놀란 토끼 눈을 뜨고는 되묻는 것 역시 한결같았다.

"저, 정말요?"

"그래! 가라고 좀! 아니, 내가 말을 이상하게 하나? 왜 다들 저러냐?"

천룡의 물음에 태성이 대답했다.

"에이 사부, 그만큼 강호라는 곳이 비정한 곳이라는 뜻이지요."

"맞아요. 이렇게 쉽게 보내 주는 곳이 어딨다고요."

"그냥 보내면 나중에 보복이 두려워서 보통은 살인멸구를 하죠. 아니면 뭔가 조처를 하던가."

다들 하나같이 끔찍한 소리를 하고 있었다.

아까 그냥 가라고 할 때 눈 딱 감고 갈 걸 하고 후회하는 당문 사람들이었다.

"뭐가 두려운데?"

"음, 당문이니까?"

"당문이 왜? 거긴 뭐 다르냐?"

"아, 잘 모르시는구나. 당문은 은혜는 그대로, 복수는 열 배로 갚기로 유명해요. 그래서 보통 당문하고 시비가 붙으면 잘 안 보내 주죠. 당문에게 소식이 가면 귀찮아질 테니."

"우리가 귀찮아지겠니?"

천룡의 말에 일제히 당문 사람들을 바라봤다.

세상에 이렇게 무서운 무언의 눈빛은 처음 받아 보는 당문 사람들이었다.

"아, 아닙니다! 절대로 귀찮게 하지 않겠습니다!"

당비가 대표로 벌떡 일어나 외쳤다.

"정말로?"

"네! 그렇습니다! 제가 무슨 짓을 해서라도 막겠습니다!"

목청껏 소리치며 답하는 당비였다.

막아야 했다.

자신들이 사는 것이 문제가 아니었다.

누가 봐도 멸문이 코앞에 있었다.

"에이, 아버지도 참! 다들 저렇게 말하고 가서는 뒤통수친 다니까요?"

"맞아요! 사부가 강호를 너무 모르세요."

말리는 시누이가 더 밉다더니 저들이 딱 그쪽이었다.

하지만 여기서 그런 내심을 드러낼 수는 없었다.

"당문에 무형지독을 풀어서라도 막겠습니다! 그러니 제발……."

당비가 말을 하다가 서러웠는지 울먹였다.

"아니…… 그냥 가라고 좀……. 울지 말고. 하아."

결국, 천룡은 이마에 손을 짚었다.

강호라는 곳은 정말 적응이 되지 않았다.

진실을 얘기해도 믿지를 않으니 답답한 마음뿐이다.

"나 들어가서 쉬련다. 너희들이 알아서 보내라."

"네? 어디 편찮으세요?"

"헉! 사부님! 이리로!"

"야! 뭐 해! 빨리 천공의선 안 부르고!"

천룡이 지친 표정을 지으며 들어가려 하자 난리가 난 세 제자였다.

그런 것에 오히려 더 머리가 아파져 오는 천룡이었다.

제자들의 격한 반응과 함께 천룡이 안으로 들어가자 장천이 당문 사람들에게 말했다.

"들었지? 신속하게 짐 챙겨서 돌아간다!"

"저, 정말로 가도 되는 겁니까?"

"그래! 장주님께서 가라고 하셨으니 가야지."

그러더니 당비가 방금 들어간 사람들을 생각했다.

그것을 본 장천은 미소를 지으며 말했다.

"그분들은 진짜다. 그러니 의심하지 마라."

당비는 침을 꿀꺽 삼켰다.

마지막으로 궁금한 점이 있었다.

"어르신은 누구십니까?"

"나? 명왕."

어서 돌아가야 했다. 그래서 알려야 했다.

당문의 문규를 고쳐야 한다고 말이다.

절대로 운가장은 적으로 삼지 말라는 문규를 말이다.

은마성이 다급하게 날아와 착지한 곳에 한적한 호수가 자리하고 있었다.

은마성은 주변을 두리번거리다가 낚시 삼매경에 빠진 사람을 발견하고는 그곳으로 몸을 날렸다.

"조용. 고기 달아난다."

낚시하는 남자는 얼굴에 살짝 검은색 빛이 나고 눈매는 날카로웠다.

나이는 입지(立志:30세)가 안 되어 보였으며, 한쪽 송곳니가 입술 밖으로 삐져나온 모습이 인상적인 남자였다.

혈천교 교주 은마성에게 하대를 하는 남자.

하지만 은마성은 그것을 당연하게 여기며 조용히 그 옆에 착지해서 두 손을 공손히 모으고 섰다.

은마성의 눈에는 두려움이 가득했다.

천하를 오시할 것 같은 눈빛은 사라진 지 오래였다.

그렇게 숨소리 하나 들리지 않을 정도로 고요한 시간이 지나가고, 검은 수염의 남성이 낚싯대를 바닥에 내려놓으며 말했다.

"쯧쯧, 네놈 때문에 집중이 되질 않는구나."

남자의 말에 은마성이 재빨리 부복하며 외쳤다.

"죄, 죄송합니다!"

"되었다. 무슨 일인 게냐?"

남성의 물음에 은마성이 벌떡 일어나 답했다.

"차, 찾았습니다!"

그 말에 세상만사 관심이 없는 눈빛을 하고 있던 남성의 안광이 번쩍였다.

그리고 부복하고 있는 은마성을 바라봤다.

"정⋯⋯말이냐?"

"네! 그렇습니다!"

"오호! 그래? 동명이인은 아니고?"

"사람들이 그를 천신, 또는 마신이라고 부른다고 합니다! 자연을 다룬다는 허황된 소리까지 들렸습니다."

"하하하하, 맞다! 그놈이 맞구나! 하하하하하! 과연! 있었구나! 살아 있었어!"

제三장

은마성의 말에 기쁜 표정으로 크게 웃는 남자였다.

"드디어 찾았어. 정말 오랜 시간을 찾아다녔는데 드디어……."

"명만 내려 주십시오! 지금 당장 가서 잡아 오겠습니다!"

은마성의 말에 남성의 기세가 돌변했다.

쿠아아아아─!

남성의 기세가 유형화되며 은마성을 압박했다.

"크으으윽!"

고통스러워하며 무릎을 꿇는 은마성이었다.

"네까짓 게 그를?"

그러더니 천천히 일어서는 남자였다.

"하하, 얼마 만에 듣는 재밌는 말인지."

쿨럭―!

결국, 피까지 토하는 은마성이었다.

"부, 부디 요, 용서를……."

세간에서 혈마황이라 불리며 공포의 대명사로 군림했던 은마성.

그가 지금 용서를 빌고 있었다.

용서를 빈 것이 통한 것인지, 은마성을 압박하던 기세가 서서히 사라졌다.

"크크크크. 네놈 따위가 어찌할 수 있는 인물이 아니다."

"……."

"그는 내 유일한 친구(親舊)! 그리고 내 유일한 호적수!"

"네?"

은마성은 알고 있다.

지금 자신의 눈앞의 이 남자의 강함을.

삼황? 칠왕십제? 무림정복?

이 남자에게 그저 유흥일 뿐이다.

언제든 마음만 먹으면 할 수 있는 유흥.

흥미가 없기에 지금 중원이 저리 평화를 누리고 있는 것이다.

자신을 시켜 중원을 침공시킨 것 역시 운천룡이라는 자를 세상에 나오게 하기 위함이었다.

세상이 어지러워지면 운천룡이라 불리는 자의 성격상 분명히 도우러 나올 것이라며, 자신들에게 중원 침공을 지시한 것이다.

결국, 중원 침공은 실패하였고 남자가 시킨 임무를 달성하지 못했기에 지금 열심히 재침공을 준비하고 있던 것이다.

남자는 세상의 모든 것을 하찮게 생각한다.

그 누구도 자신과 동등하지 않다고 강조했다.

그런 그의 입에서 방금 유일한 친구이자 호적수라는 말이 나왔다.

"마성아, 절대자의 고독함이라는 것을 아느냐?"

"신은 아직……."

"그렇지. 나는 고독했다. 세상에 혼자 남은 기분이었지."

은마성은 대답하지 않고 경청했다.

"그런데 그가 나타났다. 바로 내 앞에 말이다. 나는 너무도 기뻤지. 그런데 말이다. 하늘은 내가 기뻐하는 것을 별로 좋아하지 않았나 보더라."

남자는 호수를 바라보며 말했다.

"나의 하나뿐인 친구이자 호적수를 데려가려고 했으니……."

남자의 말에 은마성은 아무 말 하지 않고 그저 듣기만 했다.

"그는 불치병에 걸려 있었지. 하하, 정말 살려 낸다고 내가 개고생 한 것을 생각하면…….”

말을 하다 잠시 무언가를 생각하는 그였다.

“그래. 내가 직접 보고 와야겠군. 그대로인지 말이야.”

그리고 은마성을 바라보며 말했다.

“중원 침공은 당분간 보류하여라.”

“네? 하오나 이미 모든 준비가 다…… 크윽!”

답을 하다 말고 고통에 인상을 쓰는 은마성이었다.

“네가 지금 내 명령에 의견을 내는 것이냐?”

“자, 잘못……. 부디 용서를…….”

극한의 고통을 참으며 간신히 답하는 은마성이었다.

“오늘은 기쁜 날이니 용서하겠다.”

그러면서 기운을 거두는 남자였다.

“가, 감사합니다!”

하지만 은마성의 눈에는 공포가 깃들어 있었다.

‘여, 역시 터무니없이 강하시다.’

그저 그가 하라는 대로 따르기로 마음먹는 은마성이었다.

“명 받드옵니다.”

은마성의 답에도 남자는 귀찮은 듯 어서 가라며 파리 날리듯이 손을 휘저었다.

남자는 홀로 남아 행복한 미소를 지으며 호수를 그저 바라만 보았다.

운가장 근처에서 낯선 사람들이 어슬렁거리고 있었다.

"이곳인가?"

"네! 맞습니다!"

"모든 준비는 다 해 놨겠지?"

"네! 그런데…… 이렇게 불쑥 찾아와도 되겠습니까?"

"그게 뭐 어때서? 그냥 왔어? 선물까지 준비해서 온 거잖아. 설마 박대하려고."

"그렇겠죠? 세상에 재물 싫어하는 권력자는 못 본 것 같습니다. 흐흐."

낯선 이들은 무언가를 가득 실은 마차를 끌고 운가장의 문앞으로 다시 이동을 시작했다.

"어떻게 오셨습니까?"

"아, 저희는 금약방이라는 의원을 운영하는 자들입니다. 이곳에 상국 전하께서 사신다는 말씀을 듣고 이렇게 찾아왔습니다."

그 말에 수문위사가 검을 빼 들고 외쳤다.

"그것은 비밀인데 네놈들이 어찌 알았느냐!"

자신들의 생각과 전혀 다른 반응에 금약방 사람들은 당황했다.

"그, 그게 아니옵고……."

변명하려고 했지만, 늦었다.

"이놈들 수상하다! 모두 잡아라!"

"네!"

순식간에 수상한 사람으로 몰려 포박을 당하는 금약방 사람들이었다.

그리고 운가장 안으로 끌려 들어갔다.

수문위사는 이 사실을 천룡에게 보고했다.

천룡은 한가로이 차를 마시고 있었다.

"응? 내가 받은 관직을 알고, 내가 사는 곳을 안다고? 아니 그것을 어찌 알았지? 내가 사는 곳은 절대 비밀로 하기로 했는데?"

"그래서 모두 포박한 뒤에 마당에 꿇려 놓았습니다."

"뭐? 아니, 뭐 그렇게까지……."

"수상한 자들입니다!"

"그래. 알았다. 애들더러 그쪽으로 오라고 전해 줘."

"충!"

왠지 또 한바탕 시끄러워질 분위기였다.

현장에 도착하니 십여 명 정도 되는 이들이 포박을 당한 채 꿇려 있었다.

천룡이 모습을 드러내자 다들 기다렸다는 듯이 고개를 박으며 외쳤다.

"사, 살려 주시옵소서! 소, 소인들은 그저 저, 전하께 문안 인사를 드리고자…….”

바들바들 떨면서 살기 위해 큰 소리로 외치는 그들이었다.

천룡이 앞에 마련된 의자에 착석하자 때마침 모습을 드러
내는 제자들이었다.

“아버지, 무슨 일입니까? 저들은 뭐고요?”

“이제 물어보려고.”

천룡이 답하자, 무광이 인상을 찡그리며 물었다.

“너희들 뭐냐?”

무광의 질문에 사람들은 울먹이며 말했다.

“저희는 이곳에서 금약방이라는 의원을 운영하는 사람들
입니다.”

“금약방? 아니, 의원이 왜 우릴 찾아왔어?”

“그저 인사를 드리려고…….”

그 말이 다 마치기도 전에 태성이 나섰다.

“딱 봐도 구린 냄새가 풀풀 풍기는데, 무슨 개소리야? 솔
직히 말 안 해?”

“저, 정말입니다.”

여전히 울상인 상태로 답하는 그들이었다.

“정말이라고? 그럼 여긴 어찌 알고 왔는데?”

“그, 그건…….”

“분명히 우리가 이곳에 있다는 사실은 황궁 사람들만 아는
건데? 누구냐?”

"저, 저희는 정말 모릅니다."

"하하하, 그래. 너희는 모르겠지."

주먹을 말아 쥐는 태성이었다.

"하지만 이 주먹이 기억나게 해 줄 거야."

음산한 미소를 지으며 그들을 향해 걸어가는데 무광이 말렸다.

"야, 야, 무림인도 아니고 일반인한테 그런 야만적인 짓을 하냐. 말로 해야지 말로."

"네? 대사형이 할 말이 아닌데요?"

"뭐, 인마? 이게 요새 자주 기어오르네?"

"에이…… 제가 언제요……. 그럼 사형이 한번 해 보세요."

"자식이 말이야. 진작 그렇게 할 것이지. 잘 봐. 말로 해야지 말로."

그러고는 그들 앞에 섰다.

잠시 후에 마당에 꿇려 있던 사람들이 눈물 콧물을 짜면서 자신들이 잘못했다고 빌기 시작했다.

"어? 어찌한 겁니까?"

"말로 했지."

"언제요? 우린 못 들었는데?"

"그냥 전음으로 말하면서 살기 좀 뿌렸어……."

"……."

천하의 무황이 뿌리는 살기다.

무림인들도 오줌을 지리는데 일반인에게 그걸 뿌렸단다.

"대단하시네요."

"크크크. 그렇지?"

"칭찬 아닌데요……."

"……."

둘의 모습에 천룡이 머리를 짚으며 말했다.

"그만하고 온 이유나 물어봐."

천룡의 말에 무광이 다시 눈을 부라리며 물었다.

"들었지? 지금부터 아는 모든 것을 말한다."

금약방 사람들은 이곳에 온 이유와 여기에 천룡이 있다는 사실을 알려 준 이에 대해 전부 말했다.

"그러니까 천공의선이 이곳으로 와서 너희들의 살길이 막막해졌고, 천공의선을 멀리 보내 달라고 청탁을 하기 위해 왔다?"

"네! 맞습니다!"

"우리가 여기 있다는 사실은 도지휘사(都指揮使)가 알려 준 거고?"

"네! 그렇습니다!"

기가 찼다.

한마디로 자신들의 이득을 위해 이랬다는 것이다.

"가서 관천이 좀 오라 그래."

"네!"

잠시 후에 관천이 다급하게 모습을 드러냈다.

"부르셨습니까?"

"애들이 너 멀리 보내 달란다."

"네?"

놀란 눈으로 꿇려 있는 사람들을 바라보는 관천이었다.

한편 금약방 사람들은 놀랐다.

설마 천공의선이 상국과 친분이 있을 것이라고는 생각도 않았기 때문이었다.

자신들이 최악의 수를 두었다는 것을 깨달은 그들이었다.

관천은 이들에 대해 천룡에게 말했다.

이들이 그동안 이곳 사람들에게 한 악행과 폭리를 취한 것을 말이다.

"나 참 나, 진짜 나쁜 새끼들이네. 야! 가서 지부 튀어오라 해!"

무광이 분노해서 외쳤다.

"이들은 지부가 올 때까지 가둬 놔! 나쁜 새끼들. 아픈 사람을 상대로 그딴 짓을 해? 인간 새끼들도 아니네!"

"그러게 말입니다!"

천룡 역시 이들을 용서할 생각이 없었다.

"나는 성에 좀 다녀오마."

"네?"

천룡의 말에 다들 뒤돌아봤지만 이미 천룡은 사라지고 없었다.

빈 의자를 잠시 바라보다 꿇려 있는 자들에게 말했다.

"너희들은 이제 다 죽었다……."

꿇

섬서의 군사를 관리하는 도지휘사사.

그곳의 최고 책임자인 도지휘사가 모든 일정을 마친 후에
술을 마시고 있었다.

술을 마시면서 그는 무언가를 골똘히 생각하고 있었다.

'소문이 정말일까?'

술 한 잔을 입에 털어 넣은 뒤에, 고기 안주를 으적으적 씹
으며 다시 생각에 잠겼다.

'정말로 그들이 말한 대로 천룡이라는 자가 그리 대단하단
말인가? 하아, 하필 그런 자가 내가 관리하는 곳에 자리를 잡
고 있다니.'

고민이었다.

인사를 하러 가야 할지 말아야 할지.

전 도지휘사가 역모에 가담해서 쫓겨나고 새로이 부임했
기에 이리도 고민하는 것이었다.

일단 금약방 사람들을 먼저 보내, 천룡이라는 사람의 성향
을 파악하려고 했다.

그래서 그들에게 약간의 뇌물을 받고 알려 준 것이다.

황궁에 있는 지인이 비밀리에 알려 준 내용.

절대로 무슨 일이 있어도 적이 되어선 안 된다고 했다.

어찌나 신신당부하던지 알았다는 말만 수십 번을 되풀이했었다.

적이 될 이유가 없지 않은가?

일단 관직부터가 자신이랑은 차원이 달랐다.

거기에 황제의 총애 정도가 아니라, 황제가 자신과 동급으로 대하라고 황명을 내렸다지 않는가.

'금약방 놈들이 정보를 주면 그것을 토대로 가야겠군.'

결국, 인사를 하러 가는 것으로 결정을 내렸다.

하지만 그것은 그의 큰 착각이었다.

"네가 여기 도지휘사냐?"

갑작스럽게 들려오는 소리.

도지휘사는 다급하게 자신의 애검을 뽑아, 소리가 들리는 곳을 향해 휘둘렀다.

깡-!

검이 무언가에 부딪히는 소리와 함께 멈췄다.

돌아보니 웬 청년이 손바닥으로 검을 막은 채 서 있었다.

검날이 손바닥에 닿았는데 피 한 방울 나지 않았다.

청년의 정체는 천룡이었다.

"누, 누구냐!"

"내가 먼저 질문했을 텐데?"

그러면서 검을 움켜쥐는 천룡이었다.

그와 동시에 검이 우그러졌다.

"헉!"

너무 놀라 검을 놓친 도지휘사였다.

콰당 탕–!

그리고 술상을 엎으며 넘어졌다.

"다시 한번 묻는다. 네가 도지휘사냐?"

"그, 그렇소."

딸그랑–!

천룡은 검을 옆으로 던지고, 바닥에 뒹구는 술병을 집어
들었다.

그리고 그 자리에 주저앉아 마신 뒤에 말했다.

"분명히 내가 있는 곳은 아무에게도 말하지 말라 하고 나
왔는데……. 어찌 알았지?"

천룡의 말에 도지휘사는 뇌리에서 번개가 쳤다.

누군지 대번에 알아챈 것이었다.

"시, 신! 사, 상국 전하를 뵈옵니다!"

다급하게 절을 했다.

그때 시끄러운 소리가 들리며 병사들이 몰려왔다.

도지휘사의 방에서 큰 소리가 들리니 병사들이 그 소리를
듣고 몰려온 것이다.

"괘, 괜찮으십니까?"

문밖에서 병사가 물었다.

"조용! 나는 괜찮으니 모두 물려라! 어서!"

"저, 정말 괜찮으십니까?"

"괜찮다 하지 않느냐! 어서 빨리 물리지 못할까!"

"충!"

도지휘사의 다급한 명령에 병사들은 의심이 들었지만, 상급자의 명에 따를 수밖에 없었다.

병사들이 물러가자 도지휘사가 고개를 조아린 채 무릎을 꿇고 앉았다.

그런 도지휘사의 앞에 잔을 내밀고 술을 따라 주는 천룡이었다.

"나는 정치를 모른다. 그렇다고 폐하께 받은 이 관직으로 부정이나 권세를 누릴 마음도 없다. 그저 조용히 살고 싶을 뿐."

잔이 꽉 차자 자신의 잔을 채우는 천룡이었다.

"지켜 줄 수 있겠느냐?"

"그, 그렇사옵니다! 시, 신이 최선을 다해 지키겠습니다."

그 말에 천룡은 잠시 생각을 하다 잔을 들었다.

"그리고 상락 지방의 의원들이 부정이 좀 심하더구나. 네가 잘 다독여서 그동안 죄를 뉘우치게 하여라."

"아, 알겠습니다! 신이 반드시 그렇게 하도록 하겠습니다!"

"마셔라."

"가, 감사합니다!"

그 자리에서 바로 술잔을 비우는 도지휘사였다.

그리고 고개를 들었을 때 천룡은 자리에 없었다.

조금 전에 천룡이 들고 있던 잔만이 빙글빙글 돌고 있었다.

'과, 과연 대단한 분이시구나……. 소문은 진실이었어.'

도지휘사는 바로 그 자리에서 병사들을 불렀다.

"게 누구 없느냐!"

부름에 바로 달려온 병사에게 도지휘사가 명했다.

"지금 당장 군을 보내 상락 지방에 있는 모든 의원을 잡아들여라! 그들의 죄를 내 직접 밝히겠다!"

"충!"

그때 도지휘사의 귀 속으로 들려오는 전음.

-아, 깜박했는데 초지의문은 아니다.

도지휘사는 다급하게 나가는 병사를 잡았다.

"자, 잠깐!"

"네?"

"그, 초, 초지의문은 아니다! 그곳은 빼고 모두 잡아들여라!"

"네!"

도지휘사는 상락 지방에 있는 모든 의원의 비리와 그동안의 악행을 다 찾아냈다.

모든 재산을 몰수하였고, 상락 지방의 병자들을 위해 평생을 봉사하며 살도록 벌을 내렸다.

꧁

사천당가의 가주가 마당에서 온갖 집기를 집어 던지고 있었다.

와장창! 쨍그랑!

"헉헉!"

마당 앞에는 운가장을 습격하러 간 당문의 무인들이 무릎을 꿇고 있었다.

"지금…… 그걸 변명이라고 내 앞에서 지껄이는 것이냐?"

"사, 사실이옵니다!"

퍼억!

"커억!"

"이런 병신 같은 게! 그걸 나더러 믿으라고? 그게 사실이라고?"

무사히 당문에 도착한 후에 가주에게 그간의 일을 보고한 후 절대로 운가장과 적이 되어선 안 된다고 말했다.

하지만 그 결과는 바로 이것이었다.

"차라리 당당하게 실패했다고 죄송하다고 말을 하던가! 어디서 말도 되지 않는 거로 날 능멸하느냐!"

"믿어 주십시오! 여기 있는 모두가 본 사실입니다!"

"하하하, 그 병신이 화룡지체다? 그 말을 믿으라는 것이냐? 내가 그 병신을 가지고 몇 년을 연구했는지 아느냐? 그런데 화룡지체? 화룡지체를 내가 몰라볼 것으로 생각한 것이냐!"

"그의 몸에서 정말로 화룡이 튀어나왔습니다!"

빠악!

"이 병신들이 정말 끝까지!"

촤아아앙!

결국, 가주가 검을 빼 들었다.

그리고 그들을 향해 휘두르려 했다.

"안 됩니다! 가주님! 진정하십시오!"

주변에 있던 가신들이 말렸다.

"이거 놔라! 저 겁쟁이들을 내 직접 처단하겠다!"

"가주님! 이러시면 안 됩니다!"

"으아아아악!"

땡그랑!

분노의 포효를 내지른 뒤에 검을 바닥에 던지는 가주였다.

그리고 잠시 숨을 고르며, 어느 정도 진정을 시킨 후에 말했다.

"저 쓰레기들 전부 옥에 가둬. 내가 명할 때까지 물 한 모금 주지 마."

"네! 알겠습니다!"

그들은 옥으로 끌려가면서까지 울부짖었다.

살려 달라고 울부짖는 게 아니었다.

"가주님! 제발 운가장을 적으로 삼지 마십시오!"

"그곳은 적대적인 적으로 삼으시면 안 됩니다! 가주님, 제발!"

"저희의 목숨을 가져가시고 운가장을 잊으시옵소서!"

가주는 다시 흥분하며 말했다.

"누가 저 주둥이 좀 닥치게 해!"

가주의 명에 끌려가던 사람들 모두가 아혈을 점혈 당했다.

"가주님! 그곳엔 화룡뿐 아니라 삼화…… 읍!"

그들이 하지 못한 말이 있었다.

삼황이 그곳에 있다고, 화룡이 문제가 아니고 삼황이 그곳에 있다는 말은 못 했다.

그리고 간절한 눈빛을 보내며 이윽고 시야에서 사라졌다.

가주는 마당에 있는 의자에 털썩 주저앉았다.

"하아, 자네는 저들의 말을 어찌 생각하나?"

"사실일 리가 없습니다. 저희가 조방 그놈을 연구한 게 얼만데……."

"그렇지? 하하, 아무리 변명거리가 없다 하지만 화룡이라니……. 우리 가문의 한인 그 미친 화룡이라니……."

"저들을 용서해선 안 됩니다!"

"당연하지! 그리고 다시 준비시켜! 아니다. 이번엔 내가 직접 가겠다! 정예 중에서 정예로만 준비시키도록. 그리고 조방 그놈을 연구하면서 얻은 천살지독(天殺之毒)도 준비해라."

"처, 천살지독을 말입니까? 그, 그것은 아직 해독제조차 없는 극독입니다!"

"혹시 몰라서 가져가는 거다. 사용할 일이 없기를 바라야지."

"가, 가주님!"

"혹시 모른다. 저놈들이 한 말에 조금이라도 사실이 있을 경우도 대비해야겠지."

가신들은 가주의 눈빛을 보고 말릴 수 없다는 것을 깨달았다.

어쩔 수 없이 고개를 끄덕이고는 최대한 안전한 방법을 찾기 위해 분주히 움직였다.

"사천당가의 무서움을 내 직접 보여 주지. 기다려라. 이놈들!"

❦

중원에서 한참 북쪽으로 올라오면 차가운 대지가 나온다.

칼바람이 매일같이 불고, 냉기가 가득한 곳.

바로 이곳에 북해빙궁(北海氷宮)이 있다.

"조금만 더 참아라!"

"끄아아악!"

"조금만 더!"

청년 하나가 차가운 얼음 속에서 고통에 몸부림을 치고 있었다.

그 옆에서 백발이 성성한 노인이 안타까운 눈빛으로 바라보고 있었다.

"아…… 아버지……. 끄으윽! 제발, 제발 죽여 주세요."

"아, 안 된다! 녀석아! 넌 이겨 낼 수 있다! 희망을 놓지 말아라!"

고통스러워하는 아들의 손을 꼭 잡아 주며 눈물을 흘리는 노인이었다.

"아버지……."

그렇게 고통에 몸부림치다가 고개를 떨구며 기절하는 남자였다.

"크흐흐흑! 천년화리(千年火鯉)의 내단으로도 효과가 없단 말이냐!"

노인은 그런 아들을 보며 기어이 눈물을 보였다.

"어찌하여! 이 아이에게 이런 천형을 내려 주시는 겁니까!"

하늘을 원망하며 울부짖었다.

"궁주님…… 인제 그만 들어가시지요."

이 노인이 바로 북해의 지배자이며, 북해빙궁의 궁주인 빙백마제(氷白魔帝) 은백광(恩白光)이다.

얼음에 갇힌 채 고통에 몸부림치던 청년은 바로 그의 아들이며 소궁주인 은천상(恩天上)이었다.

마제라 불리는 남자가 아들의 고통에 슬퍼하고 있었다.

"아직도 소식이 없느냐……?"

"네……."

"정녕 태음절맥(太陰絕脈)을 치유할 자가 이 넓은 중원에 없단 말이냐?"

"한 가지 이상한 소문이 있기는 하온데……."

"말하라."

"중원에 태양절맥이 나타났었다 합니다. 그런데 그자를 치료한 자가 있다는 정보입니다."

"뭐? 태양절맥?"

"네!"

"누구냐! 지푸라기라도 잡아야 할 것 아니더냐! 당장 알아보라!"

"네! 알겠습니다."

궁주는 수하가 떠난 뒤 말없이 아들을 바라보다 입을 열었다.

"태양절맥이라……. 그게 사실이라면 내 아들 녀석도 가능성이 있다."

지금은 저 정보가 사실이기만을 바랄 뿐이다.

은여랑이 정신없이 태성을 찾아 헤매고 있었다.

그러다가 연무장에 있는 그를 발견하고는 울먹이며 달려 갔다.

"가가!"

갑작스럽게 달려와 안기며 우는 은여랑에 당황하는 태성 이었다.

"여, 여보! 왜, 왜 이래?"

"흑! 어쩌면 좋아요! 우리 천상이가…….”

"어? 처남이 왜! 무슨 일이야!"

"태음절맥이래요! 이제 살날도 몇 년 안 남았대요!"

"뭐?"

"흑! 가가! 천공의선과 친하시다 했죠? 제발 저 좀 데려다 주세요!"

"여랑아, 일단 진정 좀 해."

서럽게 우는 은여랑을 간신히 달랜 태성이었다.

"그 아이가 저희 가문에서 그토록 기다리던 귀한 아들인 거 아시죠? 아버지가 육십 나이에 겨우겨우 얻은…….”

"알지, 알고말고. 그때 장인어른께서 잔치 여신다고 빙궁 의 창고를 탈탈 터셨잖아."

"몸이 약해서 그냥 그러려니 했는데…… 절맥이래요. 온

갖 영약을 다 먹여도 차도가 없대요. 가가! 제발, 제발 도와
주세요!"

"……."

은여랑의 간절함에 태성의 표정이 심각해졌다.

"일단 알겠어. 걱정하지 말고 들어가서 진정하고 있어. 내
가 알아볼게."

"정말요? 고마워요! 가가! 고마워요."

계속 고맙다고 하는 은여랑을 꼭 안아 주며 달래 주는 태
성이었다.

"고맙긴, 우리가 남도 아니고 그런 소리 말아."

"흑!"

은여랑을 진정시키고 태성은 바로 천룡에게 향했다.

천룡은 무광과 바둑을 두고 있었다.

"아버지…… 한 수만……. 네?"

"아니, 넌 맨날 물러 달래?"

"아! 이번엔 진짜 실수였다고요!"

"이게 어디서 성질이야?"

"그게 아니고요……."

투덕거리는 두 사람 곁에 천명이 무엇이 그리 재밌는지 웃
고 있었다.

조방은 사방팔방을 경계하고 있었고, 장천은 찻물을 내리
고 있었다.

평화로운 모습이었다.

태성은 입술을 꼭 깨물고 천룡 앞으로 달려가 엎드렸다.

"사부! 도와주십시오!"

갑작스러운 태성의 행동에 다들 깜짝 놀라 고개를 돌렸다.

"왜, 왜 이래? 무슨 일 있냐?"

천룡이 놀라서 물었다.

"사부! 제 처남이 많이 아프다고 합니다. 그런데 그것을 치료할 사람이 없답니다!"

"······."

사태의 심각함을 깨달은 천룡은 태성의 말을 조용히 들었다.

"사부는 저기 조방을 치료하셨지 않습니까? 제발, 제발 제자 부탁드리겠습니다! 저희 처남을 살려 주십시오!"

그러고는 다시 엎드렸다.

그런 태성을 천룡은 다가가서 일으켜 세웠다.

그리고 화난 목소리로 말했다.

"너는 이 사부를 뭐라고 생각하는 것이냐! 나를 뭐로 보기에 이러는 것이야!"

천룡이 화를 내자 태성을 포함해서 모든 사람이 당황했다.

천룡이 저렇게 화를 내는 것은 처음이었기 때문이었다.

"너는…… 내가 너의 어려움을 모른 척하고 넘어갈 것으로 생각한 것이냐?"

"사, 사부……."

"내 새끼가 도와달라는데 그것을 그냥 넘기는 부모는 없다. 그러니 다음부터 나를 남 대하듯이 그렇게 하지 말아라. 알겠느냐?"

"사, 사부…… 제자는 그저……."

울먹거리는 태성의 머리를 쓰다듬어 주는 천룡이었다.

"네가 무엇을 부탁하든 나는 들어줄 것이다. 그러니 다음부터 그러지 말아라."

그리고 다른 사람들을 바라보며 말했다.

"너희들도 마찬가지다! 내 도움이 필요하면 그냥 말해라!"

그 모습에 다들 고개를 숙일 뿐이었다.

"그래, 가 보자. 이번은 북해빙궁을 구경하겠구나."

"사부……."

그저 고마웠다.

이런 분이 자신의 사부라는 것이 너무도 자랑스러운 태성이었다.

"알겠습니다. 제가 여랑이에게 당장 이 기쁜 소식을 전하고 오겠습니다."

"그래라."

태성이 함박웃음을 지으며 달려가자 천룡은 다시 바둑판이 있는 곳으로 가 앉았다.

"헤헤, 아버지 저 쪼금 감동했습니다."

"사부님 저도요!"

"싱겁기는…….'"

그리고 바둑판을 바라본 천룡은 무광의 이마에 꿀밤을 날렸다.

"악! 아버지!"

"이 자식이 고새 돌을 옮겨 놨네?"

"아닌데요? 저는 그런 적 없는데요?"

"야, 인마! 그럼 이게 왜 여기 있어?"

"아까 급하게 일어나면서 흔들렸나 보죠.'"

"이 자식이?"

잠깐의 감동이 순식간에 사라졌다.

"저곳인가?"

"네! 그렇습니다!"

"아무리 봐도 평범해 보이는데?"

사천당가의 정예 무사들이 당 가주와 함께 운가장의 정문에 모습을 드러냈다.

갑작스럽게 나타난 수많은 무리에 정문을 지키던 위사들이 다급하게 비상을 외쳤다.

평소와 달리 살기가 가득 담긴 무리가 접근을 하고 있었기 때문이었다.

당 가주는 선두에 서서 정문에 있는 위사들에게 말했다.

"나는 사천당가의 가주 당선우라 한다! 운가장의 장주에게 볼일이 있으니 당장 나오라 하거라!"

당선우의 말에 위사가 소리쳤다.

"우리 장주님이 그대가 오라면 오고, 가라면 가는 그런 분인 줄 아시오? 방문을 한 것이라면 예의를 보이시오!"

"예의? 하하하. 건방지구나."

그리고 가볍게 팔을 휘둘렀다.

퍼억!

"커어억!"

방금 말한 위사가 입으로 피를 뿌리며 문 쪽으로 날아갔다.

콰다다당탕!

"호오! 그 찰나에 사혈(死穴)을 피하다니? 나름 하는 놈이었군."

자신은 죽일 생각으로 암기를 날렸는데, 위사라는 놈이 사혈을 간신히 피한 채로 날아간 것이다.

"이게 무슨 짓이오!"

촤촹!

위사들이 일제히 검을 뽑아 들었다.

"하하, 이거 참. 어쩌다가 우리 당문이 이리되었나. 우리

앞에서 이렇게 당당하게 검을 뽑는 놈들이 생기다니……."

그리고 다시 팔을 휘둘렀다.

"다시금 당문이 어떤 곳인지 세상에 알려 주어야겠어."

퍼퍼퍽!

"이곳을 시작으로 말이야."

"커허헉!"

"쿨럭!"

또다시 위사 몇 명이 날아갔다.

"거참…… 내가 실력이 죽은 건가? 왜 자꾸 사혈을 비켜나지?"

고개를 갸우뚱거리며 쓰러진 위사들을 바라보는 당선우였다.

그때 천룡의 부름에 달려오던 관천이 앞으로 나섰다.

"이게 무슨 짓인가! 네놈들은 누구냐!"

관천의 등장에 당선우는 다시 인상이 찡그려졌다.

자신들이 입고 온 옷만 봐도 사해가 벌벌 떨던 때가 있었는데, 이제는 개나 소나 이렇게 시비를 걸고 있었다.

당선우는 다급하게 위사들을 치료하는 관천을 향해 다시 팔을 휘둘렀다.

그리고 피를 뿌리며 날아갈 것으로 생각하고 문 쪽을 바라보려는데 날아가는 소리가 들리지 않았다.

이상함에 눈을 돌려 보니 분노한 관천이 자신의 암기를 맨

손으로 잡고 있었다.

"호오! 제법 한 수가 있는 놈이었군."

"한 수? 그게 지금 할 소리인가? 사람을 치료하고 있는데 암기를 던지다니! 네가 그러고도 사람이더냐!"

관천은 분노했다.

전쟁터에서도 사람을 치료하고 있으면 공격을 하지 않는 법이었다.

그런데 이놈들은 치료를 하는 자신을 향해 암기를 던졌다.

"하하하하, 어차피 죽을 놈들인데 치료해서 뭐 한단 말이냐? 그 암기에는 학령초(鶴靈草)가 발라져 있으니 말이다."

"뭐?"

그 말에 관천이 다급하게 내기를 주입해 위사의 몸에 있는 독기를 빼내려 했다.

"너는 내가 눈에 보이지 않는가 보구나."

관천이 자신이 있든 말든 치료에 집중하자 기분이 상한 당선우가 다시 암기를 날렸다.

까강!

날아가던 암기는 무언가에 부딪혀 튕겨 나갔다.

창 하나가 눈에 들어왔고, 창대를 따라 시선을 올리니 자신들이 그토록 찾던 이의 얼굴이 보였다.

"조방!"

"나를 찾아온 것 같은데? 무고한 사람들에게 괜한 화풀이는 그만하시오."

"크하하하. 못 본 사이에 매우 의젓해졌구나."

"긴말 필요 없고, 나는 더 이상 당문과 인연이 없으니 이만 물러가시오."

"그건 네 생각이지."

당선우가 손을 들었다.

"살려만 놔라."

그리고 손을 내렸다.

동시에 일제히 조방을 향해 달려드는 당문의 무사들이었다.

그런 당문을 향해 조방은 분노의 눈빛을 보이며 창을 휘둘렀다.

"천붕만격창(天崩萬擊槍)!"

쿠아아아아!

퍼퍼퍼퍼퍽!

휘둘러진 창에서 나온 강한 기의 폭풍에 달려오던 무사들이 낙엽처럼 떨어져 나갔다.

그러나 상대는 당문의 정예들.

약간의 상처를 입었지만 거동하는 데는 크게 문제가 없어 보였다.

조방이 운가장 앞이라 힘을 조절한 탓도 있지만, 그것을 떠나서 저들의 무공이 절대로 약하지 않다는 반증이었다.

정작 그것을 지켜보던 당선우는 놀람을 금치 못했다.

"뭐, 뭐야! 저, 정말로 치유가 되었단 말이냐? 태, 태양절 맥이?"

그러지 않고서는 저 위력과 저 무공이 설명되지 않았다.

'서, 설마. 정말로 그놈들이 말한……'

이내 고개를 저었다.

태양절맥이 어찌 화룡지체가 된단 말인가.

그것은 절대로 있을 수 없는 일이었다.

'누군가가 저놈을 치료했군……. 그놈을 찾아야 한다. 그래서 정보를 얻어야 한다.'

당선우의 눈이 욕심으로 번져 갔다.

'그러려면 저놈을 잡아야겠지.'

"만천화우(滿天花雨)를 써도 좋다!"

당선우의 말에 당가의 무사들이 일제히 원형으로 퍼졌다.

그리고 일부는 아래서, 일부는 위에서 조방을 향해 암기를 날렸다.

한 사람당 수백 개의 암기를 동시에 여러 명이 날린 것이다.

수천 개의 암기가 모든 방위로 날아갔다.

조방은 창을 천천히 돌리기 시작하더니 이내 엄청난 속도로 돌리기 시작했다.

윙윙윙!

공기를 가르는 소리가 들릴 정도의 속도로 창이 휘둘러졌다.

"천무대폭살(天舞大爆殺)"

조방의 몸에서 모든 방위로 엄청난 위력의 창강(槍強)이 뿌려졌다.

고슴도치의 등처럼 퍼져 나가는 창강들.

번쩍!

까까까까가가가깡!

수천 개의 암기를 날려 버림과 동시에 그것을 던진 무사들을 향해 날아갔다.

퍼퍼퍼퍼퍽!

"꾸에에엑!"

"크아아악!"

조방의 공격에 피를 토하며 사방으로 날아가는 무사들이었다.

콰다당!

쿠타탕탕!

이마저도 위력을 최대한 줄인 것이다.

전력을 다했다면 이곳은 아무것도 남아 있지 않았을 것이다.

그랬기에 힘 조절을 할 수밖에 없었다.

그러지 않으면 운가장에 피해가 가니까.

"후우."

조방은 창을 다시 제대로 쥐고, 부들대며 서 있는 당 가주를 바라보았다.

"이, 이게 무슨? 어찌, 어찌 이리 강해졌느냐! 어찌하여!"

그 말에 조방이 피식 웃으며 말했다.

"나를 진정으로 위하는 분을 만나니 자연스레 강해지더이다."

"닥쳐라! 어디서 그런 말도 안 되는 개소리를 지껄이느냐!"

"믿기 힘들면 안 믿으셔도 됩니다. 그래도 그동안 신세를 진 것도 있으니 그 정도만 하신다고 하면 무사히 보내 드리겠습니다."

당선우의 자존심을 갈기갈기 찢어 놓는 발언이었다.

마치 꼬리를 말고 도망가라고 말하는 것으로 들렸다.

"으드득! 네놈의 시체를 들고 돌아갈 것이다!"

당선우는 붉은색 병을 하늘 높이 던졌다.

"다 죽어라!"

그리고 그 병을 향해 장력을 날렸다.

퍼엉!

병이 터지면서 붉은색 연기가 사방으로 퍼지기 시작했다.

"크하하! 천살지독이라는 것이다! 극한의 고통에 모두 죽어 버려라!"

당선우는 이미 경공으로 최대한 독의 범위에서 멀어진 상태였다.

하지만 그 범위 안에 자신의 수하들이 부상을 당해 꿈틀거리고 있었다.

"이곳에는 당신의 수하들도 있다! 어찌 이럴 수가 있느냐!"

관천이 분노해 외쳤다.

"흥! 그들은 당가를 위해 언제든지 죽을 수 있는 아이들이다!"

"어찌 그런!"

관천은 황당했다.

저런 자가 한 가문의 가주라니.

조방은 하늘을 바라봤다.

점점 하강하는 붉은 연기들.

그리고 그대로 놔둔다면 운가장을 향해 퍼질 것이다.

"화룡, 도와줘."

'흥! 약한 주인이군. 알겠다.'

최근에 화룡과 나름 친해진 조방이었다.

"당 가주 보여 드리죠. 왜 전에 당문의 무사들이 그냥 갔는지."

"뭐라?"

"화룡현신(火龍現身)!"

조방의 말이 끝나기가 무섭게 엄청난 열기를 내뿜는 거대한 화룡이 모습을 나타냈다.

한 몸인 것처럼 자연스럽게 조방의 몸에서 나오는 화룡.

그리고 공중에 있는 붉은 연기들을 태우기 시작했다.

순식간에 엄청난 고열에 사라져 버린 천살지독이었다.

"마, 말도 안 돼…… . 저, 정말이었다고? 어찌…… ."

엄청난 광경에 주저앉은 채로 중얼거리는 당선우였다.

그렇게 중얼거리는 당선우 옆에서 누군가 귓속말을 했다.

"정신을 차려야지. 이제 대화를 해야 하는데 정신이 나가
면 안 되지?"

화들짝 놀라 거리를 벌리며 소리가 들린 곳을 쳐다보는 당
선우였다.

"와우, 아주 화끈하게 남의 집 앞에서 난리를 치셨네?"

입은 웃고 있지만, 눈은 분노한 세 사람이 그곳에 서 있었
다.

"우리 아버지 집 앞에서 개지랄한 만큼 맞아야지."

"그러게 말입니다. 사형. 제가 먼저 시작하겠습니다."

"야! 장유유서 몰라?"

"에이 막내 사랑 모르세요? 제가 먼저 시작을."

하지만 그들은 더는 말을 하지 못했다.

"내 집이니까 내가 직접 해야지."

새하얀 이를 드러내며 환하게 웃는 천룡의 등장이었다.

천룡은 당황해서 어쩌지 못하는 당벽을 향해 성큼성큼 걸
어갔다.

"오지 마라!"

슝!

당벽은 천룡을 향해 암기를 던졌다.

팍!

그런데 이게 웬걸?

천룡은 피하지 않았다.

막지도 않았다.

그냥 맞았다.

그런데 암기가 피부를 뚫지 못하고 튕겨 나갔다.

"무, 무슨?"

슈슈슝!

뒷걸음질 치며 계속 던졌다.

파파팍!

조금의 손상도 입지 않는 천룡의 피부였다.

"괴, 괴물……."

당 가주의 눈에 공포가 어리기 시작했다.

무덤덤하게 자신이 던지는 암기를 몸으로 맞으며 다가오는 천룡.

당벽의 눈에는 지옥의 악마로 보이고 있었다.

바닥에서 쓰러진 채 이 광경을 지켜보던 당문의 무사들 역시 경악하며 바라보고 있었다.

"그, 금강불괴(金剛不壞)!"

이론상으로만 가능하다는 신체였다.

사람의 피부를 금강석보다 단단하게 만든다는 이론.

하지만 다들 고개를 절레절레 저을 정도로 확률이 희박했다.

차라리 신화경의 경지에 오르는 것이 더 빠를 정도였다.

그런데 지금 천룡의 모습이 딱 그거였다.

"그, 그럴 리가 없다! 어디 이래도 아무렇지 않은가 두고 보자!"

당벽이 이를 악물며 용의 모습을 한 길쭉한 암기에 자신의 독강을 입혀 천룡에게 날렸다.

"암룡독강(暗龍毒强)!"

시커먼 강기를 두른 암기가 천룡의 얼굴을 향해 날아갔다.

회심의 일격이니 효과가 있으리라 기대를 하며 바라봤다.

퍽!

하지만 그의 기대를 산산조각이 나고 말았다.

아주 태연하게 얼굴로 날아오는 암기 역시 그냥 맞은 것이다.

막을 생각조차 하지 않았다.

"……."

엄청난 광경에 당벽은 말문이 막혔다.

그런 당벽을 향해 천룡이 미소를 지으며 물었다.

"다했어? 더 할 거 있으면 마저 하고……."

미친놈이었다.

"없어? 그럼 이제 내 차례지?"

고개를 저으려고 했다.

저 사람에게 차례가 가면 안 될 것 같은 느낌이 아주 강렬하게 들었다.

하지만 늦었다.

퍼억!

"커어어억!"

단 한 방에 어제 먹은 음식이 무엇인지 확인할 수 있었다.

물론 극한의 고통으로 인해 그것을 볼 정신은 없었지만.

"아니, 조용히 보내 줬더니 다시 와서 행패야."

퍼퍽! 퍽퍽퍽!

"내가 좋게, 좋게 말하니까 다들 이러는 건가?"

퍼퍼퍽!

당벽은 저항도 못 하고 맞고 있었다.

당문의 무사들 눈에는 극한의 고통에 몸부림치는 당 가주가 눈에 들어왔다.

극독을 먹어도 표정 하나 변하지 않던 그였다.

당문의 사람은 고문에도 익숙해져야 한다며 손수 고문을 당하며 몸을 단련한 그였다.

그런 그가 저리도 고통스러워하고 공포스러워 하다니.

"꿀꺽!"

당문의 무사들은 자신들도 모르게 침을 삼켰다.

"커헉! 그, 그만⋯⋯."

"그만? 말이 짧네⋯⋯."

퍼퍼퍽! 퍽!

털썩!

당벽은 기어이 버티지 못하고 눈에 흰자위를 보이며 기절했다.

동서고금을 모두 통틀어 기절한 자는 놔두는 게 이치였다.

당문의 사람들은 이제 저 끔찍한 장면을 안 봐도 된다는 생각에 안도의 한숨을 내쉬었다.

하지만 그것은 그들의 착각이었다.

"어라? 기절했어? 아직 시작도 안 했는데?"

그러더니 손에 하얀 구체를 만들어서 당벽의 몸에 주입하기 시작했다.

벌떡!

갓 잡은 생선처럼 팔팔하게 몸을 일으키는 당벽이었다.

"잘 잤어?"

꿈이라 생각했다.

어제 독한 술 때문에 악몽을 꾸었다고 생각하고 벌떡 일어났는데⋯⋯.

꿈속의 악마가 눈앞에서 웃고 있었다.

"자, 이제 다시 시작해야지."

"안……!"

퍼억!

다시 시작된 구타.

당 가주는 무려 아홉 번이나 기절을 했다가 일어났다.

"제발! 이제 그만하십시오! 제가 잘못했습니다! 엉엉엉!"

천룡의 바짓가랑이를 붙잡고 서럽게 우는 당 가주였다.

"깔끔하게 열 번 채우고 대화하면 안 될까?"

"안 됩니다! 절대로 안 됩니다! 제발……! 하라는 것은 뭐든지 다 하겠습니다! 흑흑."

어찌나 세차게 고개를 돌리는지 그 영향으로 바람이 부는 기분이 들 정도였다.

천룡이 매우 아쉬워하며 입맛을 다시자, 당벽은 온몸을 부르르 떨었다.

그래도 그만하려는 모습이 보이자 당벽은 손발이 닳도록 빌고 또 빌었다.

천룡은 의자에 앉으며 말했다.

"그래. 일단 대화를 먼저 해 볼까? 대답이 맘에 들면 그만하지."

"네! 무엇이든 물어보십시오! 엄마 배 속 기억까지 제가 기억해 내겠습니다!"

애절했다.

어찌나 애절했는지 옆에서 지켜보던 운가장 사람들이 측

은지심(惻隱之心)을 느낄 정도였다.

"왜 왔어? 전에 니네 애들 보내면서 분명히 내가 전달했을 텐데?"

"네! 드, 들었습니다!"

"그런데 왜 왔냐고!"

"그, 그것이……."

당벽이 잠시 머뭇거리자 천룡이 다시 일어서려 했다.

"헉! 제, 제가 모자라서 그렇습니다! 제가 판단력이 흐려서! 제가 멍청해서! 믿지를 않았습니다!"

다급했다.

일어나기 전에 다시 앉혀야 했다.

천룡이 다시 슬그머니 앉았다.

"왜 안 믿어? 눈으로 직접 보질 않아서?"

"그, 그렇습니다."

"아직도 조방이 데려가고 싶냐?"

세차게 고개를 저었다.

"말로 하지?"

"아닙니다! 절대 그럴 마음 눈곱만큼도 없습니다!"

"이제 이런 나쁜 짓 안 할 거고?"

"무, 물론입니다! 앞으로 정파라는 이름에 걸맞게 행동하겠습니다!"

처절하게 답하는 당 가주를 보며 천룡은 턱을 쓰다듬으며 잠시 고민했다.

"믿어야 하나? 말아야 하나."

눈을 게슴츠레 뜨고 당벽을 바라보자 당벽이 침을 꿀꺽 삼키며 최종 판결을 기다렸다.

"일단 넌 당분간 여기 머물러라. 확신이 서면 돌려보내 주지."

"네?"

"싫어?"

"아, 아닙니다! 옆에 꼭 붙어 있겠습니다!"

"좋아. 저기 쟤들 상처 치료해 주고 적당한 곳에 머물게 해."

"네!"

천룡의 명에 일사불란하게 움직이는 운가장 사람들이었다.

관천은 못마땅한 표정을 지으며 당가의 무사들을 치료하기 시작했다.

그리고 당벽을 접객실로 보낸 뒤에 제자들에게 맡기고 쉬러 갔다.

천룡이 사라지자 안도의 한숨을 쉬며 자리에 앉는 당벽이었다.

"앉아?"

천룡이 나가서 방심을 한 모양이었다.

뒤에서 들려오는 목소리에 당벽이 황급히 뒤돌아봤다.

뒤에서 팔짱을 끼고 자신을 흉악한 표정으로 바라보는 세 청년이 보였다.

나이 어린 것들까지 자신을 무시하고 있었다.

비록 천룡에게 당했기에 크게 화를 낼 수는 없지만, 그래도 이건 아니라는 생각이 들었다.

당벽이 인상을 굳히며 말했다.

"내 비록 잡혀 있는 신세이기는 하나, 한 가문의 가주이며 강호에서 배분 또한 높은 어른이다. 존장에 대한 예우는 해 주거라."

점잖으면서 엄한 말투로 그들에게 경고했다.

평소 성격이었으면 독부터 뿌리고 볼 일이었지만, 저 청년들이 천룡과 어떤 사이인지 알 수 없기에 이리 대응한 것이다.

"존장? 예우? 얘가 웃기는 소리 하고 있네."

"그러게 말입니다."

"저는 어리니 그냥 조용히 있을게요."

오히려 어처구니없는 얼굴로 바라보는 청년들이었다.

정말 버르장머리가 없는 아이들이었다.

이건 확실하게 알려 줘야 했다.

저렇게 예의를 밥 말아 먹고 강호에 나갔다가는 칼 맞고 비명횡사하기 딱이었다.

천룡에게 잘 보이기 위해 저들에게 작은 가르침을 내리기로 마음을 먹는 당벽이었다.

"험험, 이보게, 소협들. 강호에서 그런 식으로 말을 하면 안 되네. 내가 예의가 무엇인지 말해 줄 테니 귀를 열고 잘……. 커억!"

퍽!

콰당탕!

"쿨럭쿨럭! 이, 이게 무슨 짓이냐!"

"처돌았나? 어디서 존장 예우를 얘기하는 거냐? 미쳤냐? 강호에서 나보다 배분이 높은 놈이 없는데, 개소리를 하고 있어?"

당벽은 이게 무슨 개소린가 싶어 황당함도 잊고 청년을 바라봤다.

딱 봐도 이제 갓 스물이나 넘겼을까? 어린 태가 남아 있건만 지금 저게 무슨 소리란 말인가?

"나는 담무광이라고 한다."

"……?"

"무황이라고."

"응? 네?"

다시 되묻자 무광이 주먹에 시퍼런 강기를 만들었다.

"이걸로 귓구멍을 먼저 뚫어야겠네. 막혔나 봐."

저걸로 맞으면 뚫리긴 하겠지.

귓구멍이 아니라 대가리가.

"저…… 그게…….."

당벽은 지금 이게 무슨 상황인지 감이 잡히지 않았다.

자기가 무황이란다.

그 옆에 서 있는 놈이 검에 시퍼런 강기를 주입한다.

"귓구멍이 좁은데 그걸로 되겠습니까?"

똑같은 놈이었다.

"나는 무천명이라고 하지."

"나는 용태성."

각자가 자기소개를 마쳤다.

"……."

한 놈은 검황의 이름을 말하고, 한 놈은 사황의 이름을 말한다.

"안 믿기나 봐."

"뭐…… 이해는 가네요."

"저라도 안 믿겠네요."

당연하지.

자신도 모르게 고개를 끄덕이는 당벽이었다.

그것을 보고 무광이 피식 웃으며 기운을 개방했다.

쿠오오오오-!

"커헉!"

천명과 태성 역시 기운을 개방했다.

쿠오오-!

'끄어어억! 아, 알았어! 그, 그만해 미친놈들아!'

엄청난 기세에 당벽은 다시 혼절할 뻔했다.

"야, 애 죽겠다. 그만."

기세를 거두자 당벽이 막힌 숨을 몰아쉬며 헉헉거렸다.

"커억! 컥! 저, 정말로…… 삼황이시라고요?"

"그래. 네가 지금 얼마나 엄청난 짓을 한지 이제 알겠냐?"

"그, 그게……."

"우리 사천당가 구경 한번 가시죠. 가서 뒤집어엎고 오면 이놈도 사태의 심각성을 알지 않을까요?"

이 중에 제일 인자하고 점잖게 생긴 천명이 제일 독한 소리를 하고 있었다.

하지만 아직도 현실 파악이 되지 않는 당벽이었다.

오늘 하루는 정말 인생에서 가장 혼란하고 힘든 하루였다.

끼이익-!

"여기 찻물 가져왔습니다. 드시면서 대화하시죠."

장천이 찻주전자와 찻잔을 들고 들어왔다.

"오! 그래. 마침 목이 출출했는데. 역시!"

당벽의 눈에 장천이 들어왔다.

장천은 그런 당벽을 안타까운 얼굴로 바라봤다.

"당 가주, 오랜만일세……. 쯧쯧. 어쩌다가……."

"며, 명왕. 그, 그대가 어찌 여기에?"

"그야 이곳에 나의 주군이 계시니까 있지."

"주, 주군?"

당벽은 극심하게 떨리는 눈으로 무광과 아이들을 바라봤다.

"저분들은 그분의 제자분들이시고."

"야! 얘가 우리 삼황이라는 거 안 믿는다."

"정말요? 하긴 저도…… 처음엔 그랬지요."

저 명왕이 극존대를 하고 있었다.

거기에 확인 사살을 하고 있었다.

자신도 처음에는 대들었다고 말하지 않는가.

"지, 진짜로 무, 무황? 검황! 사, 사황!"

이제야 현실을 깨닫고 두려움에 떠는 당벽이었다.

자신이 지금 무슨 짓을 했는지 알게 된 것이다.

'며, 명왕이 수하로 있고, 사, 삼황이 제자라고?'

거기에 삼황이 한편이라니.

이건 무림맹에 재앙이었다.

무림맹을 결성한 이유가 무엇인가?

저들을 이겨 보겠다고 결성한 것이다.

그런데 뭐? 약해졌다고? 노망? 방랑벽?

그 정보를 가져온 놈을 잡다가 당문에 있는 독이란 독은 전부 쑤셔 넣고 싶은 당벽이었다.

'저리도 어려졌다는 것은…… 탈태환골에 반로환동!'

심지어 경지도 올라갔다는 말이다.

가뜩이나 괴물 같은 노인네였는데, 이제는 괴물의 괴물이
되어 있었다.

그런 괴물이 셋이나 있었다.

그 괴물의 사부가 바로 자신을 두들겨 팬 그자였다.

'뭐? 무림맹을 설립해서 천하제일을 논하자고? 미친놈들
아! 여기에 있다! 천하제일의 문파가 바로 여기에 있어!'

속으로 울부짖었다.

"뭘 생각을 그리 열심히 하냐?"

장천이 가져온 차를 마시다가 쉴 새 없이 동공을 움직이는
당벽을 보며 물었다.

"네?"

"됐다. 아버지가 그냥 지켜보라 했으니. 차나 마셔라."

"네. 가, 감사합니다."

이제 인정하기로 했다.

자신이 여기서 제일 약하다는 사실을.

그리고 적응하기로 했다.

살아남기 위해서.

당벽이 운가장에 머문 지도 사흘이 지났다.

그동안 당벽은 운가장에 융화되기 위해 엄청나게 노력을

했다.

놀라운 사실은 이곳에 있는 한 명 한 명이 범상치 않다는 것이다.

일개 수문위사도 무공이 약하지 않았다.

그것은 처음에 이곳에 왔을 때 느낀 것이긴 하지만 말이다.

어찌 이런 곳이 아직까지 알려지지 않았는지 놀라웠다.

수하라고 불리는 사람들 또한 당벽을 경악하게 했다.

칠왕십제 중에 무려 세 명이 수하였다.

거기에 삼황이 제자였고, 그 삼황의 세력은 이미 천룡의 휘하 세력이 된 지 오래였다.

그리고 가장 놀란 건 바로 조방의 존재였다.

진짜로 화룡지체였을 줄이야.

전설의 신체가 어찌나 충성심이 강한지 온종일 천룡의 옆에서 눈 하나 깜박이지 않고 철통 경호를 하고 있었다.

그런 신체를 얻었으면 무림에 나가서 이름을 날리라고.

심지어 권력도 대박이었다.

무려 황제와 동급으로 취급받는 관직이라니.

이런 곳을 치겠다고 온 자신이 너무 한심했다.

죽이지는 않고 때려서 자신을 구해 준 것이 정말 고마웠다.

아무튼, 방 안에서 쥐 죽은 듯이 있는데, 오늘 자신을 찾는

다는 소리에 발에 땀이 나도록 달렸다.

"헉헉! 차, 찾으셨습니까?"

당벽은 정말 전력을 다해 달려왔다.

"응. 우리 북해 갈 거니까 너도 준비하라고."

"……?"

"대답해야지."

"네?"

"북해 갈 거니까 준비하라고."

"부, 북해요? 거, 거긴 왜?"

"볼일."

'우씨! 누가 그걸 몰라 묻냐?'

속으로 생각을 했지만, 표정에 드러났나 보다.

"표정."

"헙!"

"표정 관리 잘해라."

"넵!"

"암튼 어서 가서 준비해."

"네……."

당분간 따라다니라기에 그냥 장원 안에서 돌아다니는 건 줄 알았더니 북해란다.

세상에 거기가 얼마나 먼 곳인데 거길 갔다 오자고 하냔 말이다.

힘없는 게 죄였다.

고개를 푹 숙이고 짐을 챙기러 가는 당벽이었다.

♣

푹푹 찌는 더위가 온몸을 덮쳐 오는 사막.

그곳에 천룡 일행이 낙타(駱駝)를 타고 사막을 건너고 있었
다.

그런데 다들 말없이 주변만 두리번거리고 있었다.

"씨! 이게 뭐야! 아니, 염병 사방 천지가 다 똑같은데 이딴
게 뭔 소용이야!"

그러면서 지도를 바닥에 던지는 무광이었다.

그랬다.

북해를 가는 길에 길을 잃은 것이다.

"그러니까 좀 비싸도 안내인 데리고 오자니까 사형이 반대
했잖아요."

"그, 그건……."

태성이 인상을 찡그리며 말했다.

"사형께서 이런 게 모험이라며 극구 반대를 하신 건 기억
이 나지 않으십니까?"

천명이 물을 마시며 말했다.

그런 제자들을 보며 고개를 절레절레 흔드는 천룡.

"이제 어찌합니까? 힘들어 뒈지겠는데……. 그늘도 없고."

"아니, 겨우 이거 걸었다고 힘들어?"

"그, 그냥 그렇다고요."

"이게 어디서 거짓말을! 여기에서 겨우 그걸로 힘들어 할 놈이 어딨어!"

무광의 말에 태성이 한 곳을 바라봤다.

그곳엔 당벽이 다 죽어 가고 있었다.

곧 죽을 것 같은 얼굴로 혀를 길게 빼 들고 헉헉거리고 있었다.

"저, 저거 죽는 거 아니냐?"

"마차에 좀 태워야 하는 거 아닙니까?"

작은 마차 안에는 은여랑이 타고 있었다.

마차 안에서 그 소리를 들은 은여랑이 문을 활짝 열었다.

그리고 당벽을 보니 정말로 죽기 일보 직전이었다.

당벽이 이렇게 약한 이유는 바로 운가장에서의 정신적 충격 때문에 내력이 꼬였기 때문이었다.

일명 주화입마(走火入魔)에 빠진 것이다.

하지만 느끼지 못했기에 그것을 모른 채 다니다가 지금 이런 상황이 온 것이다.

"일단 태우세요. 진짜로 저러다 죽겠어요."

태성이 매우 못마땅한 얼굴로 말했다.

"일단 타라."

당벽은 고개를 저었지만, 태성은 그를 강제로 태웠다.

이곳까지 오면서 미우나 고우나 어느새 정이 든 것이다.

"여기서 뒈지면 개죽음이다. 들어가. 몸도 약한 새끼가 무슨 가주라고. 에잉!"

"그게 문제가 아닌가 본데? 기혈이 이상하게 뒤틀려 있네."

"뭐야? 주화입마였어? 아니, 무인이라는 새끼가 그런 것도 몰라? 사형, 크게 위험한 상태는 아니죠?"

"그래. 운기조식만 잘하면 나을 것 같다."

툴툴거리면서도 걱정하는 태성이었다.

"야! 그나저나 이거 어쩌냐. 어디로 가야 하냐?"

"그러게 말입니다……."

"천명이 너는 가는 길 모르냐? 여기저기 많이 돌아다녔잖아."

"저도 사막은 누군가의 안내를 받아 이동해서……. 그냥 무작정 북쪽으로 향하면 되지 않을까요?"

"야! 그러다가 엉뚱한 곳으로 가면? 가뜩이나 제수씨 지금 동생 걱정으로 정신없는데."

다들 걱정을 하고 있을 때, 천룡이 말했다.

"저기 오는 놈들한테 물어보면 되겠네."

천룡의 말한 방향을 집중해서 보니 먼지구름이 보였다.

"뭐지? 사막풍인가?"

"아니다. 말발굽 소리다."

"쟤들이 그 유명한 혈풍단인가?"

"그런가 봐요."

그런 제자들의 반응에 천룡은 고개를 갸웃거리며 물었다.

"혈풍단? 유명한 애들이냐?"

"네! 그래도 가진 걸 다 내놓으면 죽이진 않는다고 들었습니다."

"그래? 잘됐다 어차피 좋은 놈들은 아니니 갱생시켜서 길 안내시켜야겠다."

"제가 하겠습니다!"

"대사형, 저요! 저!"

서로 자기네들이 하겠다고 다투는 사이 이제 집중하여 듣지 않아도 말발굽 소리가 들릴 정도로 가까워졌다.

가까이서 본 그들의 모습은 기괴했다.

온몸을 붉은색 천으로 두르고 얼굴엔 아수라 형상을 한 가면을 쓰고 있었다.

어떤 이는 초승달 모양의 칼을 들고 있었고, 어떤 이는 화극(畫戟)을 들고 있었다.

푸르릉-!

말 울음소리와 함께 수십 명에 달하는 그들이 천룡 일행 앞에 멈춰 섰다.

"오늘은 공치나 했더니 이런 곳에서 손님을 다 보네."

제일 선두에 있던 자가 말했다.

그러자 무광이 그들 앞으로 나서서 물었다.

"니들 뭐냐?"

혈풍단이라 짐작은 가지만 확실하게 하려고 질문한 것이다.

"우리? 하하하. 이야. 우리를 보고 당당하게 질문하는 사람은 또 간만이다. 안 그러냐?"

"크하하하. 단주! 후딱 빼앗고 어서 갑시다! 저기 마차랑 옷차림 보니까 주머니들 좀 있게 생겼구먼."

다들 무광의 질문에 박장대소를 하며 웃었다.

"에이, 그래도 간만의 질문인데 대답은 해 주자."

수하들에게 그리 말하곤 다시 무광을 바라보며 한껏 우쭐한 표정으로 답했다.

"우리가 궁금하더냐? 크크크. 귀를 활짝 열고 들어라. 우리는 그 유명한 대막의 혈풍단이다! 그리고 나는 혈풍마검 광산 어르신이다! 크크크크."

그 말에 무광이 피식거리며 웃었다.

"웃어? 지금 내 말을 듣고 웃은 거냐?"

혈풍단주의 물음에 무광이 고개를 끄덕였다.

"고, 고개를 끄덕여? 지금 고개를 끄덕였냐?"

믿기지 않는다는 표정으로 계속 되묻는 단주였다.

"그래! 네 말을 듣고 웃은 것도 맞고, 네 말에 고개를 끄덕인 것도 맞다. 그 새끼 참 말 많네."

무광의 입에서 나온 단어는 단주가 된 이래로 처음 들어 보는 신선한 말들이었다.

"허허허허…… 이 새끼가 사막의 더위에 미쳤나? 내가 누군지 몰라?"

"내가 바보도 아니고 그걸 까먹었겠냐? 방금 네가 말했잖아. 혈풍단이고 너는 혈풍마검이라고."

"그, 그런데 지금 그런 태도를 보인다는 거냐?"

분노가 너무 크면 침착해진다더니 그 말이 사실이었다.

죽이기 전에 자신이 얼마나 대단한 사람인지 알고 죽게 하고 싶었다.

그래야 저놈도, 그리고 자신도 덜 억울할 것 같았다.

단주는 말에서 내렸다.

"아, 단주! 시간 끌지 말고 빨리 일 끝내고 가자고요!"

"또, 또 발끈하셨네. 우리 단주는 다 좋은데 자기 무시하는 건 절대 못 참으시잖아."

"닥쳐!"

뒤에서 떠드는 수하들의 입을 다물게 하고 가면을 벗고는 무광을 향해 걸어갔다.

"애야, 내가 누군지 잘 몰라서 그렇게 당당한가 본데, 내가 중원 백 대 고수 중 하나인 혈풍마검이라니까?"

나긋나긋하게 설명을 하는 단주였다.

"네가 아직 무공이나 이런 게 약해서 잘 이해가 안 되나 본데, 이 넓은 중원에 칠왕십제를 제외한 백 명의 고수 중 한 명이 나라니까?"

단주의 말에 무광도 웃으며 말했다.

"너야말로 잘 모르나 본데, 너 지금 엄청나게 무서운 사람이랑 대화하는 거라니까? 지금이라도 늦지 않았다. 무릎 꿇어라."

무광의 말에 단주 이마에 핏줄이 샘솟았다.

마음 같아선 당장 쳐죽이고 싶은데, 그럼 왠지 자신이 지는 기분이 들었다.

반드시 이 자식에게 자신의 무서움과 위대함을 각인시키고 죽이겠다고 마음먹었다.

이 자리에서 안 되면 평생을 끌고 다니면서 자신이 얼마나 무서운 사람인지 보여 줘야겠다고 마음먹었다.

"말로는 안 되겠다. 일단 좀 맞고 다시 이야기하자."

단주가 소매를 걷어붙이며 무광에게 말했다.

그에 무광 역시 소매를 걷어붙이기 시작했다.

의아한 표정으로 무광에게 물었다.

"넌 왜 걷어? 나는 널 때리려고 걷는 거야. 굳이 그것까지 따라 하지 않아도 돼."

단주의 말에 무광이 소매를 다 걷어붙이고 말했다.

"나도 너 때리려고 걷는 거야."

"뭐?"

퍼억-!

"커헉!"

"이렇게 때리려고 걸은 거라고."

눈이 튀어나올 정도로 강하게 복부를 맞은 단주는 숨도 못 쉬고 캑캑거렸다.

그 모습을 본 혈풍단원들이 일제히 무기를 들고 달려오려 했다.

파앙-!

무광이 혈풍단의 옆으로 주먹을 휘둘렀다.

쿠콰콰콰콰콰쾅-!

엄청난 굉음과 함께 뜨거운 모래바람이 혈풍단을 덮쳤다.

모래바람이 지나가고 난 후, 실눈을 뜨며 방금 그 폭발이 일어난 곳을 바라봤다.

조금 전까지 자신들이 서 있던 곳이었다.

그곳에 수백 명이 반나절은 파야 만들 수 있는 거대한 구멍이 나 있었다.

그런 크기의 구덩이를 자연의 힘이 아닌 한 사람의 힘으로 만들었다.

그 광경을 본 사람들은 다들 눈이 왕방울만 하게 커지고 입에서 침이 줄줄 흘러내리고 있었다.

"꿀꺽!"

누군가가 침을 삼켰다.

"아직도 덤빌 마음이 있는 사람 손."

다들 급하게 뒷걸음질을 치며 고개를 가로저었다.

"그럼, 거기서 조용히 너희 단주 맞는 거나 감상해라."

그리고 단주의 머리채를 쥐어 잡아 들어 올렸다.

"인제 그만 쉬고 이어서 맞아야지?"

무광과 눈이 마주친 단주는 공포에 빠진 눈빛으로 고개를 흔들었다.

조금 전 엄청난 광경을 단주도 보았다.

"내가 아까 말했잖아. 너 정말로 무서운 사람한테 시비를 거는 거라고. 무릎 꿇으라 했잖아."

단주는 다급하게 무릎을 꿇으려 했지만, 머리채를 잡혀서 그러지도 못했다.

"지금은 아니야. 무릎 꿇어도 소용없고, 일단 좀 맞자."

무광이 손을 들어 다시 때리려 하는데 천룡이 불렀다.

"적당히 하고 빨리 이동하자, 해 떨어지려고 한다."

"네! 알겠습니다."

그리고 단주에게 말했다.

"들었지? 일단 맞는 거 보류. 앞으로 하는 거 봐서 이어 하든지 하자."

"넵! 알겠습니다."

단주가 부동자세가 되어 우렁차게 대답했다.

조금이라도 대답이 늦었다간 정말로 죽을 것 같았다.

"좋아. 그 자세 유지해라."

"넵! 알겠습니다!"

"그럼 이제부터 너희들이 할 일은 하나다."

무광의 말에 단주가 침을 꿀꺽 삼키고 입이 열리기를 기다렸다.

"이 중에서 사막 지리 가장 잘 아는 놈 손!"

무광의 말에 다들 시선을 회피하며 손가락으로 누군가를 가리켰다.

그것을 따라 눈을 돌리니 크게 당황한 얼굴로 자신의 수하와 무광을 번갈아 보는 단주가 보였다.

"아! 얘가 가장 잘 알아?"

"네! 그렇습니다! 우리 단주님께선 이곳은 눈 감고도 다니십니다!"

모두가 한마음이 되어 합창했다.

만족스러운 웃음을 짓는 무광과 달리, 단주의 표정은 점점 울상이 되어 갔다.

"너희들까지 있을 필요 없는데…… 그래도 나쁜 짓을 하는 놈들이니 그냥 보낼 수는 없고."

혈풍단을 보며 턱을 쓰다듬으며 고민에 빠지는 무광이었다.

"사, 살려 주십시오! 고향으로 돌아가 농사지으며 살겠습니다!"

"저, 저도 그렇게 하겠습니다!"

다들 엎드리며 살려 달라고 빌었다.

"내가 무슨 살인마도 아니고. 좋다! 앞으로 착하게 살아라. 혹시라도 나중에 네놈들 이름이 안 좋은 쪽으로 나오면…….
내가 친히 와서 전부 아까 파 놓은 땅에 묻어 주마. 나 무황의 이름으로 약속하지."

무광의 말에 다들 경악을 한 채 지금 자신들이 무슨 소리를 들은 것인지 상황을 파악하려 했다.

어쩐지 엄청나게 강하더라니.

칠왕십제도 아니고 무려 무황이었다.

모두가 눈물을 흘리며 알겠다며 싹싹 빌었다.

"그럼 모두 해산!"

"해산!"

우렁차게 대답을 하고 혹시라도 잡을까 싶어 자신들이 낼
수 있는 최대한의 속도로 도망을 가는 혈풍단이었다.

휑해진 벌판에 단주만이 덩그러니 남아 자포자기 한 얼굴
로 무광에게 끌려가고 있었다.

⚜

혈풍단 단주의 안내를 받아 일단 근처에 있는 작은 호수로

발길을 옮긴 천룡 일행이었다.

그곳에서 하루를 보내고 다시 이동하기로 한 것이다.

어느덧 밤이 깊었고 천룡은 모닥불 앞에 앉아 무언가를 곰곰이 생각하고 있었다.

제자들과 수하들은 모두 곤히 잠이 든 상태였다.

"주군, 인제 그만 주무시지요."

조방이 다가와 천룡에게 말했다.

"아니다. 잠이 안 오는구나. 너야말로 가서 자거라."

"아닙니다, 주군. 저는 보초를 서겠습니다."

조방은 그렇게 말을 하고 다시 눈을 부리부리 뜨며 사방을 경계했다.

천룡은 그런 조방을 보고는 피식 웃고서 다시 생각에 빠졌다.

'과거에 천마신교를 혼자서 무력화시킬 정도로 강했고, 그 시대 최고의 의술을 지닌 천의와 친구였다. 관천의 말을 종합해 보았을 때 내 나이는 대략…… 삼백오십 살인가?'

천룡은 조금씩 채워져 가는 과거의 기억을 되돌아보고 있었다.

'그리고 가연이…… 기억 속의 여인과 너무도 똑같은 우리 가연이. 이게 우연일까?'

그러다가 문득 가끔 꿈에서 나오던 남자가 떠올랐다.

그의 꿈에 가끔 나타나 슬픈 미소를 지어 보이던 남자.

그가 꿈속에서 한 말도 기억이 났다.

'다시 만나세. 나의 친구여…….'

과거의 기억 속에 있는 친구라곤 천의문의 전전전대 문주인 천의 관홍밖에 없었다.

하지만 얼굴이 보이지 않는 그 남자는 자신에게 벗이라 칭했다.

아니, 오히려 그 보이지 않는 남자가 더욱 마음에 끌렸다.

정말 피를 나눈 형제 같은 느낌.

그리고 가슴 속 깊은 곳에서 올라오는 호승심.

어둠 속에 가려진 자인데도 그자를 생각하면 가슴이 두근거렸다.

"하아, 모르겠구나. 신경을 쓰지 말아야지 하면서도 자꾸 떠오르는군."

답답했다.

그냥 무시하려 했지만, 계속 떠오르는 과거의 기억들이었다.

"언젠가는 다 돌아올 테지……."

그저 시간에 맡기는 수밖에 방법이 없었다.

그렇게 생각을 정리하고 있는 그때 한 무리가 접근하는 것이 느껴졌다.

조방 역시 그것을 느끼고 경계를 했다.

이내 모습을 드러낸 것은 선풍도골의 모습을 한 노인과 청년이었다.

　모래바람을 뚫고 왔는지 둘 다 옷이 누렇게 뜬 상태였다.

　조금 떨어진 거리에서 멈추고 청년이 조심스럽게 다가왔다.

　"죄송합니다. 저희 때문에 놀라 깨셨다면 사과드리겠습니다. 이 근처에 쉴 수 있는 곳이 이곳밖에 없어서…… 실례가 되지 않는다면 옆에 자리를 좀 펴도 되겠습니까?"

　청년이 포권을 하며 정중하게 말했다.

　"아닙니다. 이곳이 저희 땅도 아닌데 신경 쓰지 마시고 편히 쉬십시오."

　"감사합니다! 사부님! 허락받았어요."

　청년은 뒤쪽의 노인에게 사부라 부르며 달려갔다.

　노인은 가까이 와 천룡에게 포권을 하며 감사 인사를 했다.

　"고맙소. 소협!"

　"별말씀을. 신경 쓰지 마시고 편히 쉬십시오."

　"허허, 정말 고맙소. 이것도 인연인데 우리 통성명이나 하지 않겠소?"

　노인은 자신보다 한참이나 어려 보이는 천룡에게 예의를 갖춰 말했다.

　그런 모습이 노인의 인상을 좋게 만들었다.

　기분이 좋아진 천룡은 흔쾌히 허락했다.

"아! 좋지요. 저는 섬서 운가장의 장주인 운천룡이라고 합니다."

"오호! 운 장주셨구려. 허허, 반갑소. 나는 유엽이라고 하오. 장백파라고 아시오? 그곳이 내 집이라오. 그리고 여기 이 놈은 내 제자라오."

"저는 장호라고 합니다."

포권을 하며 인사를 하고 자신의 사부를 바라보며 말했다.

"아, 사부! 소개를 왜 그렇게 밋밋하게 하세요."

"뭐가 이놈아?"

"꼭 이름 없는 사람 같잖아요!"

"이놈이? 뭘 그런 걸 일일이 떠들고 다니느냐! 사람은 항상 겸손해야 한다고 하지 않았느냐."

두 사제가 티격태격하고 있었다.

그 모습이 자신과 제자들의 모습 같아서 웃는 천룡이었다.

"하하, 별호가 있으신가 보군요. 실례가 되지 않는다면 여쭈어봐도 되겠습니까?"

"험험, 신경 쓰지 마시오. 이놈이 아직 철이 없어서."

"무슨 소리세요! 장주님! 저희 사부께선 중원에서 설풍선제(雪風煽帝)라는 별호로 유명하십니다."

설풍선제(雪風煽帝) 유엽(玄燁).

칠왕십제의 일인으로 부채를 무기로 사용하는 자였다.

그는 북해빙궁의 무공처럼 음한의 무공을 주력으로 사용

하는 자였다.

제자가 흥분해서 떠들 만했다.

"아! 이거 실례가 많았습니다. 칠왕십제의 일인이셨군요."

천룡이 일어서서 포권을 하며 다시 인사를 했다.

무림 사람들이 칠왕십제를 대할 때 이런 식으로 하는 것을 봐 왔기에 따라 한 것이다.

"아니오! 이러지 마시오. 이 녀석아! 너는 왜 쓸데없는 소리를 해서 불편하게 만드는 것이냐!"

"사부가 어디 가서 무시당하는 걸 어찌 봅니까!"

"이놈이? 내가 언제 무시를 당했어!"

다시 티격태격하는 두 사람이었다.

"하하하, 정말로 사부님을 끔찍이 여기는 제자분이시군요."

"허허. 우리 제자가 좀 착하고 여려서 그렇습니다."

무광과 천명, 태성을 보는 것 같은 착각을 일으키는 청년 장호였다.

그것이 더욱더 천룡을 즐겁게 해 주었고, 제자들의 마음을 다시금 느낄 수 있게 해 주었다.

"그런데 어디를 가시는 길이었습니까?"

천룡의 물음에 유엽이 웃으며 말했다.

"허허, 북해에 가는 중이라오. 제자가 익히는 무공에 빙정이 필요해서 말이오. 해서 구하러 가는 길이라오."

"정말이십니까? 하하, 이런 우연이. 저희도 북해에 가는 중이었습니다. 북해빙궁을 아십니까?"

"오, 그렇소이까? 잘 알고 있지요. 거기 빙궁의 장로 중 하나가 나의 친우라오."

"그럼 저희랑 같이 이동하시지 않겠습니까?"

천룡의 말에 유엽이 환하게 웃으며 답했다.

"물론이오. 하하하. 마침 이 녀석이랑 단둘이 이동하던 차라 적적했는데 고맙소."

"고맙긴요. 하하, 잘 부탁드리겠습니다."

"허허, 이거 참. 저야말로 잘 부탁드리겠습니다. 장주. 허허. 덕분에 편하고 심심하지 않게 갈 수 있겠소."

"하하, 가시는 길에 장백파 이야기 좀 해 주십시오."

"물론이오! 허허."

다음 날 아침.

무광과 제자들이 천룡에게 다가와 말했다.

"어제 인기척에 잠깐 들었는데 같이 가시기로 했다고요?"

"그래. 어찌할래?"

"뭐를요?"

"알면서 물어."

"저희야 '장주님' 명을 따를 뿐이죠."

그 말에 천룡과 제자들이 서로를 바라보며 웃었다.

"그래. 그럼 그렇게 알고 이동하자."

"네!"

다시금 사부와 제자가 아닌 장주와 수하가 된 그들이었다.

꿈

집무실에서 무언가를 한참 고민을 하고 있는 사람이 있었
다.

바로 무림맹의 군사 제갈현이었다.

무림맹 개파식에서 본 천하 삼세의 친한 모습에 큰 충격을
받은 제갈현이었다.

그 후에 무림맹을 더욱더 강하게 하기 위해 잠도 아껴 가
며 노력했다.

노력과 함께 삼세의 모습을 전보다 더 집중적으로 관찰했
다.

그렇게 시간을 보내고 있을 때 문이 열리며 수하가 들어왔
다.

"군사님!"

"오, 자네 왔는가? 그래 알아보라는 것은?"

"네! 삼세의 움직임에는 큰 변화가 없습니다."

"그들이 교류한다거나 아니면 전부터 교류했던 흔적은?"

"그게…… 없습니다. 아무리 찾아도 나오질 않습니다. 거
기에 그때 헤어진 후로 단 한 번도 연락하지 않은 것 같습니

다."

"그래? 우리를 견제하는 거라면 수시로 회동하고 연락을 해야 정상일 텐데?"

"전혀 그런 움직임이 없습니다."

수하의 말에 제갈현은 자신의 수염을 이리저리 꼬며 다시 생각에 잠겼다.

잠시간의 시간이 지난 후 제갈현이 말했다.

"뭘까. 단지 우리를 골리기 위해 친한 척을 한 것인가?"

"……."

"아니면 뭔가 우리가 놓치는 것이 있는 건가?"

"……."

잠시 생각을 정리한 후에 자신의 앞에서 조용히 서 있는 수하에게 물었다.

"너의 생각은?"

"소신의 생각은 개파식 분위기를 흐리려고 일부러 친한 척을 한 것으로 보입니다."

"겨우? 그 이유로?"

"겨우라니요? 그 덕에 군사님이 지금 이리도 고민하시고 무림맹에 비상이 걸려 모든 무인이 밤낮을 가리지 않고 무공을 연마 중이지 않습니까? 그 잠깐의 친한 척으로 인해 저희가 소비한 시간과 재정이 엄청납니다."

제갈현이 수하의 말에 반박을 했다.

"아니, 그건 우리에게 좋은 일이니 말이지……. 결국 우리가 강해지는 것이니……. 우리를 정말로 경계했다면 자신들이 친하다는 사실을 숨겨야 하는 것 아닌가? 그래야 우리가 방심을 했을 텐데."

"그만큼 저희가 저들에게 위협적이었다는 뜻 아닐까요?"

수하의 말에 군사가 고개를 저었다.

"절대! 그들은 절대 우리를 두려워하지 않아."

"어찌 그리 생각하십니까?"

"하하, 천하의 무황성이 우리를 두려워한다고? 천하의 천검문이? 그리고 저 시건방진 구룡방이? 죽으면 죽었지 절대로 그럴 일은 없네. 자네는 저들을 모르는군."

그러고는 깍지를 끼고선 턱을 괴었다.

"이 문제는 조금 더 생각해 봐야겠어. 일단 지금 같은 체제를 계속 유지한다!"

"네! 알겠습니다."

"아, 그리고 그 천룡표국하고 운가장이라는 곳은 잘 감시하고 있나?"

"아! 그, 그게……."

"뭔가? 혹시 세작에게서 연락이 끊긴 건가?"

"아닙니다. 그곳에 잠입시킨 세작들에게서 보고는 꼬박꼬박 잘 오고 있습니다만…… 보고를 하는 내용이 조금 이상합니다."

"이상하다고? 어떻게?"

"직접 보셔야 합니다. 제가 챙겨서 가져오겠습니다."

그리 말하고 서둘러 보고서를 가지러 가는 수하였다.

제갈현은 천룡표국뿐 아니라 운가장에도 세작을 심어 놓은 상태였다.

천룡표국이 가장 많은 왕래를 하는 곳이었고, 그곳에 가주 이름이 운천룡이라는 사실을 알고 난 뒤에 더욱더 수상함을 느끼고 그곳에도 세작을 보낸 것이다.

차 한잔하고 나니 수하가 보고서를 들고 모습을 드러냈다.

"여기 한번 보십시오."

제갈현은 수하가 가져온 보고서를 보았다.

-운가장주 출가 중. 특별한 이상함은 없음.

-운가장주 돌아옴, 역시 특별한 이상함은 없음.

-운가장주 오늘은 수하들과 바둑을 둠, 가끔 수하들에게 꿀밤을 날림. 그 외에 특별한 이상함은 없음.

"뭔가? 평범한 보고서 아닌가? 무엇이 이상하다는 건가?"

"그 보고서가 세작이 잠입하고 얼마 지나지 않아 보내온 것이고, 이것이 조금 더 시간이 지난 후에 올라온 보고서입니다."

수하의 말에 고개를 갸웃하며 새로운 보고서를 받아 든 제갈현이었다.

　―운가장주님 오늘은 푸른 경장을 입으셨다. 운가장주님 바
둑을 아주 멋지게 두셨다.
　―운가장주님 정자에서 술을 드셨다. 특별한 이상함은 없다.
　―운가장주님 오늘은 천룡표국주님과 하루를 보내셨다.

　"흠, 뭔가 글이 정성스러워졌군. 그런데 딱히 이상함은 모
르겠는데?"
　그러자 조심스럽게 한 장의 보고서를 더 내밀었다.
　"이건 최근에 올라온 보고서입니다."

　―장주님께서 나에게 술을 내리셨다. 아아! 오늘도 크나큰 은
총을 내리셨다. 특별한 날이다.
　―장주님께서 바둑을 두셨다. 그 자태가 어찌나 멋있는지 빛
이 나는 것 같다.
　―오늘은 장주님의 기분이 별로이신 것 같다. 마음이 아프다.
내가 해 드릴 수 있는 것이 전혀 없다.
　―장주님께서 오늘은 웃으셨다. 저분은 세상의 빛이다.

　"……?"
　"……."

"이게 뭐야? 이건 찬양이잖아?"

"그렇습니다."

"감시가 아니라…… 자신이 모시는 주인에게 바치는 글 같은데?"

제四장

누가 봐도 이상한 글귀가 가득했다.

마치 충성된 신하가 자신의 주군을 위해 바치는 충정을 표현한 글귀를 보는 기분?

"최근에 올라오는 보고서들이 다 그 모양입니다."

"이걸 왜 이제야 보고하는 것인가?"

"아시잖습니까? 지금 무림맹이 얼마나 정신없이 바쁜지 말입니다. 솔직히 그 이름도 없는 장원 보고서를 누가 크게 신경이나 쓰겠습니까?"

그건 사실이었다.

운가장이라는 듣도 보도 못한 장원을 감시하라고 했다.

이런 급도 없는 장원까지 감시해야 하나 싶은 생각이 들었지만 그래도 명이니 처음에는 나름 신경을 썼었다.

그런데 너무도 평범했다.

매일 올라오는 보고가 다 똑같았다.

그래서 어느 순간인가 관심에서 멀어졌다.

그러다가 최근에 무언가 특별한 일이 있나 하고 들춰 봤는데 이런 보고서들이 올라오고 있었다.

"아무래도 걸린 것 같습니다."

"그럼 이건 다른 이들이 우리를 엿 먹이려고 보내는 거란 말이지?"

"소신의 생각으로는 그런 것 같습니다. 아무리 우리 세작들이 미쳤어도 이런 글을 보내진 않을 것이라는 게 저의 생각입니다."

"다시 보내!"

"네?"

"아니, 아니다."

그러더니 잠시 생각을 했다.

"세가에 있는 골칫덩어리를 하나 보내야겠군."

"네? 서, 설마. 제갈군 그분을?"

"우리 가문에 골칫덩어리가 그놈밖에 더 있느냐? 내가 서신을 써 줄 테니 우리 가문에 보내도록."

"다, 다시 생각해 보심이. 그런 이름도 없는 장원에 그분을 보내는 건 말도 안 됩니다!"

천하무적
윤가장

"아니야. 내 촉이야. 그놈을 보내야 할 것 같아. 명이다! 너
는 서신이나 전해!"

"네…… 알겠습니다."

무림맹에서 제갈현의 서신을 매단 전서구가 하늘 높이 날
아올랐다.

❧

당벽은 눈을 뜬 후 자신이 마차에 있는 것을 깨달았다.

'여긴? 아, 내가 정신을 잃었었구나…….'

힘들게 몸을 일으키려 했는데 의외로 몸 상태가 가벼웠다.

"어라? 내 몸 상태가 왜 이리 좋지?"

"일어나셨어요?"

은여랑의 말에 당벽이 고개를 끄덕이며 물었다.

"혹시 내게 무엇인가를 하였소? 몸 상태가 왜 이리 좋은
것인지…… ."

"아! 저희 아버님이 가주님께 영단을 먹이시고는 추궁과혈
까지 하셨어요."

은여랑의 말에 당벽은 지금 이게 무슨 소린지 감이 잡히지
않았다.

"아니……. 그게 무슨 말이오? 가주께서 내게 영단을 먹이
고 추궁과혈까지 하셨단 말이오?"

"네!"

그 말에 재빨리 운기를 해 보는 당벽이었다.

그리고 깜짝 놀랐다.

막혀 있던 혈들이 뚫려 있었고, 내공이 엄청나게 늘어나 있었다.

"헉! 이게……. 아니, 어찌? 나, 나는 가주께 큰 죄를 저지른 죄인인데?"

"호호, 저희 아버님 성격이세요. 아버님 주변 사람들 대부분이 다 그래요. 처음에는 가주님처럼 접근했다가 호되게 당하면서 시작하죠."

"서, 설마 명왕도?"

"네. 그분도 처음엔 아버님께 덤비셨었죠."

오싹-!

천룡에게 덤볐다는 소리에 자신도 모르게 소름이 돋는 당벽이었다.

몸이 자연스레 반응하는 것이다.

"그러니 너무 마음 쓰지 마세요. 아픈 사람이 옆에 있다면 그게 누구라도 치료하셨을 거예요."

은여랑의 말에 당벽은 울컥했다.

저리 뛰어난 사람도 실력을 과신하지 않고 이리 선을 베풀며 의를 행하는데, 고작 자신이 뭐라고 그동안 그리도 날뛰었는지 후회가 밀려왔다.

정파라 불리는 세력임에도 이렇게 선을 베풀고 의를 행했는지 자신을 되돌아보는 당벽이었다.

한참을 생각해도 자신은 그런 적이 없었다.

남의 것을 빼앗고, 괴롭히며 살았다.

아무리 바둥대며 살아 봐야 이런 꼴이나 당하는데 무엇 때문에 그렇게 살았는지 모를 일이었다.

당벽은 마차 문을 열고 밖으로 나갔다.

밖으로 나오니 천룡이 보였다.

그리고 천룡이 있는 곳으로 가 고개를 숙였다.

"감사드립니다."

단, 한 번도 그 누구에게도 진심으로 고개를 숙여 본 적이 없는 당벽이었다.

하지만 오늘 이 자리에서 천룡에게 진심으로 고개를 숙이며 감사를 했다.

"뭘 그런 거로…… 몸은 괜찮고?"

오히려 겸손하다.

그리고 자신을 걱정한다.

고개를 숙인 채 들지 못했다.

상체만 들썩일 뿐.

"흐흑! 그리고…… 진심으로 사죄드립니다."

"됐어. 지난 일인데. 그래도 반성하니 좋네."

당벽은 진심으로 반성했다.

지금까지 자신이 살아온 나날들을 후회하며 말이다.

천룡은 진심으로 반성하는 당벽을 보며 환하게 웃었다.

"그리고 또 감사합니다."

"뭐가?"

"이. 이 못난 놈을 나락에서 구해 주셔서…… 평생…… 우물 안에서 몸부림치며 혼자 잘난 맛에 살았을…… 이 못난 놈을 건져 내 주셔서…… 감사합니다."

그리고 울었다.

평생 동안 단 한 번도 울지 않은 그가 울고 있었다.

그동안 자신이 한 모든 악행을 쏟아 내듯이.

한참을 울고 난 뒤에 당벽이 말했다.

"오늘부터 당가는 운가장의 절대적 동맹임을 천명합니다! 운가장에 그 어떤 일이 있든 그곳에 저희 당가가 함께할 것입니다! 이것은 저 당문의 가주 당벽의 모든 것을 걸고 맹세합니다!"

당벽이 눈물을 멈추고 비장하게 외쳤다.

"그, 그래. 고, 고마워……."

반응이 좀 시원찮았지만 상관없었다.

자신의 마음은 확고했으니까.

당벽의 마음은 편해졌다.

그제야 주변이 눈에 들어왔다.

저 멀리 한 중년인이 삼황을 쫓아다니고 있었다.

삼황은 귀찮아하면서 도망가고 있었고, 중년인은 그런 삼황을 애타는 표정으로 쫓고 있었다.

"저건 무슨 그림입니까?"

"아, 저거? 우리 애들 자기 제자로 만들겠다고 저러는 거야."

"네? 네?"

너무 놀라 두 번 대답했다.

"재밌지 않아? 저 녀석들 당황하는 표정."

"……."

천룡의 말에 아무 말 없이 고개를 돌렸다.

"아씨! 그만 좀 쫓아오라고요! 아! 안 한다니까, 진짜!"

"이보게! 자네들이 몰라서 그래! 내가 칠왕십제라니까?"

"아 칠왕십제가 뭐! 아, 쫌! 그만 따라와!"

"어허! 그 엄청난 근골로 이러는 것은 천벌을 받을 짓이네! 자네 장주께서도 허락하시지 않았는가! 자네들을 꼬드길 수 있다면 제자로 받아도 된다고."

"아, 진짜! 절대로 당신 제자 될 생각 없으니까 다른 데 알아보라고!"

천룡이 허락했단다.

그래서 이렇게 실실거리며 웃고 있는 것이다.

사악하다.

선? 의?

다시 생각을 해 봐야 하나 고민하는 당벽이었다.

삼황의 모습을 보니 한 대 팰 수도 없고 답답해하는 게 눈에 보였다.

천룡이 두 눈을 부릅뜨고 지켜보고 있으니 그저 도망만 다니는 것이다.

유엽이 저리도 삼황을 쫓아다니는 것은 다 이유가 있었다.

아침이 되고 삼황을 본 유엽은 거대한 충격을 받았다.

자신이 지금까지 살면서 이렇게 완벽한 신체는 처음 봤다.

그것도 심지어 세 명이었다.

천지신명이 자신을 이리로 인도한 것이 틀림없다고 생각하고 저들에게 접근했다.

그런데 웬걸? 장주 곁에서 절대 떨어질 수 없다는 것이다.

세상천지에 칠왕십제인 자신의 제안을 걷어차는 놈들이 있다니.

신선한 충격이었다.

하지만 굽히지 않았다.

저런 엄청난 근골들이라면 저런 패기는 당연하다 생각했다.

거기다가 장주를 향한 저 충성심이라니.

더욱더 맘에 들었다.

유엽은 바로 천룡에게 가서 말했다.

저들을 중원 최강의 무인으로 만들어 줄 테니 허락해 달라고.

천룡은 처음에는 이게 무슨 일인가 싶어 생각했다.

그리고 자신의 제자들을 보니 깨달았다.

'아항, 애들의 기운을 못 읽는구나? 그래서 이러는 것이군.'

거기다가 어렸다.

그러니 당연히 무공이 약하다 생각을 한 것이다.

순간 재밌겠다는 생각이 들었다.

어느덧 장난기까지 자신의 제자들을 닮아 가는 천룡이었다.

천룡은 흔쾌히 허락했다.

저들을 꼬실 수 있다면 데려가라고.

그 뒤로 계속 이런 그림이었다.

그렇게 지켜보는데 무광의 전음이 천룡의 귀를 때렸다.

―아버지! 좀 말려 보세요!

―하하하. 왜? 너희들이 좋다지 않으냐?

―네? 아, 아버지…….

울상인 얼굴로 천룡을 바라보는 무광이었다.

천룡은 이제 실컷 즐겼으니 말려야겠다고 생각했다.

"이제 그만하시지요."

천룡이 유엽을 제지했다.

"무, 무슨 소리시오? 장주. 허락하지 않으셨소?"

"아이들이 싫어합니다. 강제로 그렇게 데려가면 저들이 제대로 배우겠습니까? 무슨 짓을 해서라도 도망갈 궁리만 하겠지요."

천룡의 말에 유엽의 표정이 굳었다.

그리고 곰곰이 생각해 보니 자신이 너무 억지를 부리며 저들을 데려가려 한 것이다.

자신도 모르게 욕심에 잡아 먹혔다.

"허허, 거참. 나도 모르게 욕심에 빠졌구나. 미안하게 되었소, 장주."

"하하, 아닙니다. 이제라도 깨달으셨으면 된 겁니다."

"고맙소! 그나저나 정말 부럽소. 저런 충성심이라니……."

그리 말하며 입맛을 다셨다.

유엽이 포기하는 모습을 보이자 안도의 한숨을 쉬며 그 자리에 털썩 주저앉는 제자들이었다.

ㅡ야, 갑자기 장난기가 많아지신 거 같지 않냐?

ㅡ맞아요. 전에 안 이러셨는데?

자신들과 지내면서 점차 동화되어 가는 것을 이제야 느끼기 시작한 제자들이었다.

ㅡ뭐가 됐든, 더 가까워진 거 같아서 기분은 좋다.

ㅡ그쵸? 저도 그렇게 생각해요.

세 제자는 그렇게 안심을 하고 있는데, 유엽이 뒤에 하는 말에 기겁했다.

"좋소! 내 북해빙궁에 도착할 때까지 설득해 보겠소! 장주, 괜찮겠소?"

"네. 단, 지금처럼 억지로 하시면 안 됩니다."

"하하, 알겠소."

-가면서 내 무공 몇 수 보여 주면 넘어오겠지. 천천히 하자, 천천히.

아직 저들이 자신의 진실된 모습을 보지 못해서 저러는 것이라 착각을 하는 유엽이었다.

심지어 주먹까지 불끈 쥐며 각오를 다지는 그였다.

-와, 저거 엄청 끈질기네.

-어쩌죠?

-몰래 데리고 가서 면담할까요?

천명의 전음에 무광이 주변을 둘러보며 말했다.

-야! 여기 사방을 둘러봐라! 다 뚫려 있는데 어딜 데리고 가서 면담해! 그냥…… 무시해. 무시.

-하아, 알겠습니다.

한편 그 모습을 지켜보던 유엽의 진짜 제자는 왠지 모를 상실감을 느끼고 있었다.

칠왕십제.

수만이 넘는 무인 중에서도 스물이 넘지 않는 현경의 고수들.

차기 무림의 절대자 후보들.

그래서 사람들은 그들을 동경하고 좋아했다.

칠왕십제의 제자가 되기를 간절히 바라는 사람만 해도 셀 수 없이 많았다.

자신은 그런 경쟁률을 뚫고 당당히 선택되어 지금 이 자리까지 왔다.

칠왕십제의 일인 설풍선제의 제자로 말이다.

그것은 그를 당당하게 해 주는 자부심이었고, 그의 모든 것이었다.

어려서부터 남들보다 뛰어난 재능을 타고났기에 항상 콧대가 높았다.

그런 잘난 자부심은 유엽에게 선택받으면서 절정에 도달했다.

겉으로는 사부의 가르침에 따라 예의가 바르게 행동했지만, 속으로는 남들을 무시하기 일쑤였다.

항상 우러러보는 시선만 받고 자란 자의 본모습이었다.

그런데 오늘 그 자존심이 박살이 났다.

천하의 사부가, 칠왕십제의 일인이 애원하고 있었다.

제발 제자가 되어 달라고.

반대되어야 하는 것이 아닌가?

자신을 선택했을 때도 저 정도는 아니었다.

그저 따라오면 오는 거고 아니면 말고 식이었다.

분노가 치밀어 올랐다.

저들이 뭐기에 자신이 가져야 할 관심을 뺏어간단 말인가.

'무공도 형편없는 것들이······.'

이를 갈았다.

'두고 보자. 기회를 봐서 밟아 주지······ 잘근잘근······.'

독기가 눈에 가득 찬 유엽의 제자 장호였다.

무림맹에서 온 서신을 보고 제갈세가는 난리가 났다.

제갈군을 운가장이라는 곳에 보내라는 서신.

난리가 난 이유는 그 제갈군은 가주의 의견도 명령도 소용이 없는 놈이었기 때문이었다.

머리면 머리, 무공이면 무공 어느 하나 뛰어나지 않은 것이 없었다.

제갈가의 모든 진법을 통달했고, 모든 서책을 달달 외웠다.

외울 뿐 아니라 그 뜻을 헤아리기까지 했다.

거기에 무공은 좀 강한가?

제갈가에 대대로 내려오는 절세신공인 대천신공(大天神功)을 자신만의 방식으로 바꿔 더욱더 강하게 만든 이가 바로 제갈군이다.

그래서 세가에선 '드디어 우리도 칠왕십제급 무인이 나오는구나!' 하고 환호했다.

제갈세가 역사상 가장 뛰어난 천재.

그것도 문무겸전이었다.

바로 그가 제갈군(諸葛君)이었다.

하지만 가장 큰 문제가 있었다.

바로 말을 들어 먹질 않는 것이다.

그렇다고 벌을 줄 수도 없다.

제갈세가를 역사상 가장 뛰어나게 빛내 줄 인재 아닌가.

벌을 준다고 해도 먹힐 위인도 아니었다.

무공으로 치면 제갈가에서 가장 강한 놈이 바로 이놈이었다.

머리로도 무공으로도 이놈을 어찌할 사람이 없었다.

그러니 그저 꾹 참고 또 참으며 하고 싶은 대로 내버려 두었다.

그런 그를 운가장이라는 듣도 보도 못한 곳으로 보내라니.

엄청난 낭비 아닌가.

그건 둘째 치고 가주의 명도 안 듣는 놈을 무슨 수로 보낸단 말인가.

거기에 무슨 게으름의 신이 달라붙었는지 침상에서 잠시도 나올 생각을 안 했다.

그래도 혹시나 하는 마음에 넌지시 물었는데 웬걸 간다고 대답을 한 것이다.

"하하하, 그래. 그래. 아주 잘 생각했다."

"어째 너무 좋아하시는 것 같습니다?"

"그, 그게 무슨 소리냐? 아, 아니다."

게슴츠레한 눈으로 자신의 아버지를 바라보는 제갈군이었다.

그 눈빛에 뜨끔했지만 여기서 걸리면 죽도 밥도 안 되기에 강하게 나가기로 했다.

"어허! 이놈이? 어디 아비를 그런 눈빛으로 보느냐!"

가주의 호통에 제갈군은 고개를 돌리며 말했다.

"얼마 주실 거예요?"

"뭐?"

"아, 거기 가서 일 해결해 주면 얼마 주실 거냐고요."

"너, 너 인마! 그게 무슨 소리야!"

"에이. 그럼 안 가요."

그리고 다시 침상으로 터벅터벅 걸어가 누우려는 제갈군이었다.

"주, 줄게! 준다고!"

가주의 말에 다시 몸을 돌리며 환하게 웃는 그였다.

"얼마요?"

"그, 금자 백 냥!"

"에이, 조금 더 쓰시죠?"

"야, 이 미친놈아! 금자 백 냥이 적은 돈이냐?"

"헉, 아들에게 미친놈이라니요……. 저 마음의 상처……."

그리고 다시 침상으로 몸을 돌렸다.

"이, 이백 냥!"

발걸음이 멈췄다.

"마음의 상처…… 값은요?"

"이, 이……!"

분노가 치밀어 올랐지만, 간신히 억누르고 말했다.

"미, 미안하다."

"말로 말고요."

"……오십 냥 더 얹어 주마."

"역시 아버님이십니다! 협상을 할 줄 아시는군요. 하하하."

'이런 빌어먹을 자식이…… 아들만 아니었으면! 차라리 똑
똑하지나 말지…….'

"어? 아버님. 표정?"

"어? 내, 내가 왜?"

"방금 표정으로 욕하신 거 같은데요?"

"허허, 아니다. 녀석. 널 멀리 보낼 생각하니 마음이 아파
서 그랬나 보다."

가주는 뜨끔했지만 태연하게 아무렇지 않은 척 말했다.

"네. 믿어 드릴게요. 그럼 내일 일찍 출발하겠습니다."

"그렇게 빨리?"

"왜요? 천천히 갈까요?"

"아, 아니다! 빨리 가서 후딱 처리하고 오는 것이 더 좋지."

순간 자신이 말실수 한 것을 깨닫고 재빨리 바꿔 말하는 가주였다.

하지만 제갈군은 그 모든 것을 다 알고 있었다.

'하하, 아버님도 참. 표정에 다 드러납니다.'

그래도 모른 척 넘어갔다.

"그, 그럼 준비하거라. 아비는 바빠서 이만."

그리 말하고 서둘러 나가는 가주를 보며 제갈군은 피식하고 웃었다.

그리고 기대 어린 눈빛으로 자신에게 온 서신을 다시 읽었다.

"후후후, 그 꼬장꼬장 한 양반이 나에게 도움을 요청할 정도라니. 어떤 곳이길래 그런지 정말 기대되는군. 어서 내일이 왔으면……."

차갑다 못해 시린 바람이 하루 종일 불어오는 곳.

바로 북해였다.

그곳을 지배하는 북해빙궁 근처로 이동하는 사람들이 있었다.

바로 천룡 일행이었다.

같이 오던 설풍선제는 빙궁에게 줄 선물을 구하겠다며 더 북쪽으로 떠났다.

"와, 이곳이 북해빙궁이구나? 그런데 소문처럼 얼음성이 아니네?"

"에이, 아버지도 참! 그런 얼토당토않은 소문을 믿으세요? 정 궁금하셨으면 저기 제수씨한테 물어보시지."

"하하, 그러게 말이다. 그건 생각을 못 했구나."

흔히 볼 수 있는 평범한 성이었다.

다만 차가운 기온에 의해 성벽 곳곳에 얼음이 얼어 있었다.

그것을 본 사람들이 얼음성이라고 부른 것일지도.

성문 앞까지 오자 하얀 털옷을 입은 경비병이 나와 물었다.

"정지! 어디서 온 누구십니까?"

그 말에 은여랑이 마차에서 내려 모습을 드러냈다.

"헉! 아, 아가씨!"

"호호, 그래도 날 알아봐 주는구나?"

"그, 그럼요! 지금 당장 문을 열어 드리겠습니다! 여봐라! 아가씨께서 오셨다! 당장 문을 열고 이 소식을 알려라!"

둥둥둥!

그 소리에 성 안에서 북치는 소리가 요란하게 울려 퍼졌다.

"아버님, 이곳이 제 집입니다. 들어가셔요."

"하하, 알았다."

은여랑이 천룡에게 공손히 말을 하자 그 모습을 본 경비가 놀란 표정으로 쳐다봤다.

'뭐, 뭐야? 왜 아가씨가 저 젊은 청년에게 아버지라고…….뭐, 뭐지?'

일단 은여랑이 데리고 온 손님이기에 차마 여기서 물어볼 수는 없었다.

그저 그러려니 하고 안내할 뿐이었다.

한편 은여랑이 왔다는 소식은 궁주에게 전해졌다.

궁주는 그 소식을 듣자마자 경공을 사용해 달려왔다.

"여, 여랑아!"

저 멀리서 내공으로 소리를 지르며 달려오는 노인.

순식간에 은여랑 앞에 착지한 후 그녀의 얼굴을 요리조리 살펴보기 시작했다.

"허허허, 내 딸. 그대로구나. 그대로야! 그동안 잘 있었느냐?"

"네! 아버지도 건강하셨죠?"

"허허, 그럼그럼!"

그렇게 두 부녀가 해후를 나누고 있을 때 태성이 다가가 인사했다.

"장인어른 그동안 강녕하셨습니까?"

자신을 장인이라 부르며 인사하는 젊은 청년에 궁주는 고개를 갸웃거렸다.

"우리 딸…… 남편 바꿨니?"

은여랑을 바라보며 묻는 궁주였다.

"아니요! 아버지도 참!"

"그런데 이 젊은 놈은 누구냐?"

궁주가 되묻자 태성이 웃으며 말했다.

"하하, 장인어른도 참! 접니다. 용태성."

"……정말?"

"네!"

"그 모습은…… 설마!"

"네! 짐작하시는 그거 맞습니다!"

"맙소사! 하하하! 축하하네, 사위! 우리 사위가 전설의 경지에 올랐단 말이지? 하하하!"

"감사합니다."

궁주는 정말로 기쁜지 태성의 어깨를 두드리며 웃었다.

"좋구나! 정말 좋아! 그나저나 저 뒤에 같이 온 사람들은 누구냐? 저 분들 중에 의선이 계신 게냐?"

궁주의 말에 은여랑이 재빨리 말했다.

"아, 제가 큰 실수를! 아버지 소개드릴 분들이 계세요. 그리고 의선은 못 오셨어요……."

"그래? 하아, 역시…… 모시기 힘들겠지?"

여랑의 말에 궁주의 표정은 침울해졌다.

그래도 딸이 데리고 온 손님들이니 다시 표정을 풀고 딸을 따라 이동했다.

"아버지, 여기 이분이 저희 아버님이세요. 아버님, 저희 아버지세요."

"응?"

갑작스러운 딸의 말에 궁주가 당황했다.

이게 무슨 소리란 말인가?

젊은 사내들만 있는 곳으로 데려와서 한다는 소리가 대뜸 아버님이라니?

그것도 이 중에 제일 어려 보이는 자였다.

"사돈 반갑습니다."

천룡이 먼저 인사를 했다.

하지만 궁주는 이게 무슨 상황인지 몰라 그 인사를 받지 않았다.

그 모습에 은여랑이 엄청 당황하며 궁주에게 다가가 다급하게 말했다.

"아, 아버지! 지금 뭐 하시는 거예요!"

"어? 그, 그게?"

"어서요. 아버님이 지금 먼저 인사하시잖아요!"

"어?"

그제야 천룡이 자신을 향해 포권을 하며 고개를 숙인 것을 본 궁주였다.

"앗! 죄, 죄송합니다. 제, 제가 지금 겨, 경황이 없어서……. 저, 저는 여기 여랑이 아비 되는 사람이올시다. 사, 사돈……."

그 말에 천룡은 다 이해한다는 표정으로 웃었다.

"하하, 괜찮습니다. 외모 때문에 그런 오해를 계속 받아 왔으니 말이죠."

"저, 정말로 사, 사돈이십니까?"

"하하. 네! 그렇습니다. 저기 태성이의 사부됩니다."

"저, 정말이셨군요. 이거 제가 큰 실례를…… 죄, 죄송합니다."

궁주는 재빨리 고개를 숙여 사과했다.

"아닙니다, 사돈. 괜찮습니다. 이렇게 어여쁜 딸을 제 제자에게 보내 주셔서 정말로 감사드립니다."

"어이쿠, 그게 무슨 말씀이십니까? 저렇게 멋진 제자를 제 딸에게 주셔서 저야말로 감사합니다."

서로 계속 덕담을 주고받고 있었다.

그대로 놔뒀다간 이곳에서 밤을 새울 것 같아 은여랑이 말했다.

"아이 참, 아버지도. 여기서 계속 이러실 거예요?"

"아 참, 내 정신 좀 보게. 자, 자. 이쪽으로 오십시오."

그러면서 직접 안내를 하기 시작한 궁주였다.

안내를 하는 도중에도 계속 천룡과 대화를 하며 걸어갔다.

"하하, 정말로 제자분을 잘 키우셨습니다! 저 모습을 보니 우리 사위가 반로환동을 한 것 같은데 맞습니까?"

"맞습니다, 하하. 제가 뭐 한 게 있나요? 자기가 알아서 컸지요."

천룡의 말에 태성이 말했다.

"사부! 무슨 그런 말을 하세요. 다…… 사부 덕인데요."

태성이 쑥스러워하며 말하자 그 모습을 본 궁주는 크게 웃었다.

"크하하하. 우리 사위가 누구를 닮아 저리 심성이 착한가 했더니 사돈을 닮았나 봅니다."

"하하, 과찬이십니다."

"허면 저들도 제게 소개를 해 주시겠습니까? 모습을 보아하니 범상치 않아 보이는데."

궁주의 말에 은여랑이 나섰다.

"네! 아버지 제가 소개를 해 드릴게요."

"오! 우리 딸이? 그러려무나."

은여랑은 무광을 가리키며 말했다.

"여기 이분은 중원에서 무황이라고 불리시는 담무광 아주버님."

"응? 뭐?"

궁주가 걸음을 옮기다가 멈춰 섰다.

너무 놀랐기 때문이었다.

무황에 관한 소문은 이 먼 곳까지 퍼져 있었다.

천하제일인.

바로 그가 무광이었다.

그런데 그런 천하제일인이 지금 자신의 성에 와 있는 것이다.

"저, 정말이오?"

궁주의 말투가 공손해졌다.

"하하, 이거 쑥스럽습니다. 맞습니다. 중원에서 무황이라는 별호를 가진 담무광이라고 합니다."

그러면서 정중하게 포권을 하였다.

"허허. 저, 정말이셨구려. 그런데……."

갑자기 말을 하다 말고 여랑을 바라보며 물었다.

궁주의 눈은 이미 크게 확장되어 있었다.

"아주버님?"

"네! 아주버님도 아버님 제자분이세요."

"헉……."

그리고 다시 천룡을 바라보는 궁주였다.

그러다가 문득 떠오른 생각.

'무황과 사황이 제자라고? 그럼……'

아직 소개를 받지 않은 젊은 한 명.

"서, 설마 저분은 거, 검황이시냐?"

"와! 우리 아버지 통찰력이 대단하세요."

궁주는 혼란스러웠다.

북해빙궁이 생겨난 이래 이렇게 엄청난 손님들이 온 적이 있던가?

자신의 기억에는 없었다.

"허허, 인사드리옵니다. 검황이라는 허명으로 불리는 무천명이라고 합니다."

천명이 인사를 하자 궁주가 재빨리 그 인사를 받으며 말했다.

"아! 허, 허명이라니요! 가당치도 않으신 말씀입니다."

나머지 사람들에 대해 묻기가 두려워졌다.

그래도 묻지 않을 수가 없었다.

그것은 예의가 아니기에.

그 후로 자신의 딸의 입에서 나오는 별호들은 하나같이 대단치 않은 이가 없었다.

딸이 데려온 손님만으로도 무림일통이 가능할 것 같았다.

새삼 자신의 딸이 자랑스러운 궁주였다.

하나 정작 궁주가 가장 애타게 기다렸던 사람은 보이지 않았다.

그것이 궁주의 마음을 아프게 했다.

딸이 간만에 집에 온 것과 저렇게 엄청난 손님들을 모시고 온 것은 기뻐할 만한 일이지만, 지금 빙궁은 그것을 대놓고 기뻐할 상황이 아니었다.

그렇기에 궁주는 그들을 객실로 안내한 후에 정중하게 양해를 구했다.

"먼 길을 오시느라 고생하셨습니다. 이렇게 명성이 자자하신 분들이 찾아와 주신 것을 기념하여 잔치를 벌이고 싶으나…… 현재 저희 궁의 상황이 좋지 못합니다."

궁주는 잠시 슬픈 눈을 보이다가 다시 고개를 들어 말했다.

"하니 먼저 죄송하다는 말씀을 드리겠습니다. 그래도 여기 계신 동안은 최대한 편의를 제공해 편안히 쉬었다 가실 수 있게 조치를 취하겠습니다."

딸이 데려온 손님들이다.

함부로 할 수 없었다.

특히나 손님 중에는 사돈이 계셨다.

더욱더 신경을 써야 했다.

"사돈, 처음 뵙는데 이렇게 대접을 해 드려 정말로 죄송합니다."

궁주는 천룡에게 사과를 했다.

그러자 천룡이 말했다.

"하하, 괜찮습니다. 그나저나 아드님은 어디에 계십니까?"

"네? 그게 무슨?"

그리고 궁주는 자신의 딸을 바라보았다.

이게 무슨 말이냐는 소리였다.

그러자 은여랑이 말했다.

"아버지, 저희 아버님께서 도와주실 거예요."

"뭐? 그, 그게 무슨 소리냐."

"태양절맥. 그 절맥을 치료하신 분이 바로 저희 아버님이세요."

"그, 그게 정말이냐! 저, 정녕 저분이⋯⋯."

그리고 떨리는 눈으로 천룡을 바라보는 궁주였다.

그런 궁주의 눈빛에 천룡이 고개를 끄덕였다.

자신이 맞다는 뜻이었다.

그 모습에 궁주의 동공이 더 세차게 흔들렸다.

"저, 정말입니까? 그, 그게 정말로⋯⋯."

그러자 태성이 조방을 가리키며 말했다.

"장인어른 사실입니다. 저기 서 있는 저 녀석이 태양절맥이었습니다."

태성의 말에 궁주의 고개가 빠른 속도로 돌아갔다.

궁주의 시선이 자신에게 꽂히자 쑥스러운 미소를 지어 보이는 조방이었다.

"저, 정말이오?"

"네, 그렇습니다. 여기 주군께서 저의 병을 치료해 주셨습니다."

"그, 그게⋯⋯ 가능하단 말이오?"

궁주의 말에 천룡이 말했다.

"일단은 한번 봐야 할 것 같습니다. 조방이처럼 치유가 가능한지 말입니다."

천룡의 말에 궁주의 눈에서 눈물이 흘러나오기 시작했다.

"저, 정말이었구려. 치료했다는 것이…… 저, 정말로."

그리고 천룡에게 다가가 깊숙이 고개를 숙이며 말했다.

"부디! 제발! 내 아들을 봐 주십시오! 사돈. 제가 이렇게 빌겠습니다!"

그 모습에 크게 당황하며 천룡이 궁주를 일으켜 세웠다.

"왜 이러십니까? 이러지 마십시오. 당연한 걸 부탁을 하고 그러십니까? 저희는 가족이 아닙니까? 가족끼리 돕는 건 당연합니다."

가족.

그 단어가 이토록 따뜻하게 느껴지는 것은 처음이었다.

궁주는 그저 말없이 눈물만 흘렸다.

잠시간의 시간이 흐른 후 감정을 추스른 궁주가 말했다.

"사돈! 염치없지만 지금이라도 당장 가서 봐 주시지 않겠습니까?"

간절했다.

너무도 간절했다.

"알겠습니다. 사돈. 지금 바로 가시죠."

"가, 감사합니다. 사돈! 정말 감사합니다!"

"또, 또 이러십니다. 다녀오마. 너희들은 여기서 쉬고 있어라."

그렇게 말하고 천룡은 궁주를 달래며 소궁주가 있는 곳으로 이동했다.

◦⟆

화려한 침상에 한 남자가 죽은 듯이 누워 있었다.

얼굴엔 핏기가 하나 없이 창백했고, 온몸은 말라서 뼈만 남아 있었다.

바로 빙궁의 소궁주 은천상이었다.

고통에 몸부림치다가 조금 전에 열양과(熱陽果)를 먹고 잠이 든 것이다.

은천상 주변에는 수많은 의원이 그의 상태를 살피고 있었다.

그때 문이 열리고 궁주가 들어왔다.

"궁주님을 뵈옵니다."

궁주의 등장에 안에 있던 의원들이 일제히 하던 일을 멈추고 인사를 했다.

"되었다. 그래. 천상이는 잠들었느냐?"

"네. 그러하옵니다."

"알았다."

그러고는 천룡에게 조심스럽게 말했다.

"사돈…… 바로 저기 누워 있는 녀석이…… 제 아들놈입니다."

궁주의 말에 의원들은 고개를 갸우뚱거리며 천룡을 바라보았다.

이제 약관이나 될 법한 외모의 청년에게 사돈이라니.

다들 사위의 인척이라 생각하고 다시 자신들의 일에 집중했다.

하지만 뒤이어 나온 말에 의원들은 다시 천룡에게 집중했다.

"흠, 어디 한번 보죠."

의원들의 시선을 받으며 은천상이 누워 있는 침상으로 향했다.

그러고는 은천상의 몸에 손을 댔다.

"아, 안 됩니다! 위험!"

그 의원은 천룡을 말리려 했다.

태음절맥은 극한의 음기를 지닌 신체다.

잘못 만졌다가는 동사에 걸려 죽을 수도 있었다.

하지만 천룡은 아주 태연하게 은천상의 몸을 만지고 있었다.

만질 때마다 은천상의 몸에서 엄청난 냉기가 흘러나왔다.

대기가 얼어붙는 소리가 들려왔다.

한참을 여기저기 만지더니 뒤돌아 궁주를 바라보며 말했

다.

궁주는 천룡의 입에서 긍정의 말이 나오기만을 바라며 간
절한 눈빛으로 바라봤다.

"음, 일단은 치료할 수 있을 것 같네요."

"그, 그게 정말입니까!"

궁주의 물음에 고개를 끄덕이는 천룡이었다.

천룡의 말에 놀란 것은 궁주뿐만이 아니었다.

주변에 있는 수많은 의원 역시 경악을 하고 있었다.

절대로 치유할 수 없는 병이었다.

그저 이렇게 생명을 유지하는 것만으로도 엄청난 영약과
의술을 필요로 하는데, 그것을 치유할 수 있다고 말하니 경
악할 수밖에 없었다.

그들도 의원이다.

이것을 연구하지 않았을 리 없었다.

특히나 이곳은 북해빙궁이었다.

냉기에 관해서는 그 누구보다 지식이 많은 이들이었다.

그런 이들도 고개를 흔들며 포기한 병이 바로 태음절맥이
었다.

"일단은 사람들을 좀 물리셔야 할 것 같은데요. 치료 과정
에서 나오는 냉기를 이들이 감당하기 어려울 것 같습니다."

천룡의 말에 모든 의원은 고개를 절레절레 흔들었다.

죽는 한이 있어도 보겠다는 의지가 느껴졌다.

하지만 천룡은 단호하게 안 된다고 말했다.

"안 됩니다. 이건 장난이 아닙니다!"

천룡의 말에 궁주가 명했다.

"모두 나가거라! 명이다!"

의원들은 슬픈 눈을 하며 떨어지지 않는 발걸음을 천천히 문을 향해 옮겼다.

"사돈께서도 나가셔야 합니다."

"저, 저도요?"

"네! 이 아이의 몸 안에 있는 냉기는 사람이 감당할 수 있는 냉기가 아닙니다."

"나, 나는 빙공을 익혔소. 그러니 괜찮지 않겠소?"

궁주의 말에 천룡이 고개를 흔들며 자신의 손을 펼쳤다.

그러자 극한의 한기가 손에 응축되기 시작했다.

응축되고 또 응축되는 한기에 궁주는 경악했다.

보기만 해도 온몸이 얼어붙을 것 같은 냉기였다.

천룡은 자신의 손안에 있던 기운을 사라지게 한 후에 말했다.

"이것의 열 배가 넘는 냉기가 나올 것입니다. 이제 아시겠죠?"

"그, 그 정도란 말이오?"

"그렇습니다. 그런 냉기가 지금 아드님 몸 안에 있습니다."

"아, 알겠소. 부디, 내 아들을 부탁합니다. 사돈. 제발 이렇게 간곡히 빌겠습니다."

궁주는 간절하게 애원하며 말했다.

그런 궁주의 손을 꼭 잡아 주며 천룡이 말했다.

"다시 아드님을 볼 때는 세상에서 가장 건강한 모습으로 볼 것입니다. 그러니 걱정하지 마시고 저를 믿으세요."

"아, 알겠습니다. 저는 그럼 사돈만 믿고 나가겠습니다."

그리고 나가면서 방금 천룡이 보여 준 신기를 생각했다.

자신이 익힌 빙백신공을 극성으로 익혀도 천룡의 손에서 나온 냉기를 만들 수 없었다.

그러한 극한의 냉기를 천룡은 아무렇지도 않게 생성했다.

그것이 더욱 믿음을 준 것이다.

그리고 느꼈다.

자신의 사돈이 얼마나 대단한 사람인지를 말이다.

한편 궁주가 나가자 천룡은 팔을 걷어붙이며 말했다.

"그동안 고통스러웠지? 이제 편안하게 해 줄게."

한 손을 단전으로 가져다 대고 다른 한 손으로 천령신단을 입으로 밀어 넣었다.

천령신단이 순식간에 녹아들어 은천상의 몸 안으로 들어가자 재빨리 단전에 자신의 기운을 불어넣어 약효를 온몸에 퍼트리기 시작했다.

웅웅웅!

쩌쩍!

그와 동시에 은천상의 주변이 얼어붙기 시작했다.

서서히 원 모양으로 퍼지면서 주변의 모든 것을 얼리고 있었다.

쩌쩌쩍!

그런 것에 아랑곳하지 천룡은 은천상의 몸 안을 관조하고 있었다.

'일단 약효는 다 돌았고, 이제 이 냉기를 흡수해야겠군.'

양손을 은천상의 몸에 대고 한 손으로는 기운을 순환시키고 다른 한 손으로는 냉기를 흡수하기 시작했다.

엄청난 한기가 은천상의 몸 곳곳에서 분출되어 뿜어 나오며 순식간에 방 안의 모든 것을 얼어붙게 했다.

만약 사람이 있었다면 자신이 어찌 죽었는지도 모르고 얼어 버린 채로 죽었을 것이다.

그러한 냉기를 자신의 몸 안으로 모두 흡수하고 있는 천룡이었다.

쩌쩌쩍!

이어 은천상의 몸이 갈라지기 시작했다.

쩡!

마치 얼음이 박살 나는 것처럼 모든 피부가 부서져 나갔다.

그리고 새살들이 순식간에 부서져 나간 곳을 채워 나갔다.

퍼퍼퍽!

온몸에 혈도가 뚫리는 소리가 들렸고 은천상의 몸이 공중에 떠올랐다.

몸이 재구성되는 와중에 천룡은 조방에게 한 것처럼 빙한지기의 일부를 은천상에게 불어넣었다.

은천상의 몸에서 새하얀 빛이 나오면서 방 안의 냉기들이 사라지기 시작했다.

빛이 사라지자 방 안에는 녹은 얼음들의 흔적들만 남아 있었다.

혈색이라곤 조금도 보이지 않던 새하얀 피부엔 혈기가 돌아왔고, 고통스러워하던 표정 역시 사라져 편안한 모습으로 잠들어 있었다.

천룡은 밖에 있는 궁주에게 소리쳐 말했다.

"이제 다 되었습니다."

그 말이 끝나기가 무섭게 궁주가 달려 들어왔다.

"버, 벌써 끝이란 말입니까? 아, 아니지요?"

궁주는 믿을 수가 없었다.

이렇게 짧은 시간에 치료가 가능할 리가 없었다.

"하하. 다 되었습니다. 보십시오."

천룡의 말에 궁주는 자기 아들을 바라보았다.

누가 보아도 편안한 얼굴을 하고 있었다.

"저, 정말이었구나. 정말이야."

그렇게 감동하고 있는 궁주에게 천룡이 무언가를 내밀었

다.

"이건 저 아이 몸에서 나온 겁니다. 딱 보니 나중에 빙공을 훈련할 때 이용하면 좋겠더군요. 냉기는 제가 봉인해 두었습니다."

그렇게 말하며 내민 것을 본 궁주의 눈은 찢어질 듯이 커졌다.

"이, 이건!"

"왜, 왜 그러십니까? 무슨 문제라도?"

궁주는 천룡의 얼굴과 손안에 있는 것을 번갈아 보며 말을 더듬거렸다.

"이, 이건 마, 만년빙정(萬年氷精)이 아닙니까! 맙소사."

빙정은 음한 계열의 무공을 익히는 무인에게는 절세의 영약이나 다름없었다.

그 영약 중에서도 최고로 치는 것이 바로 이 만년빙정이었다.

오죽했으면 빙궁에서는 이것을 신이 내린 선물이라고 했을까.

그런 엄청난 것이 지금 천룡이 내미는 손에 있었다.

"만년빙정이라. 이게 그거였군요. 들어 봤습니다. 하하. 다행입니다. 아드님도 치료하고 이런 큰 선물도 받으셨으니."

천룡의 말에 궁주가 어리둥절한 표정으로 천룡을 바라보았다.

"왜 그러십니까?"

궁주가 자신을 쳐다보자 천룡이 물었다.

"이것이 무엇인지 아시는데도…… 욕심이 나지 않으십니까?"

"네? 하하, 왜 욕심을 내야 하는지……."

정말로 영문을 모르겠다는 표정으로 오히려 되묻는 천룡이었다.

궁주는 감동했다.

세상에 이런 사람이 있다니.

만약 자신은 아들을 치료한 대가로 달라고 했다면 저걸 아무렇지 않게 넘겨줄 수 있을까?

아무리 생각해도 아니었다.

무슨 핑계를 대서라도 다른 것으로 대체했을 것이다.

그만큼 엄청난 보물이었다.

그런 보물을 조금의 욕심도 없는 눈빛으로 자신에게 건네고 있었다.

천룡이 내미는 만년빙정을 조심스럽게 받아 드는 궁주였다.

"가, 감사합니다. 정말로…… 감사합니다. 사돈……."

"하하, 별말씀을."

오늘 도대체 얼마나 감동을 하고, 얼마나 기뻐해야 하는지 감이 잡히지 않았다.

살아생전에 오늘같이 벅찬 날은 처음이었다.

이것이라면 북해빙궁을 지금의 수배로 더 강하게 키울 수 있다.

이제 다 나은 아들이 이것을 제대로 흡수만 해도 역대 최강의 궁주가 탄생할 것이다.

"아, 아드님 체질이 좀 많이 바뀌었습니다. 그것 역시 아드님께 드리는 선물입니다."

"네?"

아니, 지금까지 받은 것도 큰데 아직 더 줄 것이 남아 있단 말인가?

궁주는 놀란 얼굴을 하며 황급히 자기 아들을 살펴보았다.

한참을 유심히 살펴보더니 뒷걸음질을 쳤다.

그리고 경악한 목소리로 말했다.

"헉! 비비비……."

"왜 그러십니까?"

"이, 이건. 이것은. 비비……."

부들부들 떨면서 천룡과 자기 아들을 번갈아 보며 말을 잇지 못하는 궁주였다.

"빙령지체(氷靈之體)! 빙령지체라니! 맙소사! 내, 내가 잘 못 본 것이 아니라면……."

빙령지체(氷靈之體).

전설의 오행체 중에 수의 기운에 해당하는 신체였다.

한 세기에 한 명이 나올까 말까 한 전설의 신체들이 줄줄이 등장하고 있었다.

너무 놀란 나머지 만년빙정을 은천상 옆에 떨어뜨리고 뒷걸음질을 쳤다.

그 순간 만년빙정이 환한 빛을 뿌리며 공중으로 떠올랐다.

공중에서 빙글빙글 돌더니 강한 냉기를 뿌리기 시작했다.

그 냉기들은 누워 있는 은천상의 콧속으로 빨려 들어갔다.

끊임없이 냉기를 뿌리며 은천상에게 흡수되는 만년빙정이었다.

"헉! 저, 저거! 괜찮은 겁니까? 사돈."

"음, 네. 괜찮을 것 같네요. 그나저나 신기하네요. 저렇게 반응을 하다니."

아무렇지 않게 답하는 천룡을 보며 안심을 하는 궁주였다.

그리고 자신의 눈앞에 벌어지는 엄청난 광경을 지켜보았다.

'전설의 빙령지체에 만년빙정을 흡수한 몸이라니. 허허, 과연 그 적수가 있으려나.'

문득 그런 생각을 하다가 천룡을 바라보았다.

'아니구나……. 괜히 자만심에 빠져 사돈을 화나게 한다면…… 그게 더 재앙이겠군.'

은천상이 아무리 강해져도 옆에 있는 천룡에게는 상대가 안 된다는 것을 어렴풋이 깨달은 궁주였다.

깨어나면 신신당부를 해야겠다고 생각하며 자기 아들을 지켜보는 궁주였다.

"크나크신 은혜에 감사드립니다. 앞으로 제가 도울 수 있는 일이 있다면 모든 일을 제쳐 두고 달려가겠습니다!"

깨어난 은천상이 모든 자초지종을 듣고 천룡에게 큰절을 하며 감사 인사를 하고 있었다.

"하하, 아니다. 가족끼리 서로 돕고 사는 것이니 당연하지. 맘에 둘 것 없다."

"아닙니다, 사돈. 아무리 가족이어도 이런 큰 은혜를 그냥 넘겨서는 안 되지요. 아들아, 지금 그 다짐을 절대로 잊지 말아라."

"네! 아버지! 소자 죽는 그날까지 절대로 잊지 않을 것입니다!"

"아버님! 제 동생을 살려 주셔서 정말로 감사합니다."

은여랑까지 가세하여 감사 인사를 하자 천룡은 손사래를 치며 계속 만류했다.

"이, 이러지 말아라. 이거 참. 쑥스럽게."

그 모습을 옆에서 환하게 웃으며 지켜보는 제자들과 수하들이었다.

"그런데 들었어? 저놈 빙령지체래."

"네. 들었어요. 조방이랑 같은 전설의 오행체."

"어째 치료를 하실 때마다 저런 걸 만들어 내시냐."

"그러게요. 아무리 봐도 대단하신 것 같아요."

"원래는 세외무림에서 저런 신체가 등장하면 난리가 나야하는데. 중원의 위기니, 뭐니 하면서."

"위기요? 저거 안 보이세요? 사부한테 쩔쩔 매는 거?"

태성의 말에 다시 보니 어찌나 극진한지 질투가 일 정도였다.

마치 자신의 아버지를 모시듯이 공손하고 지극정성을 다해 대하고 있었다.

"이러다가 아버지 뺏기겠다."

"절대로 그럴 수는 없죠."

"앞으로 더욱더 지극정성으로 모셔야겠습니다."

이상한 곳에서 승부욕을 불태우는 제자들이었다.

"자, 자! 오늘은 본 궁에 아주 큰 경사가 일어난 날입니다! 하하하! 본 궁의 창고를 아주 탈탈 털겠습니다! 모두 양껏 즐겨 주시길 바랍니다!"

궁주가 함박웃음을 보이며 선언했다.

"자, 자. 사돈 가시지요. 오늘은 저와 코가 삐뚤어질 때까지 마시는 겁니다. 하하하."

"하하, 좋습니다. 가시죠!"

자리에서 일어나 이동하는 그들의 뒤를 일제히 웃으며 따르는 사람들이었다.

✧

대막에 혈천교 본단.

군사는 오늘도 고민에 빠져 있었다.

"하아, 알 수가 없군. 도대체 무슨 일이 있으셨기에."

군사의 고민거리는 바로 혈천교의 교주인 은마성이었다.

어딘가를 갔다 오더니 고통스러운 표정으로 폐관에 들었다.

수련 중에 잠시 기혈이 꼬였다며 한동안 폐관 수련하겠다며 들어간 것이다.

은마성 같은 고수가 수련 중에 기혈이 꼬인다?

그것은 있을 수 없는 일이었다.

특히 들어가며 신신당부한 말이 자꾸 신경이 쓰였다.

ㅡ당분간은 중원에 신경 쓰지 마라.

그 외엔 모두 군사에게 일임한다며 들어갔다.

'하아, 전에 폐관 중에 당한 기억 때문이신가? 모를 일이군.'

그리 고민을 하고 있을 때 수하가 보고하러 들어왔다.

"보고드립니다! 혈마신대(血魔神隊)와 빙마신대(氷魔神隊)의 수련이 완료되었습니다."

수하의 보고에 반색하며 고개를 드는 군사였다.

"오! 드디어 나온 것인가? 하하하, 이로써 나의 오마신대(五魔神隊)가 모두 완성되었구나!"

그렇게 즐거워하다가 다시 침울해지는 군사였다.

"이제 모든 준비가 다 되었거늘…… 어찌하여……. 하아."

군사는 머리를 짚었다.

비록 중원과 황궁을 뒤흔드는 것은 실패로 돌아갔지만 그래도 자신이 원하는 무력은 모두 완성했다.

새롭게 다시 선출된 혈천교의 사대 호법인 사혈마제(四血魔帝)와 자신이 심혈을 기울여 키운 다섯 개의 전투 부대.

이것만으로도 충분히 중원 정복이 가능하다고 생각하는 군사였다.

이제 출전만 하면 되는데 가장 중요한 교주가 폐관에 들어간 것이다.

그것도 중원은 당분간 신경을 쓰지 말라는 전언과 함께 말이다.

"어찌한다……."

자신의 앞에 부복한 수하를 바라보며 생각에 잠겼다.

"중원 진출은 당분간 보류다. 그래, 애들 실전 훈련이나 시켜야겠군.”

군사는 그리 생각하고는 수하에게 말했다.

“일단 빙마신대에 전투 준비를 하라고 일러라. 실전을 하러 간다고 전하고.”

“네? 어디로 말입니까?”

“크크크. 중원만 신경을 쓰지 말라 하셨다. 그러니 중원만 아니면 되지 않느냐?”

“서, 설마. 북해?”

“그렇지. 우리의 빙공이 얼마나 강한지 한번 보자꾸나.”

“네! 알겠습니다. 준비시키도록 하겠습니다.”

“준비시켜서 출진까지 시켜. 명령은…… 그래. 가서 북해를 굴복시켜서 우리 교의 북해 지부로 만들라고 전해라.”

“네!”

수하가 뒷걸음질 치며 밖으로 나가자 군사가 웃으며 말했다.

“중원이 안 되면 주변부터 하나씩 점령하면 되는 것이지. 크크크. 중원만 아니면 된다고 하셨으니.”

너무도 오랜 시간을 참아 온 군사였다.

이제 더는 참을 수 없었기에 중원을 제외한 새외를 치기로 한 것이다.

그러면서 다음에는 어디를 점령할 것인지 정하기 위해 지도를 펼치는 군사였다.

운가장의 담을 따라 누군가가 노래를 흥얼거리며 걷고 있었다.

그렇게 한참을 걸어 운가장 담 전체를 돌아본 남자는 놀라운 표정을 지으며 중얼거렸다.

"우와, 일반 장원인데……. 진법까지 가미했네? 그런데 조금 어설프네. 구궁음양진(九宮陰陽陳)을 따라 만든 것 같은데……. 팔괘(八卦)의 위치가 살짝 틀어졌네. 이러면 제 위력을 발휘 못 하지."

그리고 다시 반대로 돌기 시작했다.

"다 완성된 장원이 아닌가? 여기저기서 공사가 진행되는군. 저것 때문에 진법도 다시 만들어야 할 텐데."

자신이라면 어떤 진법을 넣을까 생각하는 남자.

그는 바로 제갈군이었다.

집 안에만 있는 게 좀이 쑤셔 올 무렵, 딱 맞춰서 자신에게 일이 들어온 것이다.

마침 나가고 싶었는데 돈까지 얹어 주니 신이 나서 하겠다고 한 것이다.

그래도 이왕 하는 거 제대로 하기 위해 운가장에 대해 정보를 모으고 직접 보러 오기까지 한 것이다.

"일단은 이곳 사람이 돼야겠지? 때마침 군사를 구한다

니…… 크크. 정말 나는 운이 너무 좋은 거 아닌가?"

콧노래를 흥얼거리며 운가장 정문을 향해 천천히 걷기 시작했다.

"그런데 일개 장원에서 군사가 왜 필요하지? 무가도 아니고…….'

그게 신기했다.

그래서 더욱더 흥미가 샘솟았다.

"막 숨겨진 흑막 이런 건가? 혈천교가 조만간 세상에 나온다더니 여기도 그런 건가?"

흥미 가득한 얼굴로 저 멀리 보이는 정문을 바라보는 제갈군이었다.

정문에 도착하자 그 앞에 있던 위사들이 포권을 하며 인사를 했다.

"어찌 오셨습니까?"

위사의 질문에 제갈군 역시 포권을 하며 말했다.

"하하, 네. 여기서 군사를 모집한다길래 이리 와 봤습니다."

"아, 그러시군요. 그런데 어쩌죠? 현재 장주님께서 출타 중이십니다."

"그렇습니까? 언제쯤 오십니까?"

"그게 한 번 나가시면 기약이 없는지라. 멀리서 찾아오셨을 텐데 죄송합니다."

그러면서 정중하게 포권을 하는 위사였다.

그런 위사를 유심히 살펴보는 제갈군이었다.

'헐, 뭐야? 정문을 지키는 자 경지가 저리 높다고? 뭐지?'

아무리 생각해도 정문 위사로 있기엔 너무도 아까운 재능이었다.

제갈세가에 몸담았으면 저자는 최소 조장의 자리는 차지할 수 있을 정도였다.

'정말 모를 일이군. 점점 더 흥미가 돋는데?'

"저, 소협?"

"아? 아! 이거 죄송합니다. 장원의 모습이 너무도 아름다워서 잠시 정신을 놓았습니다. 정말 죄송합니다."

제갈군이 사과를 하자 위사가 환하게 웃으며 자랑스럽게 말했다.

"하하, 그렇죠? 자랑은 아니지만, 저희 운가장이 중원에서 가장 아름다운 장원이라고 생각합니다."

자부심이 넘쳤다.

"아무튼, 현재 장주님이 안 계시니 다음에 다시 찾아오시겠습니까?"

매우 정중하게 말을 하는 위사였다.

제갈군은 고개를 끄덕이며 말했다.

"하하, 네 알겠습니다."

그러고는 미련 없이 몸을 돌려 도시 쪽으로 향하는 제갈군이었다.

"좀 더 알아봐야겠어."

그의 눈은 새로운 장난감을 찾은 아이의 눈이었다.

북해빙궁의 한 접객실에서 술잔이 오가고 있었다.

"허허, 유엽, 이 사람 왜 이리 오래간만에 찾아왔나? 자주 좀 오지 않고."

"예끼! 이 사람아. 거리를 생각해야지. 장백산에서 여기까지 거리가 얼만 줄 알고 그런 소릴 하는 건가?"

"껄껄. 반가워서 그러네. 반가워서!"

"허허허. 알지, 잘 알지."

설풍선제 유엽과 북해빙궁의 장로였다.

두 사람은 술잔을 연거푸 들이켜며 간만의 회포를 즐겼다.

"그나저나 이곳에 손님들이 오지 않았나? 내 오다가 만난 사람들이 있는데."

"손님? 최근에 온 손님이라면…… 아! 그분들? 자네도 아시는 분들인가?"

"사막에서 인연이 있었지. 그런데 그분들이라니?"

"허허, 그분들이 우리 소 궁주님을 구하지 않으셨는가. 정말 대단한 분이시지."

"그것이 정말인가? 자네 소 궁주에게 드리려고 이렇게 빙정도 구해 왔건만."

그러고는 빙정을 꺼내어 건넸다.

"허허허, 고맙네. 내 꼭 소 궁주께 전달해 드리겠네."

"뭘 이 정도로. 그럼 그분들은 어디에 계시는가?"

"하하, 어디에 계시긴 지금 궁주님과 함께 한참 연회 중이시라네. 우리 빙궁에 가장 큰 손님이시네."

"오오, 그런가? 허허. 내가 그런 분과 인연을 맺다니 정말 좋구먼."

"우리 아가씨의 시아버님이라더군."

"응?"

"그 장주라는 사람 말일세. 우리 여랑 아가씨의 시아버지시라고."

"그, 그럴 리가 없네. 엄청······."

"어려 보이신다고? 허허, 맞네. 그분이 엄청 어려 보이시긴 하지. 우리도 첨에 깜짝 놀랐지."

유엽은 친우의 말에 화들짝 놀랐다.

처음에는 자신이 아는 자와 다른 자라고 생각했는데, 친우의 입에서 젊다는 소리가 나오니 놀란 것이다.

"어찌? 그 나이에 시아버지가 될 수 있는가? 나를 놀리는 건가?"

"어허! 이 사람. 만났다면서?"

"만났지. 내가 만난 사람이 운가장의 장주라면 맞네."

"맞네. 바로 그분이시라네."

"저, 정말인가? 어찌……."

"듣고 놀라지 말게. 반로환동을 하신 고수셨더군. 허허."

벌떡!

장로의 말에 유엽이 깜짝 놀라서 일어났다.

"바, 반로환동? 그, 그게 정말인가?"

"이 사람 깜짝이야. 그래, 정말일세. 궁주께서 인정하시고 그리 말씀하셨으니 맞겠지."

"그, 그러면 그, 그분 주변에 따라다니는 그 호위들은?"

"아! 그분들? 허허허. 이건 정말 놀랄 일인데……."

"뭐, 뭔가? 그, 그분들이라니? 더 놀랄 일이 있는 건가?"

"그렇지. 이 소리에 우리 빙궁 사람들이 모두 경악을 하고 뒤집혔으니."

"무엇인가? 말해 보게. 나 숨넘어가네!"

"그분들 역시 반로환동하신 고수들일세."

"아, 아니, 무슨 반로환동이 그리 쉽게 되는 건가? 이 사람 저 사람 다 하게? 농이 지나지네! 말이 안 되네! 내가 만나 본 그들에게 느껴진 내공은 그리 대단한 것이 아니었네!"

"허어, 이 사람. 그분들이 중원 무림의 삼황일세!"

"뭐, 뭐? 자네 점점 농이 심하구먼! 장난이 지나치네!"

"아니! 이 사람이? 농이라니! 그분 중 한 분이 우리 여랑아가씨의 남편일세! 어찌 모를 수가 있는가!"

오히려 장로가 더 화를 내며 버럭 대자, 유엽은 점차 안색이 시퍼레져 갔다.

"저, 정말인가? 저, 정말로 사, 삼황이시란 말인가?"

"그, 그러네. 자, 자네 왜 그러는가? 이보게!"

"저, 정말로…… 내, 내가 무슨 짓을? 내가……."

바닥에 주저앉아 계속 같은 말만 중얼거리는 유엽이었다.

"이 사람아! 정신을 차리게! 이거 참!"

정신이 나갔는지 멍하니 앉아 있는 유엽을 장로는 달래고 있었다.

그리고 물을 가져와 자신의 냉기를 주입해 차갑게 만들어 유엽에게 먹였다.

"자! 냉수 마시고 정신을 차리시게!"

꿀꺽꿀꺽!

차가운 기운이 몸 안으로 들어오자 어느 정도 정신이 돌아온 유엽은 흔들리는 동공으로 자신의 친우를 바라보며 울먹였다.

"이보게……."

"그래그래. 괜찮네. 우리도 다 그렇게 겪었네."

"그, 그게 아니야. 나, 나는……."

"무슨 소린가?"

"나, 나는 그분들에게……."

"그분들에게?"

"내 제자가 되라고 말했단 말일세……."

"혁! 그, 그게 무슨 말인가?"

"심지어…… 자네들 같은 신체와 내 무공이 결합하면 중원 제일인도 될 수 있다고……."

"미, 미쳤나? 주, 중원 제일인이라니? 진정 그랬단 말인가?"

장로의 말에 고개를 끄덕이는 유엽이었다.

"허, 어쩌다……."

그러다가 무언가가 생각났는지 벌떡 일어나 사시나무 떨듯이 떠는 유엽이었다.

"또 뭔가? 다른 무언가가 또 생각났는가?"

"아, 아니……. 내…… 제자."

"응? 자네 제자가 왜?"

"내, 제자가…… 그분들에게 진정한 무공이 무엇인지…… 보여 주겠다고……."

"……."

"갔네. 그분들에게 갔어……."

"무슨…… 아니, 안 말리고 뭐 했는가?"

"무공을 보여 주면…… 나에게 올 줄 알고……."

그러더니 정신이 번쩍 들었는지 장로에게 다급하게 말했다.

"마, 말려야 해! 나, 나 좀 안내해 주게! 어서! 급해!"

"그, 그래! 어, 어서 가세!"

상황이 급박했다.

자신의 제자가 삼황에게 가기 전에 막아야 했다.

둘은 자신들이 낼 수 있는 최고의 속도로 방을 박차고 달려 나갔다.

"쟤 지금 뭐라는 거냐?"

"그러게요? 여기가 날이 추워서 헛것이 들리나 봐요."

무광과 천명, 그리고 태성이 유엽의 제자와 대치를 하고 있었다.

"이놈들! 내가 진정한 무공이 무엇인지 경험하게 해 주겠다! 네놈들이 사내라면 당장 나와라!"

어이가 없었다.

이제 절정에 간신히 발을 걸친 놈이 누구에게 무공을 경험하게 해 주겠다고 저리 당당하게 외치는 것인가.

"어쩌실 거예요? 상대하실 거예요?"

"야야, 온 무림에 웃음거리 될 일 있냐?"

"그래도…… 사람들의 시선 집중이 다 되고 있는데요?"

"아 씨, 미치겠네."

그렇게 난감해하고 있는데 저 멀리 두 노인이 흰 수염을 휘날리며 다급하게 달려오고 있었다.

유엽과 빙궁의 장로였다.

"멈추어라!"

내공까지 쏟아부어 자신의 제자에게 소리치는 유엽이었다.

유엽은 사부가 나타나자 더욱 기세가 등등하여 소리쳤다.

"하하하, 이놈들! 겁쟁이들이구나!"

그 소리가 유엽의 귓가를 때렸다.

"너희 같은 겁쟁이들에게 이 몸이 무림의 무서움이 무엇인지 친히 알려 주겠다! 나와라!"

또다시 들려오는 제자의 망발.

오늘따라 왜 이리 경공이 느리게 느껴지는지 답답했다.

"하하하, 너무 무서운 나머지 몸이 굳……."

퍼억!

"꾸에엑!"

털썩!

유엽이 혼신의 힘을 다해 장력을 날렸다.

그 장력을 맞고 제자가 혼절했다.

하지만 제자는 뒷전이었고 재빨리 삼황의 앞에 가 무릎을 꿇고 말했다.

"요, 용서해 주십시오. 애가 아직 어려서 그런 것이니 제발 인정을 베푸셔서 용서해 주십시오!"

그 옆에 빙궁의 장로까지 무릎을 꿇으며 용서를 빌었다.

"저 역시 같이 용서를 비옵니다. 부디 선처를 베풀어 주시옵소서."

자신의 친우를 위해 기꺼이 무릎을 꿇은 것이다.

"괜찮소. 일어나시오."

"요, 용서해 주시는 겁니까?"

"용서고 자시고 할 것도 없는 일이오. 그러니 일어나시오."

무광의 말에 표정이 풀리며 일어나는 두 사람이었다.

"그런데 아직도 우리를 제자로 삼으려고?"

그 말에 다시 안색이 시퍼렇게 죽는 유엽이었다.

"하하하. 농이오. 농."

그러면서 유엽의 등을 팡팡 두드리는 무광이었다.

"자, 자, 이런 답답한 소리 그만하고 가서 술이나 한잔합시다."

"가, 감사합니다."

유엽은 기절한 제자를 등에 업고 무광 일행을 따라 방으로 들어갔다.

방에서 술잔이 몇 번 오가고 난 뒤에 유엽이 물었다.

"저, 정말로 반로환동을 하셨습니까?"

"허허, 그렇다네."

"그, 그러면 장주님께서는 어떤 분이십니까?"

"내 아버님이시네."

"네?"

천명이 말했다.

"내 사부님이시고."

태성이 안주를 입안 가득 넣고 말했다.

"울 사부!"

삼황의 사부님이면 도대체 나이가 얼마란 말인가?

"저, 정말로 제가 대단하신 분을 만난 거였군요."

"하하하, 그렇지. 우리 아버지야말로 고금 무적 제일인이시니."

당금에 천하제일인이라는 무황의 입에서 저런 소리가 나왔다.

"저, 정말입니까?"

그 말에 무광이 손가락을 하나 펴 보였다.

"무슨 뜻인지?"

"일 초식! 아버지를 상대로 내가 할 수 있는 최대치."

"……."

"이제 알겠지? 왜 고금제일인이신지?"

무광의 말에 고개를 사정없이 끄덕이는 유엽이었다.

그렇게 유엽 인생에서 가장 놀랍고 충격적인 하루가 지나고 있었다.

천룡 일행이 빙궁에 온 지도 며칠이 지났다.

설풍선제는 급한 일이 있다며 서둘러 떠났다.

천룡 일행은 극진하게 대접을 받고 여기서 더 북쪽으로 가면 하늘에 너울거리는 오색찬란한 비단 물결 현상의 오색극광(五色極光)을 볼 수 있다는 소리에 다들 그곳으로 구경을 하러 갔다.

알아서 다녀오겠다는 것을 소궁주가 자신이 꼭 모시고 싶다며 따라갔다.

천룡 일행과 소궁주, 은여랑까지 모두 구경을 떠나고 조용해진 빙궁이었다.

그렇게 평화롭게 또 하루가 지날 것 같았다.

하지만 그런 평화로운 북해빙궁을 향해 정체 모를 무인들이 접근하고 있었다.

그 정체 모를 무인들의 중심에 사두마차가 있었다.

그 안에서는 불혹(不惑 : 40세)을 조금 넘긴 듯한 귀족풍 외모의 남성이 가로누워 말을 하고 있었다.

백발의 머리카락과 수염, 그리고 잡티 하나 없는 피부를 지녔고 새하얀 털옷을 입고 있었다.

"얼마나 남았지?"

"네. 이제 곧 도착합니다."

"뭘 주워 먹을 게 있다고 이딴 곳에 자리를 잡은 거야?"

"……."

"하아, 재미없다. 재미없어. 내가 시키는 것 외에는 대답

안 할 거냐?"

"아닙니다!"

"아, 심심하다. 심심해. 어서 도착했으면 좋겠네."

"속도를 올릴까요?"

"아냐. 그래도 느긋하게 가자. 이 느긋함을 또 언제 즐겨 보겠냐."

"네!"

남자는 마차 안에서 이리저리 뒹굴뒹굴하다가 다시 고개를 돌려 물었다.

"일단 우리 지부로 만들라 하였으니 다 죽이면 안 되겠지?"

"네! 최대한 살려 두라 하셨습니다!"

"하아, 그럼 재미없는데."

"사상자 수가 많으면 실력이 형편없는 것으로 간주하고 다시 수련 동에 집어넣는다고 전하라 하셨습니다."

"뭐? 그게 정말이냐?"

"네!"

"시바! 애들한테 전해. 사람을 많이 죽인 놈은 나하고 면담이라고!"

"……."

"아, 넌 호응 좀 해라! 아! 새끼들이 재미가 없어!"

참, 말이 적은 수하였다.

그때 밖에서 다른 수하가 보고했다.

"전방에 빙궁의 무사로 보이는 자들이 접근하고 있습니다! 어찌할까요?"

그 보고에 남자는 잠시 고민을 하더니 말이 없는 수하에게 물었다.

"다 죽이지 말라고 했지. 아예 죽이지 말라고는 안 했잖아? 그치?"

"그렇습니다."

수하의 대답에 혀로 입술을 핥으며 안광을 번뜩이는 남자였다.

"크크크. 좋아. 좋아. 잡아 와."

"네!"

꽃

땡- 땡- 땡- 땡-!

급박하게 울리는 종소리와 함께 빙궁에 비상이 걸렸다.

사방에서 무인들이 무기를 챙겨 들고 다급하게 뛰쳐나오고 있었다.

집무실에서 서류를 검토하고 있던 빙궁주 역시 그 소리를 들었다.

"아, 아니, 이게 무슨 소리야?"

빙궁주가 깜짝 놀라고 있을 때 수하가 다급하게 들어와 보고했다.

"궁주님! 습격입니다!"

"뭐라? 습격? 아니 감히 누가!"

"정체를 알 수 없는 자들입니다! 정찰을 나갔던 저희 빙궁의 무사들의 목을 들고 성 근처로 다가오는 중입니다!"

"뭐라고? 그게 정말인가?"

"네! 한 치의 거짓도 없는 사실입니다!"

"적의 수는 얼마나 되느냐!"

"수천에 이른다고 합니다!"

"뭐? 아니, 이런 미친! 모든 궁도를 소집하라! 무공을 모르는 사람들을 대피시키고!"

"알겠습니다!"

다급하게 나가는 수하를 보며 궁주는 자리에서 일어났다.

일어선 그의 눈에서는 엄청난 살기가 뿜어 나왔다.

"으드득! 누군지 몰라도 감히 북해빙궁을 건드린 대가가 어떤 것이지 똑똑히 알려 주지!"

그리고 온몸에 세상 모든 것을 얼릴 것 같은 한기를 흘리며 성벽으로 나갔다.

성벽에 올라서자 허둥지둥 대며 이리저리 뛰는 빙궁의 무사들이 보였다.

모두가 갑작스러운 공격에 당황한 모습이었다.

그것을 본 궁주는 사방에 내공을 실어 외쳤다.

"당황하지 마라! 나의 아이들아! 너희는 최강이다! 저들에게 북해빙궁의 무서움을 보여라!"

"와아아아아!"

자신들의 궁주가 전면에 모습을 드러내자 당황하던 빙궁 무사들의 사기가 올라가기 시작했다.

궁주의 몸에서 사위를 압도하는 기세가 개방되었다.

바로 빙백마제(氷白魔帝) 은백광(恩白光)의 진정한 모습이었다.

사람들에게 사기를 심어 주고 성벽 위로 올라가니 하얀색 무복을 입은 수천에 달하는 무리가 빙궁을 향해 다가오고 있었다.

기괴하고 감정 없는 표정으로 접근을 하는 그들.

그들의 손에는 순찰을 나갔던 빙궁 무사의 머리가 들려 있었다.

궁주의 눈에 분노가 일었다.

"네놈은 누구냐!"

내공을 실어 다가오는 적에게 외쳤다.

"……."

하지만 답변은 오지 않았다.

여전히 변함없는 얼굴을 하고 있었다.

하지만 그들의 몸에서 흘러나오는 기분 나쁜 기운.

궁주는 자신도 모르게 소름이 돋았다.

'보통 놈들이 아니다…… 어디서 저런 놈들이……? 아니지. 기세에서 밀리면 안 된다.'

"네 이놈들! 내 말이 들리지 않는 것이냐!"

우르르르릉―!

내공을 더 주입해 외치자 성벽이 울렸다.

그러나 여전히 미동도 하지 않는 그들.

그때 누군가가 마차 밖으로 나왔다.

마치 산책을 하듯이 뒷짐을 지고 천천히 걸어 나오는 인물.

"거참, 노인네 목청도 좋네."

그러더니 포권을 하며 내공을 실어서 외쳤다.

"하하하! 이거 명성이 자자하신 빙백마제님을 직접 뵈오니 감개가 무량하옵니다! 소생은 아직 별호는 없고 이름은 진호림이라고 합니다."

진호림이라는 자의 인사에 궁주가 콧방귀를 뀌며 말했다.

"흥! 네놈의 이름 따윈 궁금하지 않다! 이곳에서 나의 수하를 해치운 것이 무엇을 뜻하는지 알고 있겠지?"

"하하하, 그럼요. 아주 잘 알고 있지요. 마제의 수하를 해치우면 마제의 분노를 사 그 문파는 멸문한다는 사실 역시 잘 알고 있습니다."

"그런데도 감히 나의 수하를 죽이고 그리도 당당하게 이곳에 왔단 말이냐?"

"당당하게 와야지요. 어차피 다 우리 사람이 될 곳인데요."

"뭐라?"

"크크크크. 아, 오늘 정말 즐거운 날입니다. 제가 그동안 쌓인 게 많거든요. 그런데 오늘 그것을 맘껏 풀 수 있다 이 말입니다. 비록 다 죽이진 못하지만……."

말을 끝냄과 동시에 돌변하며 엄청난 살기를 뿜어내는 진호림이었다.

계속 입술을 핥으며 못 참겠다는 표정을 짓고 있었다.

"그래도 일부 정도 죽이는 건 허락하셨거든요. 크크크."

그러더니 손을 들어 올렸다가 내렸다.

진호림의 명령이 떨어지자 일제히 성을 향해 돌진해 들어가는 적들이었다.

거대한 학익진(鶴翼陣)을 만들며 달려오고 있었다.

그 모습에 궁주가 자신의 수하들에게 외쳤다.

"보여 줘라! 저들이 얼마나 무모한 짓을 하는 것인지!"

"충! 화살을 쏴라!"

그와 동시에 빙궁 성벽에 있는 무사들이 달려오는 적들을 향해 일제히 화살을 날렸다.

피피피- 핑-!

슈아아아아-!

화살이 하늘을 가득 메우며 달려오는 적들에게 비처럼 쏟아지기 시작했다.

후두두두둑-!

파파- 파팍-!

그러나 달려오는 적들은 화살이 날아와도 아랑곳하지 않았다.

무덤덤하게 자신에게 날아오는 화살을 쳐 내며 전진했다.

그 모습에 궁주가 다급하게 여기저기에 외쳤다.

"설궁대(雪弓隊)는 계속 화살을 날리고, 북풍대(北風隊)는 나가서 적들을 섬멸하라! 빙호대(氷虎隊)는 후방을 방비하라!"

궁주의 명에 일사불란하게 이동하며 움직이는 그들이었다.

북풍대는 성문을 열고 적들을 향해 달려갔다.

"우와와와!"

크게 함성을 지르며 달려가는 북풍대와는 달리 아무 표정 없이 입을 굳게 다문 채로 조용히 달려오는 적들이었다.

그런 무리를 보며 북풍대에서 외쳤다.

"재수 없는 놈들! 가자! 저들에게 우리의 힘을 보여 주자!"

"와아아!"

까가깡- 까가가가가강-!

채챙- 차차차차창-!

두 세력이 충돌하며 싸움이 시작되었다.

콰쾅- 콰콰쾅-!

사방에서 폭음이 울려 퍼졌고 비명이 들려왔다.

"끄아아악!"

"으아악!"

북풍대는 열심히 싸웠다.

하지만 적들이 너무도 강했다.

"저, 저럴 수가! 북풍대가 저리 쉽게 밀리다니!"

궁주는 충격에 빠졌다.

세상 어디에 내놔도 지지 않을 것이라고 자부했던 빙궁의 주력 부대였다.

그러나 정체를 알 수 없는 적들에게 속수무책으로 무너지고 있었다.

하얗던 대지가 새빨갛게 물들어 가고 있었다.

"뭣들 하는가! 우리 아이들이 죽어 가고 있다!"

궁주는 다급하게 장로들을 향해 외쳤다.

궁주의 말이 끝나기 전에 빙궁의 장로들이 뛰쳐나갔다.

장로들이 가세하자 그제야 상대가 되기 시작했다.

전세가 비등해졌다고 생각하는 찰나, 다시 한번 전장을 바라보는 궁주였다.

그리고 이상함을 느꼈다.

'뭐지? 뭔가를 놓친 이 기분은?'

그리고 눈에 들어오는 적들.

한눈으로 봐도 수가 적어진 것 같은 모습이었다.

"저, 적들의 수가? 나, 나머지는 어디로 갔느냐!"

사방을 지휘하는 터에 놓친 부분이었다.

그때 성안 쪽에서 비명이 들려오기 시작했다.

"꺄아아악!"

"안 돼! 커헉!"

다급하게 성안 쪽으로 달려가 보니 사라진 적들이 이미 성안으로 들어와 있었다.

후방이 뚫린 것이다.

"안 돼! 이놈들! 그만해라!"

안쪽에 있는 자들은 무공을 모르는 사람들이다.

"빙백신장!"

성안으로 들어가 적들을 공격하기 시작했다.

궁주의 빙백신공에 의해 얼음으로 변하며 산산조각이 나는 적들이었다.

한 수에 수십 명을 날려 버린 궁주였다.

그러나 적들의 수가 너무도 많았다.

"크윽! 이놈들!"

끝까지 포기하지 않고 한 명이라도 더 줄이기 위해 다시 내공을 끌어 올리던 찰나.

"하하하, 안 되지요. 궁주님은 저와 노셔야죠."

갑자기 하늘에서 나타난 진호림.

그의 등장에 빙궁주의 눈썹이 꿈틀거렸다.

"그렇지…… 내가 생각이 짧았구나! 네놈을 잡으면 되는 것을!"

"하하하, 그렇죠! 저를 잡으면 됩니다! 그러면 저 녀석들도 공격을 멈출 겁니다."

"으드득!"

"자! 이제 저에게 집중해야 할 이유가 생기셨죠?"

하얀 이를 드러내고 히죽 웃으며 능글거리게 말하는 진호림이었다.

"오냐! 너의 시체로 내 아이들의 원혼을 위로해야겠다!"

"하하하! 그겁니다! 바로 그 분노! 그 살기! 역시 몇 놈 죽이길 잘했군요."

"닥쳐라!"

"빙백신장(氷白神掌)!"

빠우우우-!

하얀 빛줄기가 요란한 소리를 내며 진호림을 향해 날아갔다.

푸하하학-!

쩌쩌적-!

빛줄기가 강타한 곳이 순식간에 얼어붙었다.

살짝 옆으로 피한 진호림이 크게 웃으며 말했다.

"크하하하, 이것이 바로 빙백신공이군요! 역시! 하하하."

"운이 좋구나! 어디 언제까지 피할 수 있나 보자!"

그러면서 다시 내공을 끌어 올렸다.

"하하, 받은 게 있으면 주는 것도 있어야지요. 우연찮게 저도 빙공을 익히고 있는지라…… 보여 드리지요."

"뭐, 뭐라?"

진호림이 순식간에 궁주의 앞으로 신형을 이동했다.

궁주가 사용했던 것처럼 새하얀 기운이 진호림의 손 전체를 뒤덮고 있었다.

"한설극빙장(寒雪極氷掌)!"

쐐애액-!

갑작스럽게 자신 앞으로 이동해서 자신과 같은 빙공으로 공격을 해 오자 크게 당황한 궁주였다.

"크윽! 빙궁탄비(氷弓彈飛)!"

잔상을 남기며 그곳을 재빨리 빠져나가는 궁주였다.

하지만 완전히 피하진 못했는지 옆구리가 시려왔다.

그래서 힐끗 보니 옆구리 부분이 얼어 있었다.

파창-!

내공으로 얼음을 깬 후에 진호림을 노려보는 궁주였다.

그런 궁주를 보며 재미난 표정을 짓는 진호림이었다.

"크크크. 역시 그걸 피하시다니…… 대단하시군요."

"크으윽! 뭐, 뭐냐! 그 엄청난 극음기공(極陰奇功)은?"

"아? 이거요. 왜요? 탐나십니까?"

"닥쳐라!"

이번엔 궁주가 선공을 했다.

"빙백마라강(氷白魔羅罡)!"

하늘을 뒤덮는 수많은 강기들이 그물처럼 진호림을 향해 날아갔다.

그와 동시에 진호림의 전면을 향해 달려들었다.

그리고 전력을 다해 진호림의 가슴을 향해 빙백신장을 날렸다.

사방을 강기로 에워싸고 달아날 곳이 없는 진호림을 공격하는 것이다.

카카캉-!

그러나 하늘을 메운 강기들은 진호림이 만든 얼음 검에 의해 막혔다.

그리고 진호림의 신형은 순식간에 이동했다.

퍼엉-!

진호림의 가슴을 향해 날아가던 빙백신장도 목표물을 잃고 다른 곳으로 날아갔다.

재빨리 사라진 진호림의 행방을 찾아 사위를 훑어보는 궁주였다.

자신의 뒤쪽에서 그를 발견했을 때 궁주는 놀라움에 두 눈을 크게 떴다.

"어, 어찌!"

진호림의 주변으로 수백 개가 넘는 얼음 검이 강기를 머금은 채 궁주를 겨누고 있었다.

진호림이 한쪽으로 입술을 밀어 올리며 웃었다.

"크크크. 이제 제 차례인가요? 이번 공격의 초식 이름은 천패빙어강(天覇氷馭罡)이라고 하죠."

진호림이 손끝으로 궁주를 겨누자, 얼음 검들이 일제히 날아갔다.

쐐애애액—!

"빙궁탄비(氷弓彈飛) 연(連)!"

제五장

　빙궁주가 다급하게 빙궁탄비를 연속으로 쓰며 날아오는 검들을 피했다.

　그러나 검들은 피하는 궁주를 따라 방향을 전환했다.

　"빌어먹을! 이기어검술(以氣馭劍術)이라니!"

　인정하기 싫었지만, 진호림은 자신보다 강자였다.

　그것도 훨씬 윗줄의 강자.

　하지만 이대로 포기할 수는 없었다.

　"빙백천살강(氷白天殺罡)!"

　궁주의 몸에서 하얀 광구가 사방으로 퍼져 나갔다.

　쩌저저정—!

　궁주를 향해 날아오던 얼음 검들이 깨져 나갔다.

"오오, 아름답구나!"

그 모습을 본 진호림의 감상평이었다.

쩌저저저저적-!

사방이 순식간에 얼어붙었다.

다른 이들이었으면 이곳에서 얼음 조각상이 된 채로 죽었을 것이다.

하지만 상대는 진호림이었다.

빙궁주의 회심의 일격은 진호림에게 어떤 타격도 주지 못했다.

그는 빙글빙글 웃으며 궁주에게 서서히 다가갔다.

빙궁주는 방금 전의 한 수가 실패로 돌아간 것을 알고 심력에 타격을 입었다.

그 충격으로 급격하게 지쳐 갔다.

진호림이 바로 앞에까지 다가왔지만, 궁주는 할 수 있는 것이 없었다.

"하하, 나름 재미있었습니다. 뭐, 기대한 것만큼은 아니었지만."

쿨럭-!

진호림의 말에 궁주의 내기가 흔들리며 피를 토했다.

자신은 최선을 다해 공격했건만 상대방은 그저 유흥거리였다고 하니 정신적 충격이 온 것이다.

"자, 이제 본론으로 들어가서…… 제 소개를 해야겠지요.

아니지. 제 소개가 아니라 제가 속한 곳을 소개해야겠지요."

진호림의 말에 궁주가 궁금한 표정으로 고개를 들었다.

"혈천. 어떠십니까? 저희 밑으로 오시겠습니까?"

"서, 설마…… 혀, 혈천교?"

"하하, 잘 아시는군요. 자! 이제 선택의 시간입니다. 다 죽일까요? 아니면…… 저희 밑으로 오시겠습니까?"

떨리는 궁주의 동공을 보며 즐거워하는 진호림이었다.

그때 하늘에서 목소리가 들려왔다.

"역시 혈천교 놈들이었군."

갑작스럽게 들려온 목소리.

진호림이 깜짝 놀랐다.

자신의 이목을 숨기고 이곳에 나타났다는 것은 고수라는 얘기였다.

재빨리 고개를 들어 하늘을 바라봤다.

하늘에서 누군가가 천천히 걸어내려 오고 있었다.

"드디어 세상에 나온 것이냐?"

남자의 물음에 진호림이 웃으며 답했다.

"후후, 그렇습니다. 당신은 누구십니까? 저희를 잘 아시는 것처럼 말하시는군요?"

그런 진호림의 말에 남자가 웃으며 말했다.

"나? 담무광."

"담……무광?"

"세상 사람들이 무황이라 부르지."

"서, 설마!"

"그리고 네놈들의 철천지원수라고 해야 하나?"

"저, 정말입니까?"

"그래."

무광의 답에 진호림이 갑자기 크게 웃기 시작했다.

"크하하하하!"

그러더니 초롱초롱한 눈빛으로 무광을 바라보며 말했다.

"전설적인 무황을 이렇게 뵙는군요. 그 모습은…… 과거보다 경지가 더 강해지셨군요."

"어쩌다 보니……."

"이거 반갑습니다. 어려서부터 귀에 딱지가 앉도록 들은 인물을 이리 직접 영접하다니, 감개무량합니다."

"뭐 딱히 니들한테 그런 소리는 듣고 싶지 않은데……."

"하하하하! 들어도 됩니다. 저희 교를 풍비박산을 낸 장본인이 아니십니까? 솔직히 제가 가장 존경하는 분이 바로 무황이십니다."

"네가 왜 날 존경해? 그러면 안 되지."

"크크크크. 그리고 제가 가장 맞붙고 싶었던 분이기도 하지요."

말을 마치자마자 땅에 착지한 무광을 향해 돌진하는 진호림이었다.

"전설의 무황께 제 무공을 보여 드리게 되어 영광입니다! 하얏!"

진호림의 몸에서 수백 개가 넘는 주먹의 잔상이 날아왔다.

슈슈 슈슝–!

파파 팍–!

무광은 그것을 뒷짐을 진 채로 무덤덤하게 피했다.

"한설극빙장!"

진호림의 손에서 차가운 냉기를 품은 장력이 무광의 가슴 팍을 향해 날아갔다.

쩌저저적–! 퍼펑–!

무광은 자신의 오른손을 반원 모양으로 돌리며 장력을 막았다.

휘리릭–! 휙–!

그리고 반탄지기를 이용해 장력의 일부를 진호림에게 돌려보냈다.

무광의 반탄지기에 튕겨 나와 자신에게로 날아오는 장력을 재빨리 왼손으로 막는 진호림이었다.

퍼펑–!

자신의 무공에 손이 얼어 버린 진호림은 새하얀 이를 내보이며 웃었다.

쩡–!

손에 있는 얼음을 박살 내고는 말했다.

"역시 명불허전이십니다. 하하."

무광은 그런 진호림에게 관심을 주지 않고 빙궁주에게 말했다.

"이곳은 제가 맡을 테니 어서 들어가 정리하십시오."

"고, 고맙소!"

궁주는 포권을 하고 재빨리 안쪽으로 들어갔다.

궁주가 사라지자 무광이 진호림을 바라보며 말했다.

"자, 이제 제대로 덤벼 봐."

무광의 말에 진호림의 눈이 반달로 휘었다.

"네! 제가 지금까지 배운 모든 것을 보여 드리죠!"

말이 끝나기가 무섭게 진호림의 몸에 서리가 생기기 시작했다.

극저온의 온도가 그의 몸을 얼리고 있었다.

그때 진호림의 옆에서 목소리가 들려왔다.

"너희들은 이게 문제야. 준비 과정이 너무 길어."

"헉! 무, 무슨?"

퍼어억-! 쩌적-!

"크으윽! 비, 비겁한……!"

무광이 내공을 모으는 진호림에게 고속 이동한 후에 공격했다.

"비겁? 하하하. 미친놈."

실소하며 자신의 팔 전체에 강기를 두르고 다시 진호림에게 공기가 찢어지는 소리가 날 정도로 빠르게 접근하는 무광이었다.

파앙-!

진호림은 진탕하는 내공을 다스리며 재빨리 뒤로 물러섰다.

하지만 늦었다.

강기를 머금은 무광의 주먹이 진호림의 얼굴을 향해 날아왔다.

진호림은 고개를 꺾어 피한 후에 다시 거리를 벌리려 했다.

그러나 뒤이어 날아온 무광의 무릎은 피하지 못했다.

퍼억-!

"크헉!"

얼굴 전체가 크게 꺾이며 몸이 휘청하는 진호림.

그리고 이어지는 타격.

퍼퍼퍼퍽-!

무광이 만든 무극육연격(無極六連擊)이었다.

쿠당탕탕-!

진호림은 피를 뿌리며 날아갔다.

"쿨럭! 쿨럭! 카악, 퉤!"

피가래가 섞인 침을 뱉어 내고 무광을 노려보는 진호림이었다.

"정파의 수장이라는 분이 이리도 비겁하면 되겠습니까?"

엄청 억울한 표정으로 무광을 노려보고 있었다.

"하하, 아까도 말했지만, 너희들이 그런 말을 하면 안 되지. 나는 너희들과 싸울 때 정의, 정정당당 그런 걸 따지는 사람이 아니야. 나에 대해 귀에 딱지가 앉도록 들었다더니 제대로 안 들었구나."

무광의 말에 딱히 반박할 말이 떠오르지 않았는지 가만히 있는 진호림이었다.

"그리고 너희들 무공에 대한 단점을 알려 줬으니 고마워해야 하는 거 아니냐?"

"크크큭! 그건 확실히 고맙군요. 이런 크나큰 단점이 있을 줄은 몰랐습니다."

"인제 그만 끝내자."

"그럴 순 없죠! 저 역시 말씀드렸지 않습니까? 모든 것을 다 보여 준다고."

"하하, 뭐 준비하는 걸 기다려 달라는 소리냐?"

무광의 말에 진호림이 고개를 저었다.

"아니지요. 단점을 극복하겠다는 뜻이지요."

부아아아아ㅡ!

순식간에 내공을 극한까지 끌어 올리는 진호림이었다.

쩌저저저적ㅡ!

진호림의 눈은 새하얗게 변했고, 몸 주변으로 수천 개의 얼음 검들이 생성되었다.

그 얼음 하나하나에 엄청난 기운이 담겨 있었다.

"극빙천살강(極氷天殺罡)!"

수천 개가 넘는 얼음 검들이 무광을 향해 내리꽂히기 시작했다.

거대한 공 모양으로 무광을 향해 쏟아지는 얼음 검.

무광은 미소를 지으며 자신을 향해 날아오는 검들을 바라보았다.

그리고 중얼거렸다.

"무극무심권(無極無心拳)"

쩌저저저저저정-!

쩌저정-!

무광을 향해 날아오던 검들이 갑자기 산산이 조각나기 시작했다.

마치 보이지 않는 무언가가 그것들을 부수고 있는 것처럼 보였다.

"뭐, 뭐야! 뭐가 어찌 된 거지?"

그 모습에 놀란 진호림이 재빨리 그곳을 빠져나가려 했다.

그때!

퍼억-!

"커헉!"

눈에 보이지도 않는 무언가에 맞고 성벽 쪽으로 날아가는 진호림이었다.

슈우웅-!

콰콰쾅-!

너무도 강한 위력에 성벽을 뚫고 바깥으로 튕겨 나간 진호림이었다.

"우웨엑! 쿨럭!"

피를 한 웅큼 토해 낸 진호림이 고개를 흔들었다.

'크흑! 역시 무황인가? 들었던 것보다 더하군. 과연 교가 절대적으로 정한 이유가 있었군. 패천강기(覇天罡氣)에 모든 내공을 쏟아부어 보호했기에 망정이지……'

그러면서 부들거리는 손을 불끈 쥐고 일어서려 했다.

그런데 사방이 어두워지기 시작했다.

이게 무슨 일인가 싶어 주변을 두리번거리는데 하늘에 누군가가 떠 있었다.

그와 눈이 마주친 진호림.

오싹-!

온몸에 소름이 돋았다.

이건 자신이 지금까지 보았던 고수와는 차원이 달랐다.

그냥 종 자체가 다른 사람이었다.

진호림의 눈에 그가 말하는 입술 모양이 보였다.

"만뢰(萬雷)"

번쩍-!

쿠콰콰콰쾅-! 콰르르르릉-!

천벌이 존재한다면 이런 모습일까?

진호림의 눈에 보인 광경은 인간이 만들 수 있는 풍경이 아니었다.

자신들의 수하가 있는 곳에 끝도 없이 쏟아져 내리는 뇌전들을 보았다.

"끄아아아악!"

"끼에에엑!"

"아아아아악!"

그 어떤 고통에도 절대 소리를 내지 않는 자신의 수하들이 고통스럽게 울부짖고 있었다.

"이, 이게 무⋯⋯슨?"

믿을 수 없는 광경이었다.

지옥이 있다면 이런 모습일까?

혈천교가 원하는 세상이 이런 세상일까?

이런 괴물 같은 자가 있는 곳을 공격해서 지부로 만들라니.

"군사 이 미친 새끼가!"

군사가 제정신이 아닌가 보다.

아니, 다시 생각해 보니 이상했다.

"그런데⋯⋯ 왜 여기에 무황이 있는 거지?"

이해가 안 되었다.

중원에 있어야 할 무황이 여기에 있고 정보조차 없는 괴물이 깽판을 치고 있었다.

멍한 상태로 주저앉아 있는데 무광이 옆으로 와 말했다.

"대단하지? 너네들이 아무리 발버둥을 쳐도 안 되는 이유가 바로 저거다."

무광의 말에 하늘에 떠서 자연을 부리는 천룡을 같이 바라보는 진호림이었다.

"저분은…… 인간이십니까?"

"아마도?"

믿을 수가 없었다.

"이 이야기는 나중에 하기로 하고……. 일단 좀 자라."

퍽-!

그게 진호림이 기억하는 마지막이었다.

어두컴컴한 지하 깊숙한 동굴 속.

군사가 그곳에서 무언가를 하고 있었다.

"크크크크! 드디어! 드디어 모든 준비가 다 되었다!"

환희에 찬 얼굴로 방 안에 있는 것들을 바라보는 그.

"과거 배교의 흔적을 찾은 것이 이리 도움이 될 줄이야!"

그가 바라보는 곳에는 너무 오래되어 백골인지 아닌지 구

분조차 되지 않는 뼈 무더기와 낡은 검이 놓여 있었다.

"크크크크큭! 나도 이제 당당하게 나설 수 있는 것인가? 이 대법만 성공한다면 말이야."

군사의 손에는 낡은 책자가 들려 있었다.

-유마회혼대법(維摩回魂大法).

죽은 이의 혼백을 불러내어 자신의 몸속에 넣을 수 있는 대법이었다.

살아생전에 그가 가졌던 힘과 기억을 가져올 수 있었다.

다만 조건이 까다로웠는데, 부를 혼백의 주인이 사후 몇백 년이 지났어야 하고 그 사람의 유골이 있어야 하며, 그가 사용했던 무기나 장신구가 있어야 했다.

자신의 피를 천년독각사의 피로 적셔서 만든 부적에 묻혀서 태워야 했다.

그렇게 준비를 해도 실패할 확률이 구 할 이상이라 사장된 대법이었다.

성공을 한다 해도 그 혼백이 가졌던 기억 일부만 얻고 끝날 수도 있었다.

거기에 도형을 그릴 때 들어가는 재료 역시 상상을 초월할 정도로 비싼 재료들뿐이었다.

한마디로 돈은 무지하게 들어가는데 실속은 없는 그런 거였다.

하지만 군사는 성공을 자신했다.

"중원 역사상 가장 강했다는 천마대제(天魔大帝)의 유골도 구했고, 그가 사용하던 검도 얻었으니 모든 것이 준비되었다."

그러더니 거대한 도형이 그려져 있는 원 가운데로 걸어 들어가는 군사였다.

원 가운데 서서 칼로 자신의 팔뚝을 그어 피를 낸 뒤에 품속에 있던 부적에 묻혔다.

그리고 천마대제의 유골과 검에도 자신의 피를 뿌렸다.

"이로써 그동안 무공이 약해서 받았던 설움은 모두 사라진다!"

그리고 가부좌를 틀고 알 수 없는 말을 중얼거리기 시작했다.

"옴 파드마삼바바. 옴 라마타시디 크시나 포드아."

군사가 주문을 중얼거리기 시작하자, 도형 한쪽에서 빛이 새어 나오기 시작했다.

그 빛은 점차 강해지며 도형 전체에 퍼졌다.

눈이 부실 정도로 환해진 빛 가운데 붉은 구멍이 생성되었다.

그 구멍으로 유골과 검이 빨려 들어갔다.

빨려 들어가고 잠시간의 시간이 지난 뒤 검은 연기가 흘러나왔다.

천하무적
운가장

그 연기는 주문을 계속 중얼거리는 군사의 주변을 감싸더니 코 속으로 들어갔다.

"크윽!"

갑작스럽게 들어오는 연기에 인상을 찡그리는 군사였다.

그리고 엄청난 고통이 머리에 밀려오기 시작했다.

군사는 고통을 참으며 주문을 계속 중얼거렸다.

지금부터가 정말로 중요했다.

시간이 흐르자 과거 천마대제의 힘이 군사의 몸 안에 쌓이기 시작했다.

천마대제의 기억들이 머릿속으로 들어왔다.

그가 살아생전에 사용했던 강력한 무공들.

그리고 그가 살아생전에 가지고 있었던 강력한 기운들.

쩌저저저적-!

몸이 공중으로 떠오르면서 군사의 옷과 피부가 갈라지며 분해되기 시작했다.

그런 군사의 몸속으로, 끊임없이 붉은 구멍에서 나오는 검은 연기가 흡수되고 있었다.

피부가 다시 재생되고 온몸의 뼈들이 재구성되기 시작했다.

우두둑-! 우두두둑-!

그리고 대법이 끝났다.

군사는 한참이 지난 뒤에 눈을 떴다.

그리고 젊어진 자신의 손과 몸을 둘러보았다.

자신의 몸 안에 가득 차 있는 마기를 느꼈다.

"크하하하하! 서, 성공이다! 성공이야!"

어찌나 크게 웃었는지 동굴 내부가 진동하기 시작했다.

"아차차, 이곳이 무너지면 빠져나가는 데 골치가 아프겠군. 조심해야지. 강해지면 이런 기분이구나. 크크크."

환희에 찬 얼굴로 성공의 기쁨을 즐기는 군사였다.

"과연. 중원역사상 가장 강한 무인이 맞군. 이런 힘이라니."

드문드문 들어 있는 천마대제의 기억.

하지만 전부 쓸데없는 기억들이었다.

"무공에 관한 기억들과 힘을 무사히 얻어서 다행이군. 크크크. 쓸데없는 기억들은 필요 없지."

주변에 널브러진 천으로 몸을 대충 감싸고 지상으로 걸어 올라가는 군사였다.

"이제 내 세상이 온다. 하하하하하. 나를 무시하던 것들 모두 기다려라."

항상 강한 힘과 젊음을 갈구하던 군사의 염원이 풀리는 날이었다.

한바탕 폭풍이 휩쓸고 간 빙궁.

불행인지 다행인지 사상자는 많지 않았다.

죽이지 말고 살려 두라는 진호림의 명령 때문이었을까?

아니면 천룡의 활인기에 의한 치료 덕이었을까.

심각하게 부상을 입은 자들을 포함해서 모든 부상자들은 천룡에 의해 전부 치료가 되었다.

그 모습을 보고 궁주가 감격에 눈물을 흘리기까지 했다.

사돈이 아니었다면 신으로 모시겠다며 따라다녔을지도 모를 일이었다.

그 모든 사태의 원흉인 진호림은 내공을 금제 당한 채 지하 감옥에 갇혔다.

북해를 침공했던 그의 수하들 역시 금제를 당하고 감금이 되었다.

그런데 특이한 점이 있었다.

천룡이 뿌린 만뢰를 맞은 무인들이 제정신을 차린 것이다.

아무런 감정도 없던 그들이 만뢰에 정신을 차렸다?

그래서 아직도 감정이 없이 있는 자들과 정신을 차린 자들을 비교하던 찰나 무언가를 발견했다.

바로 고였다.

머릿속에 심어진 고는 사람의 이지를 상실하게 하고 명령에만 복종하게끔 조종을 하게 했다.

그런데 만뢰에 그 고들이 타 죽은 것이다.

정신을 차린 이들은 자신들이 왜 여기에 있는지 알지를 못

했다.

정신을 차리고 어리둥절해하는 그들.

알아보니 중원 곳곳에서 행방불명이 되었던 무인들이었다.

바로 이 문제를 의논하기 위해 다들 모여 있었다.

"그러니까 벌레를 이용해서 세뇌를 시킨 상태라 이거지?"

"네. 사부의 뇌전에 머릿속에 있던 벌레가 증발한 것 같아요."

"그럼…… 저들에게 죄가 있는 건가? 없는 건가?"

"기억을 못 하니…… 없다고 해야 하나요?"

말을 하다가 빙궁주를 바라보았다.

이 사건의 피해자니 그의 의견을 듣기 위함이었다.

궁주 역시 그 말을 듣고 엄청 놀랐다.

사람의 이지를 상실케 하고 기억조차 조종하는 벌레가 세상에 있다니.

하지만 눈앞에 그러한 일이 실제로 일어났으니 안 믿을 수도 없었다.

어쩐지 불물 안 가리고 덤비는 것이 이상하기는 했다.

"하아, 어렵군요. 범인은 있는데…… 범인이 아니라니……."

"이게 위험한 이유가 이 고를 이용하면 중원의 모든 무인들을 혈천교의 무인으로 바꿀 수 있다는 점입니다. 그걸 여태까지 모르고 있었으니……."

그 말을 하며 무광은 자신도 모르게 소름이 돋았다.

강한 이들을 최대한 많이 모아서 혈천교를 대비하면 된다고 생각했다.

하지만 그것은 자신의 큰 착각이었다.

오히려 강하게 키운 무인들이 자신들에게 비수가 되어 돌아올 판이었다.

다행히 이번 사건으로 인해 발견되었기에 망정이지 하마터면 죄 없는 이들을 배신자로 오인하여 전부 죽일 뻔했다.

이건 나중이 돼도 문제였다.

지금처럼 서로 간에 말이 나올 심산이 컸다.

죄가 있냐 없냐고 분란이 일어날 확률이 십 할이었다.

"혈천교 놈들이 이번엔 제대로 준비를 했군요. 강한 무인도 모자라서 중원 침공에 투입되는 무인들도 중원인들이라니."

"거기에 정신을 차린 사람들 말로는 자신들의 내공이 어마어마하게 늘어 있다더군요. 혈천교에서 엄청난 공을 들인 모양입니다."

"그러게. 무인들이 죽는다고 해도 혈천의 무인이 아니니 아쉬울 필요가 없고, 부족하다 싶으면 저 고를 이용해 다시 채우면 되니……. 진정한 무림 말살이 일어날 뻔했군."

다들 표정이 심각했다.

그러자 천룡이 말했다.

"그래도 원인과 해결책을 찾았으니 다행이다. 이 고를 연구해서 뇌기가 아닌 다른 것으로도 제거할 수 있는 방법을 찾아야지."

천룡의 말에 다들 고개를 끄덕였다.

"일단 그러기 전에 정보를 얻어야겠죠. 어찌할까요? 진호림이라는 놈이 정보를 말해 줄까요?"

"글쎄다…… 일단 만나야겠다. 사돈. 좀 데려와 주시겠습니까?"

"네. 알겠습니다."

그러자 무광이 일어나며 말했다.

"제가 직접 데려올게요."

천룡이 고개를 끄덕이는 것을 보고는 궁주를 따라 나갔다.

궁주를 따라 한참을 내려가니 빛 한 점 보이지 않는 어두운 얼음 동굴이 나왔다.

바로 이곳이 빙궁의 중죄인만 가둔다는 만빙옥이었다.

조금의 온기도 느껴지지 않는 차가운 감옥 끝에 진호림이 앉아 있었다.

진호림을 발견한 무광이 그를 향해 걸어갔다.

감옥에서 만난 진호림은 생각보다 표정이 좋아 보였다.

"감옥이 의외로 체질에 맞나 봐? 표정이 좋네?"

무광의 물음에 진호림이 웃으며 답했다.

"하하, 그러게 말입니다. 이상하게 마음이 편안하군요."

예상외의 답변이 들려왔다.

"일단 나가자. 너에게 듣고 싶은 말이 많다."

"후후후, 알겠습니다."

너무도 순순히 따라 나오는 진호림을 보며 궁주와 무광은
의심의 눈초리로 대하였다.

그래도 일단은 협조적이니 지켜보기로 한 둘이었다.

&

진호림을 탁자에 앉히고는 무광이 질문을 시작했다.

"혈천교 맞지?"

무광의 질문에 진호림이 순순히 고개를 끄덕였다.

"거기서 너의 직책은?"

"사대 호법."

"사대 호법? 네가? 그 전에 애들은?"

"그분들은 원로로 물러나셨습니다."

"그런가? 그렇군. 그럴 나이가 되었군."

어려진 후로 나이에 대한 감각이 사라진 무광이었다.

"널 보니 혈천교에서 얼마나 정성을 들였는지 알겠다."

"후후, 제가 사대 호법 중에서 가장 약합니다. 그러니 이곳
으로 보내졌겠지요……."

"그게 무슨 말이지?"

"아, 저도 들은 말인데 우리 교주께서 중원 침공을 당분간

보류하라 하셨다고 합니다. 그러니 일단 실전 연습 삼아 이쪽으로 보내신 것 같군요."

"살생을 자제한 이유는?"

"이곳을 지부로 만들라는 명령이 있었습니다. 사상자를 최대한 줄이라 하셨죠. 이유는 저도 잘 모르겠습니다만."

진호림의 말에 무광의 표정이 심각해졌다.

저들이 왜 사상자를 안 내고 이곳을 접수하려 한 것인지 알기 때문이다.

한 명이라도 더 고를 심어 세뇌를 시키려 한 것이다.

"사람들 머릿속에 있는 고의 정체는 무엇이냐?"

"……?"

그게 무슨 소리냐는 표정으로 무광을 바라보는 진호림이었다.

"사람들 머릿속에 있는 벌레 말이다."

"사람 머릿속에 어찌 벌레가 있단 말입니까?"

오히려 반문하는 진호림이었다.

"정말 몰랐단 말이냐?"

"그걸 어찌 압니까? 그런 말 같지도 않은 질문을 지금 대답하라고 하시는 이유가 뭡니까?"

정말로 모르겠다는 표정이었다.

이것을 믿어야 할지 말아야 할지 고민에 빠진 무광이었다.

심문을 받는 것치곤 너무도 태연하게 답을 하고 있었다.

그때 천룡이 말했다.

"사실이다. 진실을 얘기했어."

"네?"

"몸에서 나오는 기파가 안정되었어."

"그런 거로 알 수 있습니까?"

"대략은. 암튼 저자는 거짓을 하지 않았어."

다른 사람도 아니고 천룡이 하는 말이었다.

고개를 끄덕이고 다시 물었다.

"그럼 너희 본단은 어디야?"

"죄송합니다. 그것은 저도 잘 모릅니다."

"뭐? 아니, 니네 본단을 왜 몰라? 너 사대 호법이라며!"

"최대한 비밀을 유지해야 한다며 각 호법마다 분산시켜 훈련하였습니다. 두 번의 실수는 하지 않으시겠다면서요. 저는 북쪽에서 훈련했지요. 다른 호법들 역시 세외 어딘가에서 훈련 중일 겁니다."

"그럼 너희 교주는?"

"한 번도 못 뵈었습니다."

"아니, 아까 교주가 중원 무림 어쩌고 했다며!"

"이번에 명을 전하러 온 놈이 말해 준 겁니다."

다시 천룡을 보니 천룡이 고개를 끄덕였다.

"하아, 미치겠네."

"……."

애기를 들어 보니 정말로 철두철미했다.

조금의 빈틈도 용납하지 않을 것처럼 철저하게 방비를 해 놓은 것이다.

그 군사라는 자를 만나 보고 싶을 정도였다.

"그럼 네가 아는 정보는 뭐야?"

"음, 일단 대막 어딘가에 본단이 있다는 것?"

"야 이씨! 그건 나도 말하겠다!"

"그 본단이 수시로 이동을 한다는 것 정도입니다."

"뭐? 그럼 본단이 아니잖아!"

"그 부분은 저도 잘…… 명령을 전달하러 오는 자가 말하길 그렇게 말했습니다. 자기들도 시일을 잘 못 맞추면 본단을 못 찾는다고요."

"그런데 너 무슨 의도로 이렇게 술술 대답하냐?"

무광의 마지막 질문에 진호림이 천룡을 바라보았다.

그리고 고개를 숙이며 말했다.

"저분의 능력을 바로 눈앞에서 지켜보았습니다. 하하, 모든 게 허무해지더군요."

진호림의 말에 천룡을 제외한 사람들이 고개를 끄덕였다.

"아무리 발버둥 쳐 봐야 저분에게는 안 될 것 같고, 또 혈천교가 아무리 준비해 봐야 역시 저분에게 안 될 것 같으니……. 그냥 모든 것을 내려놓은 것으로 하죠."

그리고 입을 다물었다.

천하무적
윤가장

너무도 엄청난 광경을 목격한 뒤라 모든 것이 허무했다.

무엇을 위해 무공을 연마해야 하는지도 모르겠고, 혈천천 하는 물 건너간 거 같으니 남은 목표가 사라진 것이다.

"어찌할까요? 궁주님?"

일단은 빙궁주에게 의견을 묻는 무광이었다.

"일단은 이곳에 감금해 두겠습니다."

궁주의 말에 무광이 조심스럽게 말했다.

"저에게 양보해 주시지 않겠습니까?"

무광의 말에 궁주는 잠시 생각을 했다.

생각해 보니 자신보다 더 혈천교와 관련이 있는 자가 바로 무황이었다.

과거에 혈천교로부터 중원을 구한 영웅.

그에게 보내는 것이 오히려 도움이 될 것 같은 생각이 들었다.

궁주는 고개를 끄덕였다.

"감사합니다. 그나저나 이들의 소식이 끊긴 것을 알면 그들이 가만있지 않을 겁니다. 반드시 다시 쳐들어올 것이 뻔한데……."

"……그렇다고 이곳을 떠날 수는 없습니다. 이곳에 터전을 잡고 살아가는 수만의 백성들을 두고 어딜 갑니까?"

그게 문제였다.

천의문과는 차원이 다른 문제였다.

일단 인원수의 차이가 너무 컸다.

그래서 천의문처럼 운가장이 있는 곳으로 사람들을 이동시킬 수도 없었다.

그때 천룡이 무언가가 떠올랐는지 입을 열었다.

"혹시 그 혈천교의 본단, 진법을 설치한 것이 아닐까?"

"네?"

"내가 살던 곳도 천연진으로 인해 세상에 그 모습이 보이지 않는다. 혈천교라고 그런 진을 설치하지 말라는 법이 없지."

"진법이라…… 그럼 이곳에 진법을 설치하자는 말씀이신가요?"

"그래. 최소한 이들이 안전한 곳으로 대피할 시간을 벌 수 있는 정도는 돼야겠지."

천룡의 말에 빙궁주가 고개를 끄덕였다.

"사돈의 말이 맞습니다. 진법이라. 그거 좋은 생각입니다. 하지만 이 넓은 공간을 어찌 감당할지."

그 말에 천명이 슬그머니 나서서 말했다.

"이 정도 넓이에 진을 펼칠 수 있는 자가 있긴 하지요."

"정말이오? 그게 누구입니까?"

궁주가 눈빛을 빛내며 묻자 천명이 머리를 긁적이며 말했다.

"저도 말로만 들었습니다. 제갈가에 천재가 있다고. 그자는 진법에도 통달했다고 말입니다."

"뭐? 제갈? 야. 제갈세가는 무림맹이잖아. 거기서 잘도 북해빙궁을 도와주러 오겠다. 거기다가 우리와도 사이가 안 좋잖아!"

"그러니 제가 이러지요. 그 외에는 딱히 생각이 나지 않습니다."

무광과 천명의 말에 빙궁주가 물었다.

"저희야 세외라 경계를 한다지만 사돈 쪽은 왜?"

"아, 몇 번 안 좋게 부딪혔습니다."

"허허, 정말 대단한 집안이군요. 고금 무적인 사돈댁에게 덤볐다니."

빙궁주의 말에 무광이 짜증을 내며 말했다.

"모르니 그랬지요! 모르니까. 알면 그랬겠습니까? 자기네 집안이 순식간에 풍비박산이 날 텐데?"

"일단 당 가주를 부르자. 우리보다 아는 정보가 많은 것 아니야?"

"아, 그러네요? 일단은 무림맹 소속이니 뭔가 알겠네요."

그 말에 빙궁주가 화들짝 놀라고 말했다.

"네? 아니, 이곳에 당가의 가주가 있다고요?"

"아! 하하, 네……. 저희 일행 중에 붉은 옷을 입은……."

"헉! 그 사람이 당가의 가주였단 말입니까?"

"네."

"나는 사돈의 시종인 줄……."

그렇게 착각할 만했다.

천룡만 졸졸 따라다니며 천룡의 수발을 들었으니.

'사천당가라면 중원 무림에서 손에 꼽히는 가문 아닌가! 그런데 그런 집안의 가주를…….'

새삼 천룡이 대단하게 느껴지는 궁주였다.

그리고 이런 사람과 인연을 맺게 해 준 자신의 딸이 너무도 대견했다.

불려 온 당벽은 무언가를 골똘히 생각하더니 빙궁주에게 물었다.

"가만. 생각해 보니 제가 알기론 북해빙궁에 유명한 절진이 있는 것으로 아는데."

"저희에게요?"

"네! 있지 않습니까?"

"……생각해 보니 있군요. 한빙만천쇄진(寒氷萬天碎陣)"

"한빙만천쇄진?"

궁주의 입에서 나온 절진 이름에 다들 궁금증이 일었다.

"하아, 그렇군요. 당 가주님 덕에 잊고 있던 빙궁의 진법이 떠올랐습니다. 하지만 이 진은 저희가 어찌할 수 있는 진법이 아닙니다."

"그게 무슨 소리입니까? 빙궁이 자랑하는 절진이 있는데 사용을 할 수 없다니요?"

"이 절진을 가동하기 위해선 만년빙정 또는 그에 준하는 냉기를 가진 자가 필요……."

궁주는 말을 하다 말고 멈췄다.

그런 자가 있다.

얼마 전에 생겼다.

바로 자기 아들이자 소궁주.

전설의 오행체인 빙령지체(氷靈之體).

세상 모든 음한지기를 담을 수 있는 완성형 신체.

떨리는 동공으로 천룡을 바라보았다.

천룡은 궁주가 눈으로 무엇을 말하는지 다 안다는 듯 고개를 끄덕였다.

"있소. 그에 준하는 냉기를 가진 자가……."

"오오! 그럼 된 거 아닙니까?"

"고맙소! 정말 고맙소!"

궁주는 연신 고맙다며 고개를 숙였다.

"하하, 인사는 나중에 하시고 진이 발동하는 조건이 뭡니까?"

"일단 빙궁의 지하 깊숙한 곳에 수정구가 있소. 그곳에 소궁주가 빙한지기를 가득 채워 주면 되오. 원래 만년빙정을 그 안에 넣어야 하는데 소궁주가 그 일을 할 수 있으니 된 거요."

"진이 발동하면 어찌 됩니까?"

"그 진이 발동하면 우리가 진을 해체하기 전까지는 끊임없이 눈보라가 칠 것이오. 한 치 앞도 보이지 않는…… 그리고 성 주변으로 극한의 냉기가 끊임없이 맴돌아 접근하는 자는 순식간에 얼음으로 만들 것이오."

궁주는 잃어버린 절진과 자기 아들이 빙령지체라는 사실을 떠올리고는 기뻐했다.

그런 궁주 옆으로 와 함께 기뻐해 주는 천룡이었다.

궁주는 신이 나서 천룡에게 말했다.

"거기에 소궁주의 체질이라면 불가능이라 불리던 빙백신공을 극성까지 익힐 수 있소! 극성까지 익히기만 한다면 저들이 아무리 몰려와서 겁나지 않소이다!"

"그래도 항시 경계하셔야 합니다."

"알겠소. 고맙소이다, 사돈! 사돈이 아니었으면 이 빙궁이 어찌 되었을는지……."

그러면서 눈시울을 붉히는 궁주였다.

그런 궁주의 손을 꼭 잡으며 말하는 천룡이었다.

"하하, 우리는 가족 아닙니까? 앞으로도 빙궁에 어려움이 생기면 언제든지 연락하세요. 모든 것을 제쳐 두고 달려오겠습니다."

"정말 고맙습니다."

빙궁주와 천룡은 두 손을 꼭 마주 잡고 서로를 바라보며 환하게 웃었다.

꧁

호북성(湖北省) 무당산(武當山).

무당산에 자리하고 있는 무당파(武當派).

장문인이 있는 전각에서 시끄러운 소리가 들려왔다.

"장문인! 제 말을 믿어 주셔야 합니다!"

"도대체 왜 이러느냐! 연유나 좀 알려 주고 믿으라고 해야
할 것이 아니냐."

"지금까지 제가 한 말은 어디로 듣고 또 그 소리이십니까?"

"너의 그 허무맹랑한 이야기를 지금 나더러 믿으라는 것이
냐?"

이들은 무당의 장문인 현허진인(玄虛眞人)과 그의 사제인 무
당검수의 수장 현진이었다.

현진은 천룡과 헤어진 후에 서둘러 자신의 임무를 마치고
무당으로 복귀했다.

복귀하자마자 장문인이 기거하는 이곳으로 달려와 지금
이렇게 간청을 하고 있었다.

"허무맹랑하다니요! 저는 진실만을 말했습니다!"

"그러니까 네가 본 그곳에 삼황이 계시고, 칠왕십제 중에
세 명이 있고 그것도 모자라서 화룡지체가 있었다?"

"네!"

"거기다가 그 모든 사람이 쩔쩔매는 고수가 또 따로 있고?"

"그렇다니까요!"

"허허허."

빡―!

"컥!"

"이놈이! 하라는 임무는 하지 않고 농만 배워 왔느냐!"

"사형!"

"이놈이 그래도?"

다시 한번 손을 들어 때리려고 시늉하는 장문인이었다.

"아, 진짜 저 진지하다고요!"

"하아."

그런 현진을 보며 이마를 짚는 장문인이었다.

'재능으로 따지면 무당 역사에서도 손에 꼽을 놈이건만……. 아직 어려서 그런지 진지함이 없는 것이 큰 흠이야. 막내라 오냐오냐 했더니 이놈의 장난기를 어이할꼬. 원신천존이시여.'

"그래. 이 사형을 믿게 할 증거는? 있느냐?"

"네?"

"이놈아! 그런 허무맹랑한 이야기를 듣고 왔으면 그것을 믿게 할 증거가 있어야 할 게 아니더냐."

현진이야말로 답답했다.

증거를 어찌 가져온단 말인가?

맘 같아선 자신의 머릿속을 보여 주고 싶었다.

"우리 애들이 모두 경험했습니다!"

"그러니까 경험 말고 증거."

그놈의 증거.

미칠 노릇이었다.

답답한 가슴을 치고 있을 때 밖에서 누군가가 현진을 찾았다.

누군가가 자신을 찾아왔다는 소리에 현진이 문을 열고 나가 물었다.

"나를?"

"네! 현진 사숙께서 초대하셨다고."

"내가? 아니…… 나는 누구를 초대한 적이 없는데?"

그 말에 뒤에서 장문인이 버럭버럭했다.

"이놈이 이제 하다 하다 무당에, 친구까지 초대하였느냐? 여기가 네놈 친목 도모하는 곳이더냐?"

"아, 아닌데요. 저 정말로 누굴 초대한 적이 없…… ."

갑자기 말을 하다 말고 사색이 된 채 손으로 입을 가렸다.

"헉! 마, 맙소사!"

얼굴 전체에 식은땀이 순식간에 방울방울 맺히는 현진이었다.

그 모습이 심상치 않은 것처럼 보이자 장문인이 다급하게 뛰어와 상태를 살폈다.

"왜, 왜 그러는 것이냐? 어디 아픈 게냐? 어이쿠, 이 식은 땀 좀 봐."

그러면서 현진의 얼굴의 땀들을 자신의 소매로 닦아 주는 장문인이었다.

그러거나 말거나 현진은 바들바들 떨며 장문인에게 간신히 말했다.

"자, 장문인……."

"오냐. 왜 그러느냐? 이 사형이 너무 몰아붙여서 그러느냐?"

걱정 가득한 얼굴로 자신을 바라보는 장문인이었다.

"장문 사형…… 저, 저 어떡합니까? 크, 큰 사고를 친 것 같습니다……."

"뭐? 무슨 사고? 강호에서 사고를 쳤느냐?"

"네. 그, 그런 것 같습니다."

"무슨 사고? 큰 사고더냐? 그래서 저들이 널 찾아온 것이고?"

장문인의 말에 현진이 고개를 끄덕였다.

"이런. 일단 가 보자꾸나. 만나서 해결을 해야지."

"사, 사형. 아, 안 됩니다. 제, 제가 가겠습니다. 사형, 아니 장문인은 여기 계십시오."

그러더니 미친 듯이 뛰어가는 현진이었다.

"아니, 쟤가 오늘따라 왜 저러는 것이냐?"

혀를 차며 말을 전달하러 온 사질에게 물었다.

"저놈이 저리 놀랄 만한 인물이더냐?"

"아닙니다. 장문인. 이번 신룡지회를 참관하러 각 문파에서 오신 분들입니다. 현진 사숙께서 친히 초대하신 모양입니다."

"쯧쯧쯧. 그럼 그렇지. 저놈이 날 놀린 게로군. 저놈의 장난기는 언제쯤 고칠꼬……."

고개를 절레절레 흔들고는 다시 방으로 들어가는 장문인이었다.

한편 문 내에서는 절대 경공을 쓰면 안 된다는 규율까지 어겨 가며 다급하게 문 앞으로 달려온 현진이었다.

도착을 해 보니 자신의 지기들이었다.

숨까지 헐떡거리며 달려온 현진을 보며 친구들은 감동하고 있었다.

"하하하! 이보게, 현진! 우리가 그리도 반가운 것인가?"

"저 땀 좀 보게나. 이것 참! 하하하."

"이렇게 반겨 주니 멀리까지 온 보람이 있구먼그래. 하하하."

커다란 오해를 하고 있었지만, 딱히 정정해 줄 마음은 없었다.

'다, 다행이다. 정말로 친구들이었구나. 휴우.'

안도의 한숨을 내쉬며 친구들에게 환한 미소를 보이는 현진이었다.

"먼 길 오느라 수고했네. 이렇게 와 줘서 고맙네."

"하하하, 이 친구. 못 본 사이에 접대 실력이 늘었구먼그래? 하하하."

"그러게 말일세. 뭘 해도 절대 뛰지 않던 사람이 땀까지 흘리며 달려오고 말이야. 우리에게 감동을 주려 한 것이면 성공일세."

그러면서 현진의 등을 팡팡 두들기는 친구들이었다.

현진의 속마음도 모른 채 즐거워하는 그들이었다.

'그나저나 그분들을 깜박하고 있었구나. 정말로 찾아오시면 어쩌지? 내가 너무 생각 없이 일을 저질렀구나.'

웃는 겉과 다르게 속은 썩어들어 가는 현진이었다.

더 있다가 가라고 만류하는 빙궁주를 달래고 겨우겨우 집으로 돌아온 천룡 일행이었다.

그리고 운가장에 들어서서 또 한 명을 달래고 있었다.

"저, 정말 갑니까?"

"응. 이제 애들 데리고 집에 가."

"너무하십니다."

"어? 뭐, 뭐가?"

"절 그렇게 보내고 싶어 하실 줄은……."

울먹이는 당 가주였다.

"아니…… 그게 무슨 소리야?"

"지금 하시는 말씀이 그거 아닙니까? 빨리 가라고."

"아니……."

순간 할 말이 없어졌다.

"저는 그래도 장주님과 많이 가까워졌다고 생각했는데……."

'아, 얘는 또 왜 이래…….'

제자들에게 전음을 보냈다.

-그러게요. 왠지…… 조천생이 보이는 건 착각일까요?

무광의 말에 소름이 돋는 천룡이었다.

-아닐 거야. 일단 달래서 보내자.

"하하, 무슨 소리야. 우리 가까워진 거 맞지. 네가 반성도 잘했고, 또 날 잘 따라 줘서 고맙기도 하고 말이지. 언제든지 부담 없이 내 집이라 생각하고 놀러 와도 돼."

"저, 정말입니까?"

초롱초롱한 눈빛으로 천룡을 바라보는 당벽이었다.

"으, 응. 그, 그렇지."

"하하, 저만 그렇게 생각한 것이 아니었군요. 다시 한번 말씀드리지만, 저희 당가는 이제 운가장의 혈맹입니다. 운가장에 무슨 일이 생기거든 꼭 불러 주십시오. 만사를 제쳐 두고 달려오겠습니다!"

천룡의 말에 기분이 풀렸는지 웃으며 말하는 당벽이었다.

"자, 자. 이러다가 또 하루 지나겠다. 어서 가서 집안일도 보고 그래야지."

"알겠습니다. 장주님께서 그리하라 하시니 가겠습니다. 조만간에 다시 오겠습니다."

"응. 그래그래."

그런 당벽을 보며 당문의 무사들은 경악하고 있었다.

저들은 당벽이 북해를 다녀오는 내내 운가장에 머물러 있었다.

언젠가는 집에 갈 수 있다는 믿음으로 하루하루를 버텼다.

그 믿음은 배신을 하지 않았다.

천룡이 돌아오자마자 당가 사람들을 모두 모이게 한 후에 집에 가라고 한 것이다.

사람들은 환호했다.

그런데 정작 가문의 가주가 울먹이며 천룡에게 서운함을 드러내고 있었다.

바늘로 찔러도 피 한 방울 나지 않을 것 같은 인물.

정이라고는 눈곱만큼도 없는 인물.

가문을 위해서라면 직계가족도 버릴 수 있는 인물.

바로 그가 현 당 가주인 당벽이었다.

그런 당 가주가 천룡에게 저런 감정적인 반응을 보이니 당문의 사람들이 놀란 것이다.

특히나 천룡을 대하는 것이 주군이라고만 안 했지 거의 주종관계나 다름이 없었다.

'정말 우리 가주가 맞는가? 다른 사람 아냐?'

'뭐지? 저 풍부한 감정은? 가주가 저런 표정을 짓는다고?'

'북해에서 도대체 무슨 일이 있었던 거야?'

당벽도 나름대로 이유가 있었다.

일단 사막에서 자신을 보살펴 준 것과 적임에도 불구하고 영단을 먹인 것에 크게 감명을 받은 당벽이었다.

그리고 자신의 지난날을 되새겨 보며 얼마나 잘못된 삶을 살았는지 깨달았다.

그렇게 점차 성격이 변해 가고 있던 때에 천룡의 어마어마한 신위를 본 것이다.

당벽은 지금도 그때 그 장면을 생생하게 기억하고 있었다.

천룡이 하늘로 솟구쳐서 구름을 부르고 번개를 다스리는 모습을 보았을 때 당벽은 전율했다.

그리고 깨달았다.

아무리 발버둥 쳐 봐야 천룡에게는 의미가 없다는 것을.

무림맹이고 나발이고 천룡 앞에선 의미가 없다는 걸 깨닫고는 해탈한 것이다.

거기에 저런 엄청난 힘을 가지고도 겸손하고 세상에 자신을 드러내지 않았고, 무엇보다 천룡과 제자들, 그리고 수하들과 허물없이 지내는 모습에 감화되었다.

저런 절대자도 저리 지내는데 자신이 뭐라고 그동안 그토록 권위적으로 보냈는지 후회했다.

그리고 운가장으로 오는 동안에 열렬한 천룡의 추종자가 되었다.

당벽은 떠나는 와중에서 수십 번을 돌아보며 손을 흔들었다.

한참이 지난 후에 당벽이 사라지자 그제야 한숨을 쉬며 입을 여는 천룡이었다.

"하아, 힘들다. 힘들어. 다들 왜 저렇게 변하는 거지?"

제자들은 미소 지었다.

자신들은 모두 알고 있었다.

모든 사람을 감화시키고 끌어들이는 하늘이 내린 인덕을 말이다.

정작 본인만 모르고 있을 뿐.

그렇게 하루가 또 지나가고 있었다.

&

운가장 장주의 서재.

천하무적
운가장

천룡과 제자들이 제갈군을 만나고 있었다.

제갈군은 우선(羽扇)을 들고 있었다.

천룡이 물었다.

"그러니까 군사 면접을 보러 왔다?"

"그렇지요."

"그리고 너는 제갈세가에서 왔고?"

"머리하면 저희 가문 아닙니까? 그중에서 저는 최고 중에서 최고죠."

"……."

"무슨 문제라도?"

"너 무림맹에 있는 제갈현이 보내서 온 거 아냐?"

"맞습니다."

"우리 감시하라고?"

"뭐 겸사겸사?"

특이했다.

특이해도 너무 특이했다.

천재들은 사고방식이 다르다더니 그 말이 정말이었나 보다.

"그걸 그렇게 당당하게 말하는 이유가 뭐냐?"

"하하, 어차피 지내다 보면 알려질 거 미리 말해 주고 당당하게 군사로 들어가겠다는 거죠. 서로 상부상조하자는 뜻입니다."

"상부상조?"

"네. 저는 숙부님의 부탁을 들어줘서 좋고, 운가장은 머리 쓰는 사람을 얻으니 좋고. 서로서로 좋은 게 좋은 거 아니겠습니까?"

머리가 아파져 왔다.

어째 주변에 멀쩡한 놈이 없었다.

이쯤 되면 자신에게 무언가가 있는 게 분명했다.

그러지 않고서야 이런 애들만 꼬일 리가 없었다.

머리를 짚고 있는 천룡을 대신해서 무광이 물었다.

"네 주특기는 뭔데?"

"하하, 이거 제 입으로 말하기 좀 그렇지만……. 모든 것을 다 알고 있다고 해도 됩니다. 진법이면 진법, 상식이면 상식. 한 번 본 것은 잊지 않습니다. 제갈세가에서 나온 천재 중의 천재거든요. 공명 선조님의 환생이라고들 하더군요. 하하하. 그리고 저는 무공도 강합니다."

자화자찬도 심하다.

아무래도 제갈세가에서 작정을 하고 폭탄을 던진 것 같았다.

─이거 이쯤 되면 제갈세가에서 선전포고 한 거 아닙니까? 어디서 저런 생 미친놈을…….

무광의 전음에 천룡의 인상이 더 구겨졌다.

신선한 공격이었다.

-그게 아니라 지들 감당 안 되는 미친놈을 우리 쪽에 넘긴 것 같은데요?

-저거 어쩌죠?

천룡은 일단 시험이라도 보자고 했다.

그 말에 무광이 사악한 웃음을 보이며 말했다.

-크크크. 저에게 좋은 생각이 떠올랐습니다.

-응? 무슨 생각?

-일단 저놈의 높은 콧대를 먼저 꺾어 놓아야 대화가 편하겠죠?

-그렇지…….

-저에게 맡겨 주십시오.

왠지 불안했지만 일단 맡겨 보는 천룡이었다.

"너 정말 뭐든지 다 알아?"

"그럼요!"

"그럼, 사람 체질도 맞출 수 있어?"

"하하, 전문입니다!"

"좋아. 조방 들어와!"

무광의 말에 조방이 들어왔다.

그런 조방을 가리키며 물었다.

"얘 신체가 뭐야?"

무광의 말에 제갈군은 조방에게 다가가 유심히 살폈다.

제갈군의 머릿속에서 저장된 모든 신체와 체질의 특성이

검색되고 있었다.

'흐음, 딱히 특별한 것은 없는데?'

조방은 천룡이 강제로 개조를 했기에 화룡지체 특유의 특성이 나타나지 않았다.

'이자들이 나를 시험하기 위해 평범한 자를 내세운 건가?'

내공도 그다지 강한 것 같지 않고, 아무리 봐도 별 특이점을 찾지 못했다.

"평범한 사람입니다."

"진짜? 확실해? 장담할 수 있어?"

"네! 제가 알고 있는 그 어떤 특성도 나타나 있지 않습니다."

"땡! 뭐 알기는 개뿔이 알아! 맞히지도 못 하는구먼."

"그게 무슨 말씀입니까? 이게 무슨 체질인데요?"

"그건 네가 이제부터 알아내야지."

"거 보십시오! 평범한 사람이 맞으니 우기시는 것 아닙니까!"

"아닌데?"

"맞습니다!"

"이게 그냥!"

무광이 주먹을 쥐자 제갈군이 웃으며 말했다.

"하하, 지금 주먹 쥐셨습니까? 제가 아까 말씀드렸을 텐데요? 저 무공도 강하다고."

그 말에 무광은 순간 어이가 없었다.

지금 자신의 앞에서 무공 이야기를 한 것인가?

"너 지금 내 앞에서 무공 이야기를 한 거야?"

제갈군은 무광이 왜 이러는지 당연히 이해를 못 했다.

무황인지 모르니까.

그저 허세가 좀 많은 사람으로 인식했다.

그래서 저리 발끈하는 거로 생각했다.

"하하, 죄송합니다. 제가 워낙 잘나다 보니 예의가 조금 없었군요. 저 때문에 자존심이 상하셨다면 사과드립니다."

"그게…… 사과냐?"

얼굴이 붉어진 무광을 제쳐 두고 천명이 물었다.

"그래. 자네가 공명 선생의 현신이라고?"

"그렇습니다. 물론 이 얘기는 제가 하는 말이 아니고 주변에서 그렇다고 합니다. 주변에서. 하하하."

그 주변 놈들 주둥아리를 모두 꿰매 버리고 싶은 충동이 들었다.

말 한마디 한마디가 얄미웠다.

"그럼 공명 선생처럼 날씨도 바꿀 수 있겠네?"

천명의 말에 처음으로 제갈군이 표정을 굳히며 반발했다.

"그거는 잘못 전해진 내용입니다! 저희 선조님께서는 날씨를 부리신 게 아니라 천문을 보시고 미리 예견하신 것뿐입니다. 그것을 세상 사람들이 동남풍을 불게 했느니 마느니 하는데 그것은 사실이 아닙니다!"

보는 사람마다 날씨 좀 바꿔 보라 했나 보다.

열변을 토하는 것 보니.

천명이 씩 웃으며 말했다.

"여기 우리 장주님은 바꾸실 수 있는데?"

그 말에 천룡이 화들짝 놀라며 천명을 쳐다봤다.

─에이. 사부님 살짝 보여 주시지요. 저놈 기죽이는 게 먼저 아닙니까?

천명의 말에 한숨을 쉬며 고개를 절레절레 흔드는 천룡이었다.

그런 천룡의 모습을 제갈군은 다르게 인식했다.

"저 보십시오. 장주님도 화들짝 놀라며 안 된다고 고개를 저으시지 않습니까! 이제 적당히 하시지요?"

천룡은 자리에서 일어나 밖으로 나갔다.

"야! 따라와. 이제 엄청난 것을 보여 줄 테니."

제갈군은 설마 하며 따라나섰다.

운가장 뒤편에 있는 연무장에 도착한 그들.

제갈군은 연무장을 유심히 살폈다.

'무슨 장치를 해 놓은 건 아니겠지? 진법이라든가?'

유심히 살펴보는 그를 보며 천명이 말했다.

"진법이나 그런 거 없으니까 안 봐도 돼."

"하하, 습관입니다. 주변을 항상 관찰하는."

말은 청산유수다.

"거기 말고 하늘을 봐야지."

천룡의 말에 고개를 들어 하늘을 보는 제갈군이었다.

"뭡니까? 구름 한 점 없이 푸르기만 하군요."

말이 끝나기가 무섭게 어디선가 수증기들이 몰려오더니 순식간에 먹구름이 생겼다.

"헉!"

그러더니 천둥이 치는 소리와 함께 비가 내리기 시작했다.

우르르릉-!

쏴아아아아-!

입속으로 빗물이 왕창 들어가고 있었지만, 눈치를 채지 못했는지 벌린 채로 멍하니 하늘을 바라보고 있는 제갈군이었다.

그러다가 입안에 물이 꽉 차며 숨이 막혔는지 기침을 하며 정신을 차렸다.

"커컥! 쿨럭! 쿨럭! 이, 이게 무슨?"

있을 수 없는 일이었다.

사람이 날씨를 다룬다니?

이게 가능하단 말인가?

자신이 아는 상식선에서는 절대 불가능했다.

천룡이 웃으며 손을 내리니 먹구름이 순식간에 사라지며 다시 화창한 날씨로 변했다.

잘하면 눈이 빠질 것 같은 모습으로 천룡을 쳐다보는 제갈군이었다.

"봐! 가능하지? 뭐야, 넌 할 줄 아는 게 뭐냐? 신체도 못 맞춰. 날씨도 못 바꿔. 순 맹물이네."

그 말에 제정신을 차리고 발끈하는 제갈군이었다.

방금 엄청난 광경을 보고도 자신을 무시하는 발언에 정신을 차리는 것을 보니 이놈도 만만치 않은 놈이었다.

제갈군은 심기일전하고 말했다.

"좋습니다. 지금까지는 제가 졌습니다. 하지만 진법에서 제가 최고 맞습니다."

"진법?"

"네! 제가 만든 진법에선 그 누구도 탈출하지 못합니다."

"정말?"

"네! 만약 탈출에 성공하신다면 제가 이 집 하인이 되겠습니다!"

"진짜? 너 그거 후회할 말이다. 지금이라도 늦지 않았어. 취소해라."

"하하, 이제 겁이 나시는 겁니까?"

제갈군은 고개를 한껏 치켜들며 우쭐해했다.

조금 전까지 천룡이 한 신기에 놀란 것은 전부 잊은 듯했다.

"좋아. 만약 우리가 못 빠져나와서 너에게 도움을 요청한다면 네가 하라는 대로 다 하지."

"오! 약속하신 겁니다? 하하하."

제갈군은 팔을 걷어붙이더니 연무장 끝에 있는 화살들을 빼 왔다.

그러더니 연무장 이곳저곳에 박기 시작했다.

한참 동안 이리저리 다니면서 화살을 바닥에 꽂고 일어서며 말했다.

"지금이라도 늦지 않았습니다. 이 화살을 꽂으면 진이 발동됩니다."

"응. 꽂아."

"살려 달라고 울고불고하시면 안 됩니다."

"응. 그래."

시큰둥한 반응에 제갈군은 발끈하며 그래 한번 당해 보라는 표정으로 마지막 화살을 바닥에 꽂았다.

마지막 화살이 꽂히자 신기하게도 풍경이 변했다.

"오오! 세상에……."

"우와! 정말이네? 신기하다."

"세상이 바뀌었어."

다들 신기해하며 여기저기 둘러보고 있었다.

"만상역변진(萬狀逆變陣). 세상에 존재하는 모든 함정이 그 안에서 펼쳐질 것입니다. 하하, 얼마나 버티는지 한번 보지요."

제갈군의 말처럼 진 안에서는 수많은 함정이 발동해서 천룡과 제자들을 공격하고 있었다.

그런데 이들은 그런 건 신경도 안 쓰고 오로지 사방을 두리번거리기만 하고 있었다.

'뭐지? 왜 가만히 서 있지? 진이 발동이 안 되었나?'

그런데 여기저기 둘러보는 것이 발동은 되었다.

'그럼 내가 뭘 잘못했나?'

다시 한번 진을 살펴보는 제갈군이었다.

이상이 없었다.

제갈군은 고개를 갸웃거리며 저들을 바라봤다.

그러다가 깜짝 놀랐다.

엄청난 두께의 강기로 연무장 전체를 덮고 있었다.

저 호신강기를 믿고 전혀 겁을 내지 않고 있는 것이다.

진이란 그 사람 마음속에 있는 두려움을 환상으로 나타내어 공격하는 수법이다.

하지만 저들에게 두려움은 조금도 보이지 않았다.

'대단……'

순간 자신도 모르게 감탄만 하고 있는 제갈군이었다.

지금까지 자기 잘난 맛에 살아왔지만, 이들을 보니 다른 분야에서 자기와 같은 천재들이 있다는 사실을 깨달았다.

그래도 저 진을 빠져나오진 못하리라 생각을 하며, 언제 열어 달라고 할까 기다리고 있었다.

그런데 예상외로 무덤덤했다.

안에서 천룡이 말했다.

"이제 재미없다. 나가자."

"네!"

천룡은 가볍게 진각을 밟았다.

쾅—!

사방이 흔들렸다.

쩡—!

무언가가 깨지는 소리가 들렸다.

퍼석—!

바닥에 꽂아 둔 화살들이 전부 가루가 되어 공중으로 흩날렸다.

제갈군의 정신도 가루가 되어 날아가고 있었다.

"마, 말도 안 돼! 이렇게 간단히 깼다고? 내 진법을?"

경악하는 제갈군과 다르게 천룡은 시큰둥한 표정으로 말했다.

"별거 없네. 진법도."

쩌적—!

제갈군의 자존심이 갈라지는 소리가 들리는 듯했다.

"이제 우리 집 하인이네?"

무광의 말에 제갈군이 정신을 차리고 항변했다.

"무, 무효입니다!"

"뭐래는 거야?"

"문서로 작성하지도 않았고 수결도 하지 않았으니 무효!"

"……."

얼굴까지 빨개져서 항변하는 제갈군이었다.

그 모습에 다들 어처구니가 없는 표정으로 말했다.

"야, 너 그냥 가라. 군사고 나발이고 필요 없으니까 그냥 가."

"그래. 머리 쓰는 게 골치 아파서 군사를 뽑는 건데, 널 군사로 뽑으면 더 골치 아플 거 같다."

다들 가라고 하자 제갈군이 더욱 발끈하며 말했다.

"이대로는 못 갑니다!"

"아, 쫌! 그냥 가라고! 우리가 고용 안 할 거라고!"

"아직 저의 진면목을 못 보여 드렸습니다!"

"아냐. 충분히 본 거 같아. 가서 제갈현한테 안부 잘 전해 주고."

"저에게 마지막 기회를 주십시오!"

"기회?"

"네! 삼세 번은 주셔야 하지 않습니까?"

"기억이 안 나니? 너 천재라며. 삼세 번 기회 줬어."

"처음 것은 인정 못 합니다!"

처음 조방의 체질을 맞히라는 것은 절대 인정을 못 하겠다고 버티는 제갈군이었다.

"하아, 그래? 정말로 쟤가 평범해 보여?"

"그렇습니다. 제가 지금까지 중원에 출현한 모든 신체를 연구한 사람입니다. 그런데 저자는 그 어떤 것에도 부합되지 않습니다."

"그럼 붙어 봐. 어떤지."

"네?"

"붙어 보라고. 너 무공도 강하다며."

"하하하, 이거 제가 두 번이나 미끄러졌다고 절 너무 무시하시는데…… 저 무공 진짜로 강합니다!"

"알았다고! 그냥 좀 주둥이 닥치고 붙어 봐!"

"그냥요? 에이. 제가 이기면 처음부터 다시 시작하는 거로 하시죠?"

"허허허허, 뭐 이런……."

이제 화낼 기운도 나지 않았다.

천룡이 조용히 서류를 들이밀며 말해다.

"수결해."

이게 뭔가 싶어 봤더니 조방에게 지면 운가장에서 평생을 하인으로 살겠다는 계약서였다.

"수결 안 할 거면 저기 문으로 나가면 되고."

말이 끝나기가 무섭게 자신의 손바닥에 먹을 묻히고 종이에 찍었다.

그리고 그 옆에 수려한 필체로 자신의 이름 석 자를 적었다.

"자! 이제 됐지요? 저도 하나 적어 주셔야죠."

"응. 자, 여기."

미리 준비해 놨다.

아까 제자들이 제갈군과 말다툼하고 있을 때 뒤에서 적어 뒀다.

"자, 그럼 이제 불만 없지?"

"네! 하하하. 좀 심하게 하면 어찌 됩니까? 저에게 불이익 그런 거 없겠죠?"

"응! 없어. 저놈이 사경을 헤매도 너에게 조금의 책임도 없으니 전력을 다해."

"네? 하하, 전력이라니요. 이거 아직 저의 경지를 잘 모르셔서 그러는 겁니다. 전력 다하면 저 사람 큰일 나요."

"닥치고…… 이제 좀 하면 안 되니?"

그러다가 무언가 찝찝한 기분이 들었다.

"아, 맞다! 아버지! 계약서 내용을 저걸로 하시면 어찌합니까!"

무광이 무언가 번뜩 떠올랐는지 천룡에게 다급하게 말했다.

"응? 왜?"

"하인이 아니라 다신 이 근처에는 얼씬도 하지 말라고 적으셨어야죠!"

"아……."

아차 싶은 천룡이었다.

아까 하인이 되겠다고 우긴 것만 생각이 나 고대로 적은 것이다.

머리를 감싸고 후회하는 천룡이었다.

이겨도 골치 아프게 생긴 것이다.

져도 문제고 이겨도 문제다.

이런 걸 진퇴양난이라고 하나?

천룡은 유가연의 생각이 너무도 간절하게 났다.

"하하하, 절 이리도 원하시니 제가 한번 살살 해 보겠습니다. 하하하."

저 주둥아리를 꿰맸으면 바람이 없겠다고 생각하는 운가장 사람들이다.

한편 옆에서 이 모든 것을 지켜보았던 조방은 분노가 온몸을 지배하고 있었다.

'감히 주군께 심려를 안기다니…….'

제갈군으로 인해 천룡의 표정이 급격히 안 좋아지자 분노가 일어난 것이다.

"주군, 제 힘을 맘껏 사용해도 되겠습니까?"

조방의 말에 천룡이 고개를 끄덕였다.

"그래라. 죽이진 말고."

"충!"

둘의 대화에 다시 제갈군이 웃으며 말했다.

"하하, 절 너무 경계하시는 거 아닙니까? 살살 한다니까
요."

"죽을 만큼…… 밟아."

"흥!"

조방은 연무장 가운데로 가서 창을 겨누며 말했다.

"나의 주 무기는 창이오. 괜찮소?"

"하하하, 나는 이것이면 되오."

그러면서 자신의 우선을 들어 보였다.

"지금이라도 자신이 있는 무기를 드시오. 자만은 독이오."

이왕 대련할 거면 정정당당하게 하려고 제갈군에게 조언
을 했다.

"걱정하지 마시오. 나는 한 번도 자만하지 않았소."

조방은 한숨을 쉬며 말했다.

"그럼 가겠소."

"오시오."

파앙-!

순식간에 제갈군의 눈앞으로 창날이 들어왔다.

"허억!"

깜짝 놀라며 재빨리 고개를 돌려 피하는 제갈군이었다.

그리고 자신의 우선으로 조방의 몸을 공격했다.

하지만 제갈군이 공격한 것은 몸이 아니라 조방의 잔상이
었다.

"느리군."

뒤에서 들려오는 조방의 목소리.

제갈군의 표정이 진지해졌다.

그리고 포권을 하더니 말했다.

"사과하오. 내가 자만했었소. 사죄의 뜻으로 이제 전력으로 가겠소."

"훗, 바라던 바요. 오시오."

"하앗!"

콰콰쾅-!

퍼펑-!

둘이 격렬하게 격돌하기 시작했다.

그 모습을 보던 네 사람은 의외로 놀랐다.

"어라? 예상외로 잘하네?"

"그러게요? 영약만 죽어라 부어 만든 내공인 줄 알았더니. 진짜배기였네요?"

"천재는 천재 맞네."

쿠쿠쿵-!

쩌정-!

제갈군의 무공은 정말로 강했다.

"저 정도면 칠왕십제급에 조금 못 미치겠는데?"

"그래도 아직 어리고 똑똑하니 더 강해지겠죠."

"제갈에서 저런 무인이 나올 줄이야."

다들 감탄하고 있었다.

거기다가 무공도 깔끔했다.

군더더기가 없었다.

"제갈가의 무공을 자신의 몸에 맞게 변형했어. 훌륭하다."

"약점으로 보이는 부분도 상당히 보완한 것 같네요."

"근거 없는 자신감이 아니었네요."

퍼억-!

그러나 최근에 급격하게 강해진 조방을 이길 수는 없었다.

"크흑!"

바닥에 무릎을 꿇고 겨우 버티고 있는 제갈군이었다.

"마, 말도 안 돼…… 이렇게 가, 강하다니……."

"그대 역시 강하오."

"하하하, 내가 우물 안의 개구리였구나……."

제갈군은 처음으로 좌절을 맛보았다.

자신 또래의 남성에게 처음으로 진 것이다.

그것도 일방적으로 졌다.

"내가 졌소."

의외로 패배 시인은 깔끔하게 하는 제갈군이었다.

"어라? 이번은 안 우기네?"

그 말에 제갈군이 말했다.

"무공에서는 누구보다 진지합니다."

"반대……여야 하는 거 아니냐?"

"제갈가라서 그렇니까? 아니요. 이제 제갈가도 변해야지요."

"그렇군."

어찌 보면 대견했다.

"승부는 승부. 제가 졌으니 오늘부터 이 집의 하인입니다."

너무도 깔끔하게 인정하는 제갈군이었다.

지금까지 봐 왔던 모습이 아니었다.

그래도 안쓰러웠던지 천룡이 말했다.

"너는 재능에 진 거니 너무 크게 상심하지 마라. 조방의 재능에 그 정도로 싸웠으면 대단한 거다."

오히려 그 말이 더욱 자조감이 들게 했다.

저들이 자신을 위로한다고 생각했다.

"안 믿는군. 조방, 보여 줘라."

"충!"

무엇을 보여 준단 말인가?

고개를 들어 조방을 바라보았다.

조방이 제갈군에게 말했다.

"나는 화룡지체요."

"……?"

"이제 보여 주겠소."

"뭐, 뭘?"

"화룡현신!"

화르르르륵—!

순식간에 조방의 몸 안에서 거대한 화룡이 모습을 드러냈다.

최근에 많은 부분을 흡수한 터라 이제 고분고분하게 조방의 말을 듣는 화룡이었다.

그 덕에 위력이 더욱더 강해진 화룡현신이었다.

온 세상을 녹일 듯한 열기가 제갈군의 피부로 느껴졌다.

"마, 맙……소사……."

충격. 경악. 허탈.

이 모든 감정이 제갈군을 덮쳤다.

"화, 화룡지체라니? 그, 그럴 리가. 내가 아는 화룡지체는…… 이러지 않는데?"

분명 화룡지체에 대해서도 연구했다.

하지만 조방의 몸에서는 전혀 그런 기미가 보이지 않았다.

"이제 알겠지? 왜 재능에 졌다고 하는 것인지."

천룡의 말에 고개를 끄덕였다.

자신의 능력으로 화룡지체를 이긴다는 것은 어불성설이었다.

이건 노력한다고 되는 문제가 아니었다.

"이제 그만."

천룡의 말에 순식간에 사라지는 화룡이었다.

열기만이 방금 이곳에 화룡이 현신했었다는 것을 알게 해 주었다.

명하니 앉아 있는 제갈군에게 천룡이 웃으며 말했다.

"이제 뭘 해야 하는지 알겠지? 잘 지내보자. 우리 하인."

천룡의 말에 정신이 번쩍 든 제갈군이었다.

"헉! 저 그, 그게!"

"하인 주제에 말이 많네?"

"하, 하인은 좀 그렇고 집사나 총관 정도로 해 주시면 안 될까요? 그래도 명색이 제갈세가의 미래라고 불리던 몸인데……."

"응, 안 돼. 넌 이제 하인이야."

그러면서 수결한 종이를 눈앞에서 흔드는 천룡이었다.

"안 돼! 내가 하인이라니! 내가 하인이라니!"

머리를 쥐어뜯으며 좌절하는 제갈군이었다.

제갈군이 운가장에 온 지도 한 달이 지났다.

그동안 운가장에 완벽 적응을 한 그였다.

비록 하인이지만 천룡과 제자들, 그리고 이곳 사람들은 그를 하인 취급은 하지 않았다.

처음에는 하인이라고 부르지 말라며 반항도 하고 그랬다.

그러던 어느 날 자신들의 정체를 알려 주겠다며 인적 없는 깊은 산으로 데려갔다.

그리고 그날 그들의 정체를 듣고 제갈군은 태어난 이래 가장 크게 놀랐다.

너무 놀라서 정신을 못 차리고 있는데 무황이 자신에게 말했다.

"우리 정체가 무림맹이나, 너네 세가에 알려지면 그땐 어찌 되는지 알아?"

당연히 알 리가 없었다.

고개를 좌우로 저으니 천룡이 갑자기 한 곳을 가리키며 말했다.

"어? 저기 제갈세가다."

말도 안 되는 소리지만 이들이라면 혹시? 하는 생각에 고개를 돌렸다.

역시나 아무것도 없었다.

작은 둔덕이 보였다.

신기하게도 크기가 제갈세가 저택의 넓이와 비슷해 보였다.

그래서 피식거리며 천룡을 쳐다보며 말했다.

"뭡니까? 아무것도 없……."

고오오오-!

빠지지직-!

천룡의 손에 뇌전을 품은 거대한 구체가 형성되어 있었다.

그리고 제갈세가라고 말한 둔덕을 향해 던졌다.

쿠콰콰콰콰쾅-!

콰르르르르르-!

퍼퍼퍼펑-!

인간이 낼 수 있는 파괴력이 아니었다.

엄청난 후폭풍이 제갈군을 덮쳤다.

한참이 지난 후 그곳을 다시 바라보니 제갈세가만 한 둔덕은 사라지고 거대한 구덩이가 파여 있었다.

구덩이에서는 불이 활활 타오르고 있었다.

천룡이 웃으면서 말했다.

"제갈세가가 있었는데, 없어졌네?"

온몸에 소름이 돋았다.

"알겠지? 무슨 소린지?"

제갈군은 정신없이 고개를 끄덕였다.

머리가 좋으면 뭐 하는가? 천재면 뭘 하는가?

압도적인 힘 앞에서는 다 부질없는 것이다.

그것을 절실하게 깨달은 제갈군이었다.

그리고 자신을 다시 되돌아봤다.

얼마나 자만심에 빠져 살아온 삶이던가.

그리고 지켜야 했다.

어찌 됐든 제갈세가는 자신의 가문이었고, 미래에 자신이 크게 키워야 할 가문이기도 했다.

그런 가문이 이 괴물들이랑 지금 척을 지려 하고 있다.

'내가 한 몸 바친다, 진짜……. 하아, 가문은 알까? 이런 나의 희생을?'

다시 생각하니 우울해졌다.

그렇게 과거 생각을 하고 있는데 하인이 세가에서 서찰이 왔다며 주고 갔다.

"무슨 서찰이지? 설마…… 중간보고하라는 건 아니겠지?"

꿀꺽!

'만약 보고하라는 것이면 어쩌지?'

다행히 보고하라는 서찰은 아니었다.

"신룡지회? 아…… 벌써 그렇게 되었구나."

무당에서 열리는 이번 신룡지회에 참석하라는 가문의 서찰이었다.

"무당이라…… 아 씨, 보내 주려나? 미치겠네……. 하인 됐다고 말할 수도 없고……."

그래도 일단 물어보러 천룡이 있는 처소로 가는 제갈군이었다.

제갈군은 조심스럽게 천룡각 앞에서 천룡을 불렀다.

"자, 장주님. 저 제갈군인데요."

"들어와."

"감사합니다."

천룡의 신위를 본 후로 이렇게 항상 조심스럽게 행동하는 제갈군이었다.

지금 이 모습을 제갈세가 사람들이 본다면 다른 사람 아니냐며 믿지 않을 것이다.

조심스럽게 문을 열고 들어가 천룡에게 넌지시 물어보는 제갈군이었다.

"저, 저기 제가 이번에 가문의 일로 어디를 좀 다녀와야 하는데요."

"가문의 일? 무슨 일인데?"

"아, 신룡지회라고 후기지수들 모임이 있습니다. 이번에 무당에서 개최한다는데 거기에 참석하라고 하시네요."

"신룡지회? 그건 뭐 하는 거냐?"

"아, 친목 도모를 하는 자린데요. 말이 친목 도모지 각 문파의 후기지수들 자랑하는 자리예요. 우리 문파의 후기지수가 이렇게 잘났다 하고 자랑하는 뭐 그런 자리죠."

"아항, 가만⋯⋯. 어디서 한다고?"

"네? 무당요?"

"오, 무당. 거기 한번 가 보고 싶었는데. 잘됐네. 같이 가자."

"네?"

"뭘 그렇게 놀라. 싫어?"

천룡은 그냥 물은 것인데 제갈군은 화들짝 놀라고 말했다.

"아, 아니요! 싫긴요!"

"뭘 그렇게 놀라. 아직도 그때 충격에서 못 벗어났어?"

천룡의 말에 제갈군이 고개를 숙이며 말했다.

"그걸 어찌 벗어납니까? 웬만해야 잊죠……."

"내가 너무 심했구나. 미안."

"아닙니다. 덕분에 우물 안 개구리인 거 알았으니 오히려 저한테 더 잘된 거죠."

"하하, 정신적으로도 많이 성장한 것 같네. 좋아. 그렇게만 해. 머지않아 하인에서 해방시켜 줄 테니."

"저, 정말입니까? 평생 가는 거 아니었습니까?"

천룡의 말에 언제 시무룩했냐는 듯 환하게 웃는 제갈군이었다.

"그래도 명색이 우리 식구가 됐는데 어찌 하인으로 계속 부르냐? 적당할 때에 승격시켜 줄 테니 지금처럼만 해라."

"감사합니다! 하하."

"가서 신룡지회 갈 준비하고, 나가면서 우리 애들 좀 오라고 해."

"네! 알겠습니다."

그리고 신이 나서 밖으로 나가는 제갈군이었다.

며칠이 지나고 천룡은 제자들과 제갈군, 조방만을 데리고 무당산으로 떠났다.

여월과 장천은 최근에 새로운 심득을 얻어 폐관에 들어갔기에 데려갈 수 없었다.

가는 길에 천룡은 궁금한 점을 제갈군에게 물었다.

"신룡지회는 정파만 모이는 건가?"

천룡의 물음에 제갈군이 말했다.

"아니요. 명목상 친목을 도모하는 거라 정사 관계없이 모두 모이는 것이 신룡지회의 개최 목적이죠."

"정사 모두?"

"네. 미래에 강호를 책임질 후기지수들끼리 친목을 도모해서 평화를 만드는 뭐, 그런? 저기 무황께서 만드신 모임입니다."

"오! 무광이 네가?"

천룡의 시선을 받은 무광이 머리를 긁적이며 말했다.

"그때는 강호의 화합을 위해 무엇이든 해야 했으니까요. 그래도 의외네요. 제가 만든 걸 여전히 개최하고 그것도 무림맹의 주축인 무당에서 한다는 것이 놀랍네요."

"신룡지회가 무림 역사의 일부가 되었다는 뜻이죠. 그래도 세월이 오래 지나서 지금은 그 의미가 많이 퇴색되어 있습니다."

"왜?"

"일단 정사가 다 모이니 충돌이 자주 일어납니다. 본래 취지는 화합인데 취지와 다르게 그 행사는 정파와 사파 간의 세력 자랑의 장이 되었지요."

"허. 그러니까 누가 더 잘났는지 그 세력을 과시한다?"

"그렇죠. 거기에 알게 모르게 파벌까지 형성되어 있어서 그 파벌에 속하지 못한 후기지수는 가 봐야 찬밥 신세만 당하다 오죠."

"이런 썩을 놈들이! 나는 그런 의미로 신룡지회를 만든 것이 아니야!"

무광이 분노했다.

자신은 순수하게 무림의 평화를 위해 노력한 흔적 중 하나인데, 어린 후기지수들은 그걸 자신들의 힘자랑을 하는 용도로 사용하고 있었던 것이다.

자신이 무엇을 위해 그토록 노력했는지 허무해지기 시작했다.

"진정해라. 군이 말이 맞는지 가서 확인해 보면 되겠지."

"하아, 네. 알겠습니다."

천룡의 말에 일단 화를 가라앉히는 무광이었다.

"그럼 저 남궁에서도 오겠네?"

"아마도 오지 않을까요?"

"태성이네 아들도?"

"글쎄요……. 저도 잘……."

"흠, 뭐 가 보면 알겠지. 그런데 우리가 거기에 가도 되려나?"

"에이, 저희는 그 누구냐. 현진인가? 그놈이 초대해서 가는 거잖습니까."

"하긴. 놀러 오라고 했으니 문전박대는 하지 않겠지."

천룡의 말에 제갈군이 속으로 생각했다.

'문전박대? 지금 장주님 말로 유추를 해 보면 현진이라는 자는 이분들의 정체를 알고 있다. 그런데 문전박대? 무당이 그날로 문 닫을 마음이면 그러겠지.'

"넌 뭘 그리 골똘히 생각하냐?"

"네? 하하, 아닙니다."

"싱겁기는. 너는 신룡지회에 가 본 적 있냐?"

"저요? 딱 한 번 참석해 봤습니다. 뭐 딱히 재미는 없더군요."

"우리 방이도 신룡지회에 참가 자격이 되지 않나?"

천룡의 말에 뒤에서 묵묵히 따라오던 조방이 놀라 말했다.

"네? 저, 저는……."

"왜? 우리 방이도 당당한 신창조가의 후예야. 참석 못 할 이유가 없지. 참석 조건 같은 게 있나?"

"없습니다. 말 그대로 친목 도모의 모임이니 가서 자신이 어디 문파인지 밝히면 됩니다만……. 큰 환대는 받지 못할 겁니다."

"주, 주군. 저는 괜찮습니다."

"아냐. 이번 기회에 신창조가를 세상에 알리자! 조방! 이건 명령이다!"

"주, 주군……."

조방은 감격했다.

지금 천룡이 하는 말이 무엇을 뜻하는지 너무도 잘 알았기 때문이었다.

자신만 살아남은 조가다.

언젠가는 가문을 일으켜 세우겠다는 다짐도 했었다.

하지만 천룡의 수하가 된 뒤로 그 다짐을 접었다.

오로지 천룡을 위하여.

그런데 천룡이 자신을 위해 나선 것이다.

"너의 꿈이잖아. 조가를 다시 일으켜 세우는 것! 이번 기회에 한번 해 봐. 뒤에서 우리가 지원 다 해 줄 테니."

자신이 모시는 주군이 자신의 꿈을 알고 있고, 그것을 적극적으로 도와준다고 하였다.

"주군! 시, 신이 어찌 이 큰 은혜를 다 갚을 수 있을지요! 주군의 크신 정을 소신은 감당하기 어렵사옵니다! 흑흑!"

너무도 감격한 나머지 천룡 앞에 엎드려 대성통곡을 하는 조방이었다.

천룡은 그런 조방의 등을 토닥이며 달래 주었다.

"너는 누가 뭐래도 내 가족이다. 가족의 꿈을 돕는 것이 무슨 큰일이라고. 그런 말 하지 말거라."

"크흐흐흑!"

그 모습을 보는 제갈군의 표정도 변해 갔다.

자신이 세상을 알기 시작한 후부터 깨달은 것이 있었다.

세상의 모든 사람은 다 가식적이라는 것.

겉으로는 선한 척, 정의로운 '척'하고 다니지만, 실상은 그렇지 않았다.

다음 권으로 이어집니다

꿈의 도약, 로크에서 하십시오
(주)로크미디어에서 신인 작가를 모십니다

즐거운 세상, 로크미디어는 꿈을 사랑하고 도전을 두려워하지 않는 작가분들의 참신한 작품을 기다리고 있습니다. 21세기 장르 문학계를 이끌어 갈 차세대 선두 주자 (주)로크미디어에서 여러분의 나래를 활짝 펴 보시길 바랍니다.

모집 분야 판타지와 무협을 포함한 장르 문학
모집 대상 아마추어 작가, 인터넷 작가
모집 기한 수시 모집
작품 접수 시 유의 사항
1. 파일명은 작가명_작품명.hwp형식을 갖춰 주십시오.
1. 파일에 들어갈 내용은 다음과 같습니다.
   - 성명(필명인 경우 실명을 밝혀 주세요), 연락처, 이메일 주소.
   - 제목, 기획 의도.
   - A4 용지 1장 분량의 등장인물 소개.
   - A4 용지 2장 분량의 전체 줄거리.
   - 본문.
1. 작품이 인터넷에 연재되고 있다면, 게시판명과 사이트의 구체적이고 정확한 주소를 기재해 주십시오.

선택된 작품은 정식 계약 후 출판물로 간행되어 전국 서점에 유통됩니다.
작가분은 (주)로크미디어의 전폭적인 지원하에 전속 작가로 활동하시게 됩니다.
※ 자세한 내용은 로크미디어 홈페이지(rokmedia.com)를 참조하세요.

(04167)서울시 마포구 마포대로 45 일진빌딩 6층
(주)로크미디어 편집부 신간 기획 담당자 앞
전화 : 02 - 3273 - 5135
www.rokmedia.com   이메일 : rokmedia@empas.com